오버 더 센츄리

Over The Century

오버 더 센츄리

Over The Century

오버 더 센츄리 2
이영호 판타지 장편 소설

초판 1쇄 찍은 날 § 2002년 11월 17일
초판 1쇄 펴낸 날 § 2002년 11월 25일

지은이 § 이영호
펴낸이 § 서경석

편집장 § 문혜영
편집 § 장상수 · 박영주 · 김희정 · 권민정 · 이종민
마케팅 § 정필 · 강양원 · 김규진

펴낸곳 § 도서출판 청어람
등록번호 § 제1081-1-89호
등록일자 § 1999. 5. 31
어람번호 § 제1-0316호

주소 § 경기도 부천시 원미구 심곡1동 350-1 남성B/D 3F (우) 420-011
전화 § 032-656-4452   팩스 § 032-656-4453
http://www.chungeoram.com
E-mail § eoram99@chol.net

값 7,500원

ISBN 89-5505-535-8 (SET)
ISBN 89-5505-537-4 04810

이영호 판타지 장편 소설

오버 더 센츄리
Over The Century

2

멈추지 않는 강

도서출판 청어람

　장군은 문밖에 있던 부하에게 지시를 하고 걸음을 옮겼다. 하늘에는 비가 오려는지 구름이 꾸역꾸역 밀려오고 있었다. 보름이 되었을 것이지만 구름에 가려 달은 전혀 보이지 않았다. 대신 먹구름 사이가 군데군데 달빛을 받아 희미하게 주름져 보일 뿐이었다.

　부락의 울타리 아래로 멀리 물소리가 들려오고 있었다. 원래 강이 가까운 숲 속에 있던 이 마을은 몇 년 전 있었던 대홍수로 성 전체가 떠내려가 버려서 좀 더 높은 언덕으로 자리를 옮겨 새로 지어졌다.

　전에 있던 성은 원래 인간족이 세워서 그들이 살던 곳이었는데 이십 년 전 전쟁으로 빼앗은 것이었다.

　인간족들은 기술이 좋아서 돌로 견고하게 성을 쌓았었지만 새로 지어진 마을은 돌로 성을 쌓지 않고 나무 기둥을 깎아 마을 주변에 말뚝을 박아 넣어 울타리를 둘러쳤다. 성의 건조 기술이 좀 떨어지는 들개족은 돌로 견고하게 성을 쌓기가 어려웠다.

또 주변에 그다지 위험스러운 적이 없는 데다가 최근에는 다른 들개족을 많이 복속시켜서 전쟁 대신 물물교환을 통한 교류가 더 활발해지고 있었기 때문에 무리해서 돌로 성을 만들 필요는 없었다.

장군은 어지러운 머리를 식히려고 찬 공기를 힘껏 들이마셨다. 마을의 중심부에 있는 장로들의 회의 장소로 쓰이는 건물에서 불빛이 새어 나오는 것을 보며 걸음을 다시 옮겼다.

건물 입구에는 두 명의 보초가 수직을 서고 있었다. 그들은 장군을 보자 부동 자세를 취하며 경례를 한 후 안쪽으로 한 명이 달려들어 가 장군의 방문을 알렸다.

곧 장로 중 한 명의 목소리가 들렸다.

"들어오게, 터치 장군."

들개족의 고유어로 별을 뜻하는 '터치' 가 장군의 이름이었다.

지금은 들개족의 언어 자체가 많이 바뀌어 있었다. 원래 들개 고유의 언어는 단어가 부족하고 어휘가 단순해서 복잡한 사건이나 사물을 묘사하는 데 적당하지 않았다. 장로들의 말에 의하면 비록 전쟁을 통하기는 하였지만 인간족과 여러 방면으로 접촉하면서 그들의 언어도 접하게 되었고 그들의 언어가 쉽고 효율적이며 다양한 기능을 가지고 있다는 것을 알게 되었단다.

더군다나 이 부족이 가지고 있는 문명이 거의 전부 인간의 것을 본뜬 것이기 때문에 단어의 대부분은 인간족이 사용하던 것을 그대로 들여와 사용하게 된 것이었다.

터치 장군은 거침없이 건물 안으로 들어갔다. 장로들이 모여 있는 넓은 거실의 중간쯤에는 큼직한 화로가 놓여 있었고 화로 안에는 잘

구워진 숯이 발갛게 타 들어가고 있었을 뿐 불꽃은 보이지 않았다.

그곳은 제법 커다란 건물이었다. 누가 살고 있는 건물은 아니지만 들개족의 장로들이 항상 모임을 갖는 공공 장소이기 때문에 넓고 화려했다.

장로들은 지금 왕인 푸치보다도 훨씬 나이가 많은 노인들이었다. 바로 푸치의 아버지가 왕이었던 시절 그를 보좌하던 사람들로서 이제는 부족의 정치에 전혀 관여하지 않고 있었다. 하지만 들개족과 그 주변의 일에 대해서 누구보다 잘 알고 있는 그러한 사람들이었다.

아직 여름이지만 강을 낀 계곡에 부는 밤바람은 싸늘하기 그지없어서 옷깃을 여미게 만들었다. 터치는 젊어서는 전혀 추위를 느끼지 않았지만 갈 때가 다된 노인들은 달랐던 모양이다. 여섯 명의 장로가 화로를 끼곤 둘러앉아 있었고 그들로부터 조금 떨어진 곳에 터치가 앉아 있었다.

터치 장군은 장로들에게 인간족의 실체에 관해서 질문한 채 대답을 기다리고 앉아 있었다.

"그것은 너의 할아버지인 커우가 우리 부족을 이끌고 있던 80여 년 전부터 시작된 일이야. 네 아버지인 왕이 아직 태어나기도 전의 일이지."

장로 중의 한 명이 입을 열었는데 그 장로는 너무 늙어서 이가 다 빠져 기다란 주둥이가 쭈글쭈글한 게 허전해 보였다. 또 다른 노인은 화로의 숯을 뒤적거리고 있었다.

장로는 느릿느릿하며 약간 바람이 새어 나오고 있었지만 분명한 어조로 말을 잇고 있었다.

"너도 알고 있겠지만 네 할아버지는 당시 우리의 지도자였다. 물론 그때는 지금 이 지역에 살고 있지 않았었다. 그리고 우리 부족은 그다지 큰 부족이 아니었지, 당시에는……."

여느 날과 마찬가지로 그날 아침도 들개족은 사냥을 나섰다. 여덟 명의 들개족이 몽둥이와 뾰족한 나무창을 들고 바닷가에서 가까운 야트막한 산길을 걷고 있었다.

튀어나온 주둥이에 날카로운 송곳니가 비쭉비쭉 솟아 있는 그들은 영락없는 짐승의 얼굴이었지만 그러나 두 발로 걷고 있었고 짐승의 가죽으로 만든 옷을 입었으며 손에는 연장을 하나씩 쥐고 있었다. 날씨는 구름이 조금 끼어 있고 바다로부터 강한 해풍이 불어오고 있었다.

커우 일행이 이 해안 지대에 세력권을 정하고 머문 지는 벌써 몇 년이 되었다. 이 부근은 아직 다른 종족이 손대지 않은 듯 문명의 흔적이 없었기 때문에 이렇다 할 적(賊)이 없어 그들이 사는 데 별다른 위협 요소가 없어서 좋았다.

부족을 이끌고 있는 커우는 스무 살의 젊은이였다. 몇 년 전까지 살고 있던 먼 북쪽의 산악 지대에서 커우를 포함한 열 명의 젊은 무리가 독립해 남쪽으로 내려왔었다.

그들이 자식을 낳아 이제는 어린아이들을 포함해 사십여 명으로 늘어나 작긴 하지만 그런대로 하나의 부족으로서 모양새를 갖추게 되었다.

구태여 동족의 영토에서 떠날 필요는 없었지만 남달리 독립심이 강했던 커우는 어린 시절부터 넓은 땅으로 나가 자신만의 세력을 키우고 싶은 야욕을 가지고 있었다. 그러던 중 마음에 맞는 친구들과 뜻을 합해 여자를 하나씩 데리고 원정을 떠나게 되었던 것이다.

원래 들개족은 일부다처제의 전통을 가지고 있었다. 그래서 능력이 있는 들개 남자는 여럿의 여자를 거느리고 살 수 있었고 그들이 가진 여자의 수는 그들의 지위를 말해 주는 척도가 되었다. 그러나 젊은 커우 일행은 한 사람이 한 명의 여자를 데리고 나올 수 있었던 것도 다행이었다.

들개족은 워낙 사냥을 하며 유랑하는 종족이었기 때문에 모험을 떠나는 것이 그다지 큰 변화는 아니었다. 다만 자신들이 새로운 부족을 하나 이루겠다는 뜻을 품은 것이 변화라면 변화일 따름이었다.

그렇게 떠돌다가 자리를 잡은 터전이 마침 경쟁자도 없었고 사냥감도 충분한 좋은 조건이었던 것이다. 이곳은 바닷가에 위치하여 해산물이 풍부하였고 동식물도 많이 서식하고 있었다.

오늘도 그들은 열 명의 여자와 두 명의 남자에게 아이들을 맡겨놓고서 모두 사냥을 나선 길이었다. 그러나 지도자인 커우는 다만 사냥만을 위해 나온 것이 아닌 모양이었다.

"어이, 커우, 오늘은 어디로 갈 거지?"

"오늘은 해안선을 따라 밑으로 내려가 보자. 한 번도 가보지 않았던 곳으로."

커우는 몇 년 동안 한 번도 가보지 않은 먼 곳까지 가볼 생각이었다. 먹을 것에 그다지 부족함을 느끼고 있지 않았기 때문에 가끔 가벼운 마음으로 모험을 하는 것이 그의 습관이었다.

그가 동료들을 돌아보며 말했다.

"나와 같이 남쪽으로 멀리까지 가볼 사람 없나?"

"내가 같이 가지."

"또 없냐?"

“너희 둘이 가라. 우리는 사냥이나 해가지고 얼른 돌아갈 테니.”

한 명의 친구가 동조하고 나섰고 나머지는 그대로 사냥을 해서 돌아가기로 했다. 커우의 모험은 하도 자주 있는 일이라 대부분이 흥미를 잃고 있었다. 그래서 두 명만이 남쪽으로 해안선을 따라 걷기 시작했다.

함께 걷던 친구가 물었다.

“커우, 이번에는 어디까지 가볼 생각이냐?”

“글쎄, 우리 세력권이 어느 정도인지도 돌아보아야 할 것 같고… 내 생각으로는 다른 종족을 만날 때까지 가보고 싶긴 하지만 너무 오래 걸리겠지?”

“단둘이서 다른 종족과 마주친다는 것은 너무 위험하지 않을까?”

“뭐 다른 종족을 만나더라도 굳이 싸울 생각은 없으니까 적당히 살펴보는 선에서 돌아선다면 위험하진 않을 거야.”

“다른 종족이 무턱대고 덤비지 않는다면 그렇겠지만…….”

“겁나냐?”

“아니, 그런 건 아니고…….”

두 사람은 주위를 살피며 빠른 속도로 자신들이 만들어놓은 영역을 벗어났다. 이제 새로운 땅을 걷고 있는 것이다.

시간은 벌써 오후로 넘어가고 있었다. 배가 고파지기 시작하자 둘은 커우가 모험을 위해 미리 준비해 온 말린 고기를 씹으며 걸었다.

“이제 보니 너, 오늘도 아주 작정하고 나왔던 거구나. 이렇게 먹을 것도 준비하고.”

“응. 아무도 안 따라나서면 나 혼자라도 갈 생각이었어.”

그렇게 걸으면서 날이 저물었다. 두 사람은 적당한 바위틈에 마른 잎을 모아 간단한 잠자리를 만들었다. 가까이에 있는 바다가 고요히, 규칙적으로 파도 소리를 들려주었다. 아침부터 하루 종일 걸어 피곤한 끝이라 쉽게 잠에 빠졌다.

다음날 아침 일어나서 그들은 또 마른 고기로 허기진 배를 채웠다. 가지고 온 고기가 곧 바닥날 것 같았다. 그래서 좀 가다가 바닷가에서 조개를 주워 먹자고 작정을 하고 열심히 걸었다.

어느새 또다시 태양이 머리 위로 떠올랐다. 하루 하고 반나절을 쉬지 않고 걸어왔으니 상당히 멀리 왔을 것이다.

걷다 보니 문득 멀리서 물소리가 들려왔다. 똑같은 물소리라고 해도 항상 들려오는 파도 소리가 아니라 좀 다른 소리였다. 밀려왔다 빠져나가는, 규칙적으로 반복되는 그런 소리가 아니라 작지만 끊이지 않는 물소리가 들려오고 있었다. 두 사람은 발걸음을 멈추고 귀를 기울였다. 분명히 물소리였다.

"어딘가 강이 있는 모양이군."

"그래. 강이야, 이건."

둘의 걸음이 빨라졌다. 거의 뛰다시피 한참을 가던 중 그들의 눈앞에서 땅이 끝이 나고 말았다. 오른쪽은 바다요 왼쪽은 산인데, 갑자기 더 이상 앞으로 나갈 땅이 없어졌던 것이다. 둘은 어안이 벙벙했다.

친구가 놀란 목소리로 말했다.

"이, 이런, 이곳이 남쪽의 끝인 모양이군."

그러자 커우는 눈을 가늘게 뜨고 멀리 앞을 살폈다. 들개족은 귀와 코가 발달한 데 비하여 눈이 그다지 밝지 못했다.

한참을 바라보던 커우가 말했다.

"아냐, 이건 단지 강일 뿐이야. 자세히 보라구. 저 멀리 나무와 들판이 보이잖아.”

“이게 강이라고? 강이 이렇게 클 수가…….”

두 사람은 눈 위로 손을 대고 뚫어지게 건너편을 바라보았다. 과연 물 건너편에 가물가물 나무가 보이는 것 같았다.

커우 일행은 깊은 산속에서 태어나 거기서 살다가 이주해 내려왔기 때문에 이렇게 넓고 큰 강은 한 번도 본 적이 없었다. 그들이 여태껏 보아왔던 강은 이것보다 훨씬 작은, 건너편에 지나가는 짐승의 종류를 어렵지 않게 분간할 수 있을 정도의 그런 것이었던 것이다.

그래서 처음 바다를 보았을 때도 그들은 상당히 놀랐었다. 그렇게 많은 물이 한곳에 모여 있다는 사실이 그들로서는 엄청난 충격이었고 또한 그 물이 너무 짜서 마실 수가 없다는 것도 놀라운 일이었다.

그렇게 짠물에서는 아무것도 살 수 없을 것이라고 당시에는 그렇게 결론을 내렸었다. 그래서 그들은 민물이 솟아나는 샘을 발견하기까지 해변을 따라서 며칠이나 헤매고 다닌 경험을 가지고 있었다.

그 뒤로 바다에도 생명체가 산다는 것을 알게 되었고 이제는 산에서 짐승을 사냥을 하는 것 이외에 바닷가에서 물고기나 작은 조개 따위의 생물을 잡아 먹을 줄도 알게 되었지만 그것은 일 년이나 바닷가에 살아보고 나서야 이루어진 일이었다.

그들은 자신들의 앞에 유유히 흐르고 있는 황색의 물을 떠서 맛을 보았다.

“약간 짜긴 하지만 확실히 바닷물과는 다르군.”

두 사람은 물 맛을 보면서 의견을 교환하는 중이었다. 그러다가 갑자기 커우가 손으로 강의 가운데를 가리켰다.

“뭐지, 저것은……?”

“뭔가 떠내려가고 있는 것 아닌가?”

넓은 강의 한가운데 뭔가 작은 물체가 솟아올라 와 있었다. 그것은 뾰족하게 생긴 것이었다. 처음 보는 물체였다. 그것은 하늘하늘 움직이는 것 같았는데 이상하게 점점 커지며 다가오고 있었다.

“떠내려가는 것이 아닌 것 같아. 저것은 거슬러 올라오고 있는 것 같은데.”

“그럴 리가, 강을 거슬러 올라오다니……. 그렇다면 저것이 물짐승이란 말인가? 헤엄을 치지 않으면 물을 거슬러 올라올 수가 없잖아.”

그러나 그것은 점점 물을 거슬러 올라오고 있는 것이 확실했다. 저 아래 바다 쪽에서 두 사람이 서 있는 강 쪽으로 올라오며 점점 크게 보이고 있었던 것이다. 두 사람은 얼른 바위틈으로 몸을 숨기고 다가오는 수상한 물체를 관찰하기 시작했다.

그것은 바람이 부는 대로, 물결이 치는 대로 흔들리면서 물가로 접근해 오고 있었다. 유선형으로 생긴 것이 거대한 물고기 같기도 했는데 등 뒤로 뾰족한 삼각형의 회색 지느러미를 달고 있었다. 관찰하던 친구가 속삭였다.

“저것은 용일지도 몰라. 언젠가 나이 많은 노인들로부터 물에 사는 거대한 괴물에 대해서 들은 적이 있어.”

“물에 사는 용이라고?”

산에 살 때 가끔씩 용과 마주친 적이 있었다. 몸집이 거대하고 무척 사나운 육식 동물이었다. 그 짐승은 무시무시한 힘을 가지고 있었고 거대한 덩치에 걸맞지 않게 엄청나게 빨랐다. 많은 동족들이 용에게 잡아먹혔다. 식욕이 발하면 들개족 사람을 수십 명이나 한꺼번에 먹어치울 정도로 대식가인 데다가 성질도 사나워서 걸리는 대로 밟아 죽이는 잔인한 짐승이었다.

풀을 먹는 순한 용도 있었는데 그것들은 이쪽에서 건드리지 않으면 해를 끼치지 않았다.

간혹 육식용이 나타나 너무 횡포를 부려서 온 산의 짐승들이 숨어버리기도 했는데 그러면 전 부족은 부족대로 며칠이나 사냥을 할 수가 없었고, 또 용은 용대로 다른 먹이가 없으니 들개족에게 직접적으로 위협이 오게 되었다. 그럴 때면 온 부족 사람이 동원되어 용 사냥을 나서기도 했다. 육식용을 잡은 적도 있고 쫓아버린 적도 있었지만 그때마다 부족의 피해는 이루 말할 수 없을 정도로 컸다.

'그런 용이 물에도 산단 말인가? 하긴 뭔들 없겠어? 이 넓은 세상에⋯⋯.'

커우는 그런 생각을 하는 중에 무언가 이상한 것을 발견했다. 저 물에 사는 용이라는 것의 등 위로 사람들이 보였던 것이다. 분명히 사람이었다. 멀어서 자세히 보이지는 않지만 두 발로 일어서 있었고 손으로 무엇인가 열심히 잡아당기고 있었다.

"사람이다."

옆에 있던 친구도 보았는지 커우를 툭툭 치며 말했다. 두 사람은 좀 더 그들이 가까이 오기를 기다릴 수밖에 없었다. 등에 타고 용을 부릴 정도면 저들은 엄청나게 강한 자들이 틀림없었다. 자신들은 상대도 되지 않을 정도로.

그들은 들개족일 수도 있었고 아닐 수도 있었다. 그들이 사람이라고 말하는 것은 꼭 들개족은 아니었다. 세상에는 셀 수도 없을 만큼 여러 종족이 있었던 것이다. 물론 그들이 직접 보았던 종족은 겨우 열 손가락에 꼽을 정도였지만 나이 많은 노인들이 얘기해 주던 종족은 그 종류가 백 가지도 넘었다. 각기 다른 수십의 종족들에 대한 경험을 노인들은 가지고 있었다.

물속에 사는 종족에 대한 얘기도 들었었는데 어쩌면 저들이 바로 그 물고기족일지도 모른다는 생각이 들었다. 물속에 살면서 물속의 용을 부리는…….

호기심과 두려움이 두 사람을 꼼짝도 못하게 억누르고 있었다. 몇 시간을 숨어서 바라보는 가운데 그들은 이제 용을 타고 물가에 닿았다. 두 사람이 숨어 있는 곳에서 오십 발짝도 떨어져 있지 않았다. 여섯 명의 사람이 용의 등에서 내리고 있었다.

이제 그들의 모습이 자세히 보였다. 머리털이 갈색이거나 검은 그 사람들은 주둥이가 튀어나와 있지도 않았고 송곳니도 보이지 않았다. 약간 아담한 체구의 맨질맨질해 보이는 하얀 피부에 머리를 제외하고는 털도 없었고 그 위로 짐승의 가죽으로 된 옷을 입고 있었다.

그들은 여럿이서 용을 묶어서는 그 밧줄을 모래 위에 박아놓은 커다란 말뚝에 붙들어 매었다. 뭐라뭐라 알아들을 수 없는 말로 웃기도 하며 떠들어대고 있었는데 생김새가 영 괴이했다.

더욱 놀라운 것은 그들이 등에 짊어지고 있는 넝쿨덩어리의 안에서 수십 마리의 커다란 물고기들이 펄쩍펄쩍 뛰고 있다는 사실이었다. 그들은 넝쿨덩어리에서 물고기들을 죄다 꺼내더니 그 많은 것을 한 줄로 꿰어 들고는 계속 떠들면서 조금 떨어진 숲 속으로 들어가 버렸다. 그러고도 한참의 시간이 지나도록 두 사람은 바위틈에서 나오지 않고 숨어 지켜보았다.

주위는 조용해졌다. 아무 소리도 들리지 않는 것을 확인한 두 사람은 묶인 채 가만히 앉아 있는 용을 살펴보기 시작했다. 용은 잠을 자는

것인지 조금도 움직이지 않고 있었다. 다만 바람이 불 때마다 등 위에
돋아 있는 지느러미가 약간씩 펄럭일 따름이었다.

친구가 말했다.

"죽었나 봐. 그들이 저 용을 잡다 죽여서 저기에 묶어놓은 것인가
봐."

"가까이 가보자."

둘은 몽둥이와 나무창을 힘주어 들고는 조심스레 주위로 귀를 기울
이는 한편 용에게서 눈을 떼지 않은 채 걸어나왔다. 서서히 다가가던
커우가 주먹만한 돌을 주워서 용에게로 던졌다.

딱.

둔탁한 소리가 나며 용에게 맞았지만 용은 꿈쩍도 하지 않았다. 고
개를 돌리지는 않았지만 두 사람은 순간 눈빛이 마주치고는 동시에 고
개를 한 번 끄덕였다. 죽었을 거라는 확신이 섰던 것이다.

그제야 둘은 거침없이 정체불명의 용에게 접근했다. 원래 수렵을 천
직으로 삼고 있는 용맹한 부족들이었기 때문에 그들은 좀처럼 겁이 없
었고 대담했다.

"이건 용이 아니군."

"그래, 이건 나무야. 나무로 되어 있어."

두 사람이 살펴본 것은 용이 아니라 여러 개의 나무를 잘라서 서로
이어놓은 구조물이었다. 또 그 위의 지느러미는 나무로 기둥을 세워놓
은 후 짐승의 가죽을 묶어놓은 것이었다.

"이게 뭐지? 아까 그 사람들이 이걸 타고 물 위를 떠다녔는데……."

원래 산악에서만 살던 들개족은 물에 들어가는 것을 그다지 즐기지
않았다. 작은 강이야 헤엄쳐 건널 수가 있었지만 이렇게 나무를 물에

띄워놓고 사람이 타고 다니는 것은 난생처음 보았던 것이다. 나무가 물에 뜬다는 것은 알고 있었지만 그것을 타고 다닌다는 것은 상상도 해본 적이 없었던 것이다. 정말 대단한 발견이었다.

"그 사람들은 어떤 종족일까? 대단히 신기한 기술을 가지고 있는 것 같군."

"글쎄 말이야. 아까 보니까 이상한 물건으로 물고기를 많이 잡아가던데 우리같이 작살로 잡는 것보다 훨씬 많이 잡았더군."

둘은 이런저런 의논을 하며 머리를 굴려보았다. 대단히 위험한 상대가 될 수도 있었다. 만약 그들이 자신들의 세력권을 침범해 들어온다면 부딪칠 수밖에 없었던 것이다.

두 사람은 그들이 사라진 숲으로 발걸음을 옮겼다. 그들의 거처를 찾아 더 관찰해 볼 생각이었다.

"조심해. 어떤 종족인지 모르니까."

"몸집은 우리보다 작은 것 같았는데……. 그렇지만 이상한 도구들을 사용하는 데다가 수가 많을지도 모르니 일단 조심하기로 하지."

그들이 지나간 길은 쉽게 찾을 수 있었다. 물고기의 비린내와 함께 이상한 냄새가 그들이 지나간 길을 따라 묻어 있기 때문이었다. 들개족은 후각이 특히 발달되어 있기 때문에 냄새를 쫓는 것은 어려운 일이 아니었다.

어느 정도 따라가자 이번에는 무엇인가 불에 타고 있는 냄새가 강하게 풍겨오고 있었다. 그들의 거주지는 강에서 그리 멀지 않은 곳에 있었다. 숲 속으로 조금 들어서서 낮은 언덕을 하나 넘으니 아까 그 강으로 흘러 들어가는 작은 개울이 있었고 그 개울 옆으로 토굴이 몇 개 보였다.

여러 개의 토굴 앞에 십여 개의 불이 타오르고 있었고 그 앞에서 수많은 사람들이 몇 명씩 옹기종기 둘러앉아 물고기를 불 위에 올려놓고 있었다.

이상했다. 물고기를 왜 불에 태우는지 알 수가 없었다. 들개족은 불을 사용해 본 적이 없었기 때문에 불을 무서워했다. 불은 하늘에서 벼락이 떨어지거나 메마른 봄철에 산불이 나는 것, 또 화산이 폭발하는 것 이외에는 본 적이 없었고 모든 것을 태워 버리는 그 불은 두렵기만 한 존재였다. 그런데 저 종족이 그런 무서운 불 앞에 죽 모여 앉아 있으니 더욱 두려워지는 것이었다.

그들은 아이들까지 합하면 넉넉히 백 하고도 몇십 명은 되어 보였다. 그런데 이상한 것이 또 눈에 띄었다. 그들은 고기를 그냥 입으로 뜯어 먹는 것이 아니라 무슨 기다란 막대기 같은 것으로 잘라 먹고 있었다.

그것은 나무 막대기는 아닌 듯 이따금 번쩍거리며 빛을 반사하고 있었다. 마치 물에 해가 비치듯이 번쩍이는 것이었다. 돌 중에서 윤이 나는 돌이 있는 것을 생각하면 돌을 갈아 만든 것 같기도 했다.

하지만 먼발치에서 그것도 숲의 사이로 그것을 살펴본다는 것은 어려운 일이었다. 더군다나 그들이 어떤 종족인지도 모르면서 두 사람이 섣불리 나설 수도 없는 일이고 보니 오늘은 이쯤에서 돌아서는 것이 나을 것 같았다.

그들은 조용히 소리를 죽여가며 숲을 빠져나왔다. 그리고 해변을 따라 다시 북쪽으로 올라가기 시작했다. 다음번에 다시 여러 명이 와서 그들과 접촉해 보리라고 마음먹었다.

그들이 자신들의 마을로 돌아오는데는 꼬박 하루가 걸렸다. 밤에도 쉬지 않고 걸어 서둘러서 마을로 돌아온 커우 일행은 동료들을 모두 모아서 의논을 했다.

자신들이 본 종족과 그들이 사용하는 이상한 도구들에 대해서 설명하자 모두들 놀라는 눈치였다.

세상에 사람이 나무를 타고 물 위로 다니다니. 게다가 나무 넝쿨 같은 것으로 물고기를 한꺼번에 수십 마리씩 잡는다는 것도 믿기 어려운 일이었다. 무섭기만 한 불 주위에 모여 앉아 물고기를 태워서 먹더라는 얘기에는 모두 비명을 질렀다.

갑자기 들려온 이상한 소식에 모두들 긴장했다. 언제 그들이 자신들의 영역을 침범해 들어올지 모르는 일이기 때문이었다.

한 영역에서 사냥을 하는 두 종족이 함께 살 수는 없었다. 그러면 사냥감이 반으로 줄어들게 되는데 게다가 그들은 수도 자신들의 두 배가 넘고 이상한 도구를 사용하여 대량으로 사냥을 한다지 않는가.

일단 그들은 세력권을 확실히 지키며 어느 날 기회를 보아서 그 종족과 접촉해 보기로 뜻을 모았다.

그 뒤로 몇 달이 지나갔다. 그러나 우려했던 것과는 달리 아무 일도 일어나지 않았다. 그동안 아이들도 몇 명 더 태어났다. 커우의 종족은 세력권 내에서 변함없이 사냥을 했고 먹고 사는 데 별 어려움이 없었기에 거의 그 이상한 종족에 대해 잊어가고 있었다.

그러던 어느 날이었다. 사냥을 나가서 짐승을 쫓고 있던 커우 일행은 그 종족과 딱 마주치고 말았다. 그 종족도 사냥을 하고 있었던 모양인데 그만 같은 사냥감을 쫓고 있었던 것이다.

두 종족은 서로 마주 대치한 채로 움직임을 멈췄다. 그 사이에 쫓던 짐승은 달아나 버렸지만 그 상황은 사냥감을 놓친 것이 문제가 아니었다.

커우 일행은 여섯 명이었고 그 종족은 열 명이었다. 자신들보다 덩치는 작았지만 일단 상대가 어떤 능력을 가지고 있는지 모르니 섣불리 공격할 수는 없었다.

그렇다고 커우의 들개족은 도망가거나 타협하는 종족이 아니었다. 전에 본 것이 있으니 두려운 것도 사실이었지만 자신의 세력권 안에서 사냥을 하는 다른 종족을 그냥 둘 수는 없는 것이다.

팽팽한 긴장감이 두 종족 사이에 감돌고 있었다. 자신들은 몽둥이와 나무창으로 무장한 데 비하여 상대 종족은 역시 이상한 도구를 가지고 있었다. 기다란 나무 막대기에 줄을 매어 휘어놓은 것에 가느다란 막대기를 가로로 걸어서 들고 있었고 그들의 창은 나무 끝에 하얗게 반짝이는 작고 뽀족한 돌을 매달고 있었다.

그리고 그들은 몽둥이 대신 반짝이는 그 돌로 되어 있는 기다랗고 납작한 막대기를 옆구리에 차고 있었다. 그것이 두 종족의 첫 대면이었다.

커우가 앞으로 나서며 말을 걸었다.

"너희들은 누구냐? 어느 종족이냐?"

"ㅇㅇㅇㅇ ㅇㅇㅇㅇ ㅇㅇㅇㅇ."

그쪽에서도 뭐라고 소리를 쳤는데 하나도 알아들을 수가 없었다. 그들 나름대로의 언어인 모양이었지만 지금 그런 것을 따질 때가 아니었다. 그들의 표정도 자신들 만큼이나 무척 심각했다.

"여긴 우리 영역이야! 어서 나가! 그렇지 않으면 다 죽여 버리겠다!"

커우의 일행 중 한 명이 소리를 치며 몽둥이를 치켜들었다. 그리고 그는 바로 억 하고 비명을 질렀다. 순식간에 그들이 가지고 있던 휘어진 나무에서 가느다란 막대기가 날아오더니 소리친 동료의 가슴에 깊이 박힌 것이다.

동료가 가슴을 부여잡으며 쓰러지는 것을 보는 순간 커우는 재빨리 나무창을 앞으로 꼬나 들고 달려들었다.

"다 죽여 버려!"

커우의 외침을 시작으로 나머지 네 명의 들개들도 앞으로 튀어나갔고 동시에 상대 종족도 옆구리에 차고 있던 반짝이는 막대를 빼 들고 달려들었다.

제일 먼저 뛰어든 커우가 나무창으로 상대의 가슴을 찔러 들어갔다. 하지만 그 종족이 휘두른 반짝이는 막대가 부딪치자 나무창의 중간이 힘없이 잘려 나갔다. 커우는 깜짝 놀랐지만 녀석이 다시 휘두르는 그 막대를 가볍게 피했다.

그들은 생각보다는 재빠르지 않았고 힘도 없었다. 다시 그들로부터 가느다란 막대 몇 개가 빠른 속도로 날아왔고 그중 한 개가 순식간에 커우의 왼쪽 팔뚝에 박혔다. 불에 데인 듯한 통증이 왔으나 치명적이지는 않았다.

커우는 팔뚝의 막대를 뽑아버리고 앞에서 덤벼드는 한 녀석의 머리를 부러진 창으로 후려쳤다. 녀석이 뒤로 털썩 주저앉자 바로 그 위로 덮쳐서 목을 물었다. 그 녀석은 비명을 지르며 잠시 몸을 떨더니 죽어 버렸다.

고개를 드니 주변에서 동료들과 그 종족이 피를 터뜨리며 싸움을 벌이고 있었다. 그런데 잠시 후 웬일인지 싸움은 싱겁게 끝이 나버렸다.

　화살에 몇 발 맞은 것 이외에는 크게 상처를 입지도 않았고 모두들 조금씩 베인 상처를 입긴 했지만 짐승을 사냥하는 것보다 훨씬 쉽게 녀석들을 모두 쓰러뜨렸던 것이다.

　미처 죽지 않은 녀석들이 바닥에 뒹굴며 신음을 하는 동안 커우의 일행은 자신들의 피해 상황을 살폈다. 처음 가슴에 막대기가 박힌 동료는 이미 숨이 끊어져 있었다. 그의 가슴에는 거의 관통할 정도로 깊숙이 막대기가 박혀 있었다. 놀라웠다. 그렇게 빠른 속도로 막대기를 던져 내다니…….

　그들이 가지고 있던 무기들을 전부 몰수하고 아직 살아 있는 두 놈을 잡아 묶어서 마을로 돌아왔다.

　마을에서는 난리가 났다. 동료가 한 명 죽은 데다가 몸에 털도 없는 이상한 종족을 두 명이나 끌고 왔고, 나머지 사람들도 약간씩 피를 흘리고 있기 때문이었다.

　말이 통하지는 않았지만 그들을 위협해서 휘어진 나무를 쓰는 법을 배웠다. 사람들은 휘어진 나무와 줄을 이용해서 그 곧고 가느다란 막대기가 쏘아져 나가는 것을 보고 입을 다물지 못했다. 그렇게 쏘아진 막대기는 무척 가벼운 데도 불구하고 나무고 흙이고 상관없이 퍽퍽 박혀 버리는 것이다.

　그들이 가지고 있던 빛나는 막대기는 더욱 신기한 것이었다. 그것은 돌도 아니고 나무도 아니었다. 반짝이고 있는 데다가 얼마나 단단하고 날카로운지 손가락을 갖다 대자 금방 살이 갈라지며 피가 솟았다.

　살이 쉽게 베어지자 커우는 깜짝 놀랐다. 마치 맹수의 발톱에 할퀴어진 것 같았다. 돌을 날카롭게 부수어서 한참을 긁어야 겨우 자를 수 있던 짐승의 가죽도 쉽게 자를 수가 있었고 나무에 갖다 대고 긁으면 나무도 부드러운 나뭇잎처럼 썩썩 베어졌다. 자신의 나무창이 쉽게 잘려 나간 이유를 알 것 같았다.

하지만 커우는 자신이 생겼다. 그들과 싸워본 결과 그들이 약한 종족임을 알게 된 것이 그 이유였다. 그들에게서 조심할 것은 멀리서 순식간에 날아오는 그 가는 막대기뿐이었다. 그들이 말하기로는 그 휘어진 나무 막대를 '활' 과 '화살' 이라 불렀고 반짝이는 막대는 '칼' 이라 불렀다.

커우는 그들을 치료하도록 지시했다. 토굴에 가두어놓고 문 앞에 보초를 세워둔 후 매일 먹을 것을 주며 치료를 했다. 그들에게서 그것을 만드는 법을 배울 작정이었다.

또 그들이 영역을 침범하기 시작했고 먼저 공격을 해왔으니 이제 그들을 습격할 계획을 세웠다. 어차피 그들의 본거지를 알고 있으니 습격은 식은 죽 먹기였다.

커우는 그들로부터 노획한 칼 중 가장 길고 큰 것을 가졌다. 나머지 아홉 개의 칼도 동료 중 힘이 센 자들에게 나누어 주었다.

아마도 그 종족은—그들의 말로는 자신들을 인간이라고 했다—모두 이런 칼을 가지고 있을 것이다. 그들을 습격하면 칼을 대량으로 빼앗을 수 있을 것이고 그러면 앞으로 커우의 들개족은 전력이 크게 향상될 것이 틀림없었다.

활을 쓰는 법을 연습하고 화살을 만들면서 며칠이 지났다. 커우는 그날도 활과 화살을 들고 시험 삼아 사냥을 나갔다. 이제 커우와 동료들은 어느 정도 활을 다룰 수 있게 되었다. 그들이 쏘는 화살이 거의 정확히 사냥감을 맞추기 시작한 것이다. 활과 화살은 아주 편리하고 신기한 물건임에 틀림없었다.

커우의 일행은 잠깐 동안에 작은 짐승을 몇 마리나 잡아가지고 집으로 돌아가고 있었다.

거의 집 가까이 왔을 때 갑자기 독특한 냄새가 커우의 코를 뚫고 들어왔다. 인간의 냄새가 틀림없었다.

커우는 활에 화살을 재며 주위를 둘러보았다. 다른 동료들도 냄새를 맡았는지 두리번거리며 긴장하기 시작했다. 냄새가 나는 방향은 오른쪽? 아니, 왼쪽? 그것도 아니고 앞쪽과 뒤쪽? 순간 커우 일행은 긴장했다. 모든 방향에서 인간의 냄새가 풍겨오고 있었다.

"포위당한 것 같다!"

아무 소리도 들려오지 않았지만 분명히 사방에서 인간의 냄새가 약하게 풍기고 있었다.

긴장한 채 주변의 기색을 살피며 한 걸음 한 걸음 앞으로 나갔다. 그러나 여전히 아무런 기색은 없고 냄새만 풍기고 있을 뿐이었다.

그렇게 한참을 지나자 문득 커우는 거주지가 불안하다는 생각이 들었다. 거기에는 아이들 십여 명과 여자들 열 명, 그리고 두 명의 남자가 있을 뿐이었던 것이다.

일곱 명의 들개족 사냥꾼은 누가 먼저랄 것도 없이 집으로 뛰어가기 시작했다. 집으로 다가갈수록 인간의 냄새는 농도를 더해갔고 거기에 피 냄새가 섞여오기 시작했다. 그들은 더욱 빠른 속도로 달리며 칼을 뽑아 들었다.

마침내 그들이 도착했을 때 마을은 이미 아수라장이 된 채 텅 비어 있었다. 움막은 다 무너져 버렸고 토굴을 지키던 두 친구는 온몸에 화살이 박힌 채 죽어 있었다. 화살을 맞은 채 꽤 치열한 싸움을 벌였던 모양인지 그들의 몸은 여기저기 칼에 베어진 상처가 남아 있었고 인간의 것으로 생각되는 피도 상당히 뿌려져 있었다. 아마도 여러 명의 인간이 죽었음 직한 양의 피였다.

시체는 그들이 다 거두어 갔는지 인간의 시체는 한 구도 보이지 않았다. 물론 포로들도 없어졌다.

그들은 이제 여자와 아이들을 찾기 시작했다. 아무도 없었다. 다 잡아간 모양이었다. 들개족은 분노했다. 마을을 파괴하고 가족들을 해친 종족을 절대로 용서할 수 없었다.

죽어 넘어진 동료 둘을 묻은 후 들개족은 머리를 맞대고 인간족을 모두 죽여 버리자고 다짐했다. 인간족은 약하긴 하지만 수가 엄청나게 많은 것이 문제였다. 기습밖에 없었다. 다행히 들개족은 냄새도 잘 맡고 동작이 민첩하고 힘이 세기 때문에 야간에 습격하기 적당했다.

사냥허 온 짐승을 뜯어 먹으며 밤이 되기를 기다리는데 산 쪽에서 무슨 소리가 들렸다. 잔뜩 경계를 하고 돌아보니 거기에서 들개족 여자가 걸어오고 있었다. 잔뜩 겁먹은 표정으로 바라보던 여자는 커우 일행이 앉아 있는 것을 보자 안심하곤 뒤로 돌아 손짓을 했다. 그러자 열 명의 여자와 아이들이 우르르 몰려나왔다. 커우 일행은 너무 기쁘고 반가워서 서로 얼싸안고 난리법석이었다. 죽은 줄 알았던 아내와 아이들이 살아 돌아왔으니 그럴 수밖에 없었다.

그러나 곧 남편을 잃은 두 여자와 아이들에게 시선이 돌아갔다. 그들은 다른 가족들의 기쁨에 묻혀서 소리 죽여 울고 있었다. 곧 모두들 침통해져서 더 이상 말을 할 수가 없었다. 그 외에 한 아이가 죽임을 당했다고 했다. 그들을 위로하며 모두들 울며 밤을 지새웠다. 커우는 이를 악물었다. 그리곤 반드시 인간을 몰살시키겠다 다짐했다.

남편을 잃은 두 여자 중 한 명은 들개족의 전통에 따라 지도자인 커우의 두 번째 아내가 되었고 또 한 명은 다른 들개의 아내가 되었다.

밤이 깊어지자 들개족은 인간족의 마을로 숨어들었다.

마을은 고요했다. 마을 주변에는 군데군데 불이 피어 있었고 각 불 주위마다 한 명씩 보초를 서고 있었다. 보초들은 나무창을 들고 있었는데 창끝에 짧은 칼을 매달아놓고 있었다. 모두 네 군데였다.

달도 없는 밤, 복수를 위해 인간 마을이 보이는 곳에 매복한 일곱 명의 들개족 남자들은 모두 칼을 허리에 차고 활을 들고 있었다.

커우의 머리 속에 마을의 여자들이 한 얘기가 맴돌고 있었다. 인간들은 나무로 된 그 물건을 타고 바다로부터 왔다고 했다. 해변에서 놀다가 그들을 발견한 한 아이가 그 사실을 알리려고 뛰어왔고 그 아이는 채 마을에 도착하기도 전에 그들이 쏜 화살에 맞아 쓰러졌다.

갑자기 들이닥친 인간들을 두 남자가 막는 동안 여자들은 아이들을 데리고 산으로 도망쳤고 두 남자는 화살을 수십 발이나 맞으면서도 죽을 때까지 싸웠다. 인간족들은 동료들의 시체와 토굴에 가두어놓았던 인간들을 데리고 바다로 돌아갔다는 것이 들은 얘기의 전부였다.

커우는 만일을 대비해서 들개족의 거처를 깊은 산속으로 옮겨놓았다. 해변은 발견되기가 쉬워서 위험했기 때문이다.

들개족은 흩어져서 각각 보초를 서고 있는 네 명의 인간에게 활을 겨누었다. 활을 쏘자 보초들은 억 하는 단말마의 비명을 지르며 쓰러졌다. 그들이 쓰러지자 곧 들개들은 칼을 빼 들고 마을로 숨어들었다. 각자 흩어져서 인간의 움막으로 숨어들어 가능한 한 많은 인간을 죽이고 빠져나오기로 했다.

커우가 들어간 움막 안에서는 인간들이 아무것도 모른 채 자고 있었다. 남자도 있고 여자도 있었다. 인간들은 옷을 다 벗고 자고 있었는데 그들의 몸에는 머리와 다리 사이를 제외하고는 별로 털다운 털이 없었다. 특히 여자의 몸은 그 두 곳 외에는 털이 하나도 없었다. 신기한 종족이었다.

반면 들개족은 머리와 등에 긴 털이 나 있었고 나머지 몸 전체도 거의 털로 덮여 있었다. 오히려 들개족은 다리 사이, 사타구니에 털이 없었는데 그걸 보면 인간족과는 반대로 털이 난 셈이었다. 없을 곳에 털이 나 있고 있을 곳에 없는 인간족의 모습에 우습다는 생각이 들었다.

인간족 여자의 음부를 들여다보던 커우가 가만히 고개를 숙여 그곳의 냄새를 맡아보았다. 그곳에서는 들개족 여자가 발정기에 내는 냄새가 나고 있었다.

커우는 갑자기 걷잡을 수 없는 욕정이 일어남을 느꼈다.

커우는 칼을 들어 남자의 입을 막고 목을 베었다. 남자는 몇 번 푸르륵 떨더니 숨이 끊어졌다. 옆에서 자고 있는 아이들도 다 죽였다. 그러나 여자는 죽이지 않았다. 작은 소동에 눈을 뜬 여자가 커우를 보더니 새파랗게 질려 비명을 지르려는 순간 커우는 여자의 머리를 힘껏 내려쳤고 여자는 한마디도 내뱉지 못하고 기절해 버렸다.

그때 밖의 어디선가 비명 소리가 들려왔다. 곧 이어 여기저기서 웅성웅성하는 소리가 들렸다. 다른 곳에 있는 동료 중 누군가가 사람들의 눈에 띈 모양이었다. 이어서 고함 소리와 비명이 들려오기 시작했다.

커우는 기절한 여자를 들쳐 업고 재빨리 어둠 속으로 빠져나가기 시작했다. 달도 없는 밤이라 불이 피워진 곳을 제외하고는 칠흑 같은 어둠에 싸여 있어서 아무도 커우가 빠져나가는 것을 보지 못했다. 그대로 달려서 약속 장소로 갔다. 이미 약속 장소에는 몇 명의 동료가 와 있었다. 그들은 숨어서 나머지 동료가 오길 기다렸다. 긴장한 나머지 커우의 등에 엎어진 커다란 물체를 깨닫는 자는 없었다.

곧 모두가 모였다. 아무도 죽은 동료는 없었다. 그들은 익숙하게 산길을 걸어 빠져나가기 시작했다. 인간의 수가 너무 많아 오늘은 더 싸우기가 어려웠다.

동이 틀 무렵 그들은 두 종족의 거처 중간쯤에 도달했다. 더 이상 인간이 추적하기 어려운 거리였다. 그제야 안심을 하고 말을 맞추어보니 그날 밤 그들이 죽인 인간은 이십여 명에 달했다. 들개족에서 한 사람의 희생자도 나지 않은 것을 생각하면 대단한 성과였다.

주위가 환해지고 인간족의 추격에 대한 걱정이 사라지자 동료들은 커우의 등에 있는 물체에 주목하기 시작했다. 그들은 커우가 알몸의 인간족 여자를 들쳐 업고 있는 것을 보고 왜 그랬냐는 듯한 눈으로 쳐다보았다. 커우는 아무 말 없이 씩 웃었다. 한동안 서로 얼굴을 마주 보던 다른 여섯 명의 들개족 남자들은 비로소 알겠다는 듯이 미소를 지었다. 이것이 인간과 들개족 사이의 전쟁의 시작이었다.

"…이것이 인간과 들개족 사이의 전쟁의 시작이었단다."

장로의 말이 끝났다. 말을 마친 장로는 가만히 터치를 바라보았다.

터치는 말없이 시선을 땅에 고정시킨 채 앉아 있었다. 그렇게 생각에 잠겨 있던 터치는 장로들의 시선이 자신에게 고정되어 있다는 것을 느끼고 고개를 들었다.

"아, 잘 들었습니다. 감사합니다."

그제야 인사를 하고 자리에서 일어선 터치에게 한 장로가 물었다.

"이보게, 터치. 자네 얼굴에 수심이 가득하군. 무슨 일이라도 생긴 건가?"

"아닙니다. 걱정하실 정도의 일은 아닙니다."

장로들은 늙어서 쭈글쭈글한 얼굴로 근심스런 표정을 짓고 있었다. 이들은 항상 터치가 하는 일에 대해서 근심을 해왔다. 터치가 어렸을 적에는 야단도 많이 치던 사람들이었다. 하지만 터치는 어른들이 야단친다고 듣는 성격이 아니었다. 언제나 자신이 생각한 대로 행동했다.

지금도 장로들에게 무슨 상의나 허락을 받으러 온 것은 아니었다. 다만 자신이 잘 모르는 인간족에 대해서 정보를 얻고자 할 뿐이었다.

그러한 터치의 성격을 오랫동안, 터치가 태어나면서부터 보아온 장로들도 더 이상 뭐라고 상관하지는 않았다.

다만 몇 마디 덧붙이며 걱정할 뿐이었다.

"이봐, 터치. 자네의 눈에 야심이 너무 많아. 그 야심을 좀 죽이는 게 좋겠구먼."

터치가 피식 웃으며 대답했다.

"걱정 마십시오. 다 우리 들개족을 위한 야심입니다."

"글쎄… 그것도 좋겠지만 지나치면 오히려 동족에게 해가 되는 법이야."

"잘 알겠습니다. 그리고 말씀 감사합니다. 그럼 편히 쉬십시오. 전 이만 가보겠습니다."

터치가 급히 말을 끊고 인사를 했다. 더 이상 훈계를 듣지 않겠다는 뜻이었다. 그러자 장로들도 입을 다물었다.

터치는 급히 발걸음을 돌려 건물을 빠져나갔다.

제2장 정령을 만나다

마족의 마을에 온 지 이틀이 지났다. 그동안 보보의 치료는 피코가 도맡아 하고 있었다. 이미 거의 회복된 피코와는 달리 보보는 아직도 상처가 다 아물지 않은 상태였다.

치료는 원래 치요가 전문이었지만 웬일인지 피코는 보보의 치료를 고집하고 있었다. 그가 다친 것이 자기 책임이라는 주장을 하면서.

"아야! 아파요. 살살 좀 해요."

"엄살떨지 마. 더 아프게 한다?"

"정말 아프다니까요."

"킥킥, 귀여운 녀석."

보보는 웃옷을 벗은 채 바닥에 엎드려 있었고 그의 엉덩이 위에 걸터앉은 피코가 약초를 바르며 킥킥대는 중이었다. 등의 상처를 다 손본 피코가 별안간 보보의 바지를 휙 까내렸다.

보보가 펄쩍 뛰어오른 것은 뻔한 것이었다.

"누나! 거긴 내가 한다니까요!"

"가만있어! 네가 네 엉덩이를 어떻게 본다는 거야?"

"어휴~"

피코가 엉덩이를 깔 때마다 보보는 얼굴이 벌게지며 항의했지만 그녀의 힘을 당할 수는 없었다. 우악스럽게 바지를 벗겨 내리지 않은 것만도 다행이었다. 최소한 부드럽게 다루기는 하는 중이었으니까. 한 가지 의문은 보보의 엉덩이를 만지는 피코의 표정이 은근히 행복해 보인다는 것이었다.

"잘들한다, 잘들해. 좋아서들 어쩔 줄을 모르시는구만. 정말 눈꼴 시어서 못 봐주겠네."

유코가 제 허리에 두 손을 척 올리고 빈정거리는 소리를 했다.

"무슨 말이야? 지금 치료 중이잖아? 헛소리하지 말고 저리 가서 놀아!"

피코가 툭 쏘아붙였다. 하지만 그녀의 얼굴이 좀 민망해하는 것은 숨길 수 없었다. 엉덩이를 깐 채 깔려 있는 보보는 말할 것도 없었고.

"흥!"

유코가 홱 돌아섰다.

동굴 안에서의 생활이 어느 정도 익숙해지자 유코는 우레를 데리고 온 굴을 다 헤집고 다니며 구경했다. 굴은 바위산에 몇 개의 입구를 내고 있었고 그 지하는 미로처럼 복잡하게 얽혀 있었다.

맨 처음 유코가 관심을 가진 것은 햇빛이 전혀 들어오지 않는 데도 무척 밝다는 것이었다. 그것에 대해서는 보보나 다른 사람들도 무척 신기해하고 있었지만 그저 마족들이 무슨 요술을 걸어놓았겠거니 하고 생각하고 있었다.

하지만 일단 궁금하면 참지 못하는 유코는 치요를 붙들고 이런저런 질문을 하고 싶었다. 그런데 치요가 자꾸만 자리를 비워서 도무지 기회가 나지 않았다. 이곳에 오던 날부터 치요는 족장과 무슨 의논을 하느라고 잠자는 시간이 되기 전에는 좀처럼 돌아오지 않았다.

"안 되겠어, 우레. 우리 이럴 게 아니라 직접 돌아다녀 보자."

"삐비비~ 삐잉이이~"

"뭐? 넌 여기서 살았었다고?"

"삐비비~"

"그래, 그렇겠지. 치요가 여기서 살았었다니까. 그런데 넌 왜 이 동굴에 대해서 아는 게 하나도 없어?"

"비?"

유코의 질문에 우레는 대답을 하지 못하고 있었다. 사실 우레는 별로 기억나는 것이 없었다. 치요의 가족들과 함께 이곳에 살았었다는 것만이 어슴푸레 떠오를 뿐이었던 것이다.

"그러니까 너는 짐승인 거야. 겨우 오 년 전에 있던 일이 생각이 안 난다면 그건 머리가 나쁜 거거든."

유코의 말에 우레가 펄쩍 뛰며 항의를 했다.

"삐비비! 삐비비빕! 비비빕? 비잉미비입!"

유코도 펄쩍 뛰며 얼굴이 벌게졌다.

"뭐, 뭐가 어째? 왜? 어째서?"

"삐비비! 이입비비미비! 비비빕!"

"뭐? 이 자식, 너 죽고 싶어? 이리 못 와?"

“깨액!”

유코가 쫓고 우레가 쫓기는 숨바꼭질이 시작되었다. 그 뒤로 피코와 보보가 고개를 절레절레 흔들며 바라보고 있었다. 마침 치요가 들어오며 그 모습을 보고 웃었다.

“치요, 언제 왔니?”

“좀 전에. 저 애들은 언제나 시끄러워. 심심하진 않을 거야.”

“그러게 말이다. 매일 저렇게 둘이 싸우고 뛰어다니니 저녁만 먹으면 곯아떨어지지. 아무 고민도 없이…….”

“그런데 치요, 우레가 뭐라고 했길래 유코가 저 난리지?”

그러자 치요가 피식 웃었다.

“우레가 뭐라고 했느냐면 몇 달 전의 일도 기억 못하는 유코가 더 머리 나쁜 바보 짐승이라고 했어. 킥킥.”

그러자 보보가 말했다.

“맞는 말이네, 우리는 기억이 하나도 없으니까. 유코가 먼저 시비를 건 셈이군.”

피코가 보보를 보고 말했다.

“유코는 그럴지도 모르지만 넌 우리보다 더 머리가 좋잖아.”

“에이, 무슨 말이에요? 제가 무슨 머리가 좋다고. 헤헤.”

피코의 칭찬에 보보가 머쓱해서 말했다.

“아니야, 넌 운동 신경이 둔해서 그렇지 손재주랑 머리는 우리보다 나은 것 같아.”

“그럴 리가요. 그런데 유코가 정말로 우레랑 말이 통하는 것 같죠?”

보보가 신기하다는 듯이 말했다. 치요가 고개를 끄덕였다.

“확실해. 유코는 우레의 말을 알아듣고 있어. 우레는 원래 사람의 말을 눈치로 때려잡는 녀석이었지만 확실히 유코랑은 말이 통하는 것 같아."

"그럼 치요, 너와는 어떠니?"

"나와도 물론 말이 통하지. 마력으로 뜻이 통하는 거니까."

그들이 얘기하는 동안 유코와 우레는 방 안을 몇 바퀴 돌다가 복도로 뛰어나가 버렸다. 보보가 그 애들의 뒤통수에 대고 덧붙였다.

"참 건강한 애들이야, 정말."

아이들이 나간 문을 바라보던 피코가 문득 생각난 듯 말했다.

"참, 그보다 치요, 언제까지 여기에 있을 거니?"

"글쎄, 아직 좀 더 머물 생각인데 왜?"

"그냥. 너무 신세를 지는 것이 아닌가 해서. 우리가 먹어대는 양도 장난이 아니고."

"그건 그렇지. 우리가 마냥 신세를 질 만큼 여유있는 마을이 아닌 것은 사실이야."

"그럼 마냥 신세지고 있을 수는 없잖아?"

"안 그래도 그 문제로 퍼쿵과 상의해 보았는데……."

보보와 피코는 상당히 그 문제에 대해서 신경이 쓰이는 모양이었다.

"퍼쿵은 뭐래?"

"우리가 먹을 것은 우리가 해결하는 것이 좋겠다고 하던데……?"

그러자 피코가 말했다.

"맞는 말이잖아. 나도 그렇게 생각하는데. 우리가 여태까지 누구한테 신세지고 살아왔던 것도 아니고 힘이 없는 것도 아닌데 이렇게 지내는 것은 별로 내키지 않아, 나는."

보보도 고개를 끄덕이며 말했다.

"맞아요. 내 생각도 같아요. 특별한 일이 없다면 어서 이곳을 떠나주는 게 옳다고 생각해요."

치요가 잠시 망설이더니 말을 이었다.

"그래. 나도 알고 있어. 하지만 아직 좀 해야 할 일이 남아 있거든. 그냥 아무 생각 없이 눌러앉아 있는 것은 아니니까."

"여기 머물러야 할 무슨 이유라도 있니?"

"응. 퍼쿵과는 상의를 했지. 엊그제 너희가 잠들어 있을 때. 너무 곤히 잠들어 있어서 깨울 수가 없었어. 실은 지난번에 내가 얘기한 것 말야. 별이 떨어졌다는 것, 그리고 지진에 대해서 좀 알아볼 필요가 있어서 말야. 이곳에는 여러 가지 능력을 가진 마법사들이 있어서 그들에게 좀 배울 것이 많아. 그래서 아직은 떠날 수가 없는 거야."

"그거야 그렇겠지만 이 사람들에게 피해를 주어서는 안 되잖아?"

"이곳에는 너만 남아 있고 우리는 동굴 밖에서 숙소를 만든 다음 당분간 거기서 살면서 너를 기다리면 어떨까 하는데……."

보보와 피코의 말에 치요는 좀 고민하는 것 같았다. 잠시 말이 없더니 이윽고 입을 열었다.

"음, 내 생각에는 그건 좀 그렇고 이곳에서 머물면서 먹을 것만 우리 손으로 조달하는 것이 어떨까?"

"족장님이나 마족 사람들이 그렇게 하도록 하겠어? 그 사람들에겐 우리가 손님일 텐데……."

"하지만 난 너희가 나가서 사는 건 싫은걸. 난 너희와 떨어져서 살기 싫어."

치요는 좀 우울해진 것 같았다. 피코가 달래듯이 말했다.

"우리가 널 떼어놓고 어디 간다는 것은 아니잖아. 우린 항상 근처에

서 널 기다리고 있을 테니까 아무 걱정할 필요 없어. 치요, 네가 일을
다 보고 나면 다시 합류하는 거야."

"그래도……."

선뜻 결정을 내리지 못하자 보보가 끼어들었다.

"그럼 그 문제는 모두가 모여서 상의해 봐요. 좋은 방법이 있을 거
야."

"그래, 좀 천천히 생각해 보자. 그런데 퍼쿵은 어디 갔니?"

치요가 한숨을 내쉬더니 말했다.

"휴~ 퍼쿵은 밖에 나갔어. 근방을 살펴보겠다고."

"그럼 우리도 좀 나가볼까? 보보, 몸 괜찮아?"

"예, 이제 걱정없어요."

방을 나서는 두 사람을 얼른 불러세운 치요가 이상하게 생긴 돌멩이
를 하나씩 주었다.

"이것을 지니고 있어. 이게 없으면 이 동굴로 돌아올 수 없으니까
잃어버리면 안 돼."

"이게 뭐지?"

피코와 보보는 돌을 받아 주머니에 넣으며 물었다.

"이건 이 동굴의 마법진을 만들 때 쓰여진 물건이야. 절대로 잃어버
리지 마."

"그럼 동굴도 마법진인가 뭔가에 싸여져 있는 거야?"

"응, 그래서 내가 이곳을 찾지 못했던 거야."

"좋아. 그럼 저녁때 보자, 치요."

"조심해."

치요는 잠을 자겠다고 자리에 누웠다. 날이 밝으면 마족들은 잠을 잤다. 피코와 보보는 동굴 밖으로 나가기 위해 복도를 걸어나가기 시작했다. 마족들은 모두 잠을 자는지 보이지 않았다. 가끔씩 파수를 서는 사람만이 보이고 있었다.

들어왔던 곳을 찾아서 나가자 밖은 대낮이었다. 아니, 벌써 늦은 오후 같았다. 이틀 만에 보는 태양이 눈부셨다.

"오랜만에 나오니까 공기가 너무 맑아요."

"그래, 정말 좋구나."

"해가 서쪽에 있는 걸 보니 곧 날이 어두워지겠네요."

"굴 속에 틀어박혀 있으니 시간을 알 수가 없구나."

"마족들은 왜 동굴 안에서만 살죠? 답답하지 않을까요?"

그 이틀 동안 피코와 보보는 다친 몸을 회복하느라 방 안에서 단둘이 보낸 시간이 많았다. 퍼쿵과 치요는 족장을 만나러 다니고 유코와 우레는 놀러 다니느라 잠자는 시간에만 들어오곤 했던 것이다. 접촉이 많다 보니 자연히 서로에 대해서 슬그머니 관심이 많아진 두 사람이었다.

피코가 은근한 눈초리로 보보를 바라보며 말했다.

"원래 그렇게 생겨먹은 사람들인데 어쩌겠니? 그건 그렇고 보보, 넌 이제 존댓말 좀 쓰지 말아라. 뭐야, 남남도 아니고."

"그래도 어떻게……."

"얌마, 사내 자식이 왜 그리 숫기가 없어? 그냥 말 놔버리면 되지."

"처음에 존댓말을 해서 그런지……."

"그땐 그때고 지금은 지금이지. 이제부터 반말로 해. 누나도 빼고 그냥 피코라 불러. 알겠지?"

“하지만…….”

그녀의 말투는 전에 없이 다정스럽게 들렸다.

“뭐가 하지만이야? 치요나 내가 퍼쿵에게 누나니 형이니 오빠니 하는 거 봤어?”

“그래도 돼요?”

“아이~ 난 그러는 게 더 좋단 말이야. 그렇게 할 거지?”

왠지 피코의 말투에 코맹맹이 소리가 섞여 나오고 있었다.

“예… 아니, 응.”

반말을 하는 보보의 얼굴이 빨개졌다. 왠지 분위기가 어색해지고 있는 두 사람이었다.

“거 봐. 훨씬 좋잖아?”

피코가 은근히 보보의 팔짱을 끼며 환한 얼굴로 웃었다. 보보도 마주 보며 웃었지만 얼굴은 더 빨개져 있었다.

보보가 슬쩍 팔을 빼며 말을 더듬었다.

“퍼, 퍼쿵이 근처에 있을지도 몰라.”

대답하는 피코도 말을 더듬고 있었다.

“어, 어딘가 있을 텐… 데…….”

말이 없어진 두 사람은 울창한 숲길을 걸어 바위산이 보이지 않는 곳까지 나왔다. 어디선가 짐승 소리가 들리는 것도 같았다.

“무슨 소리 안 나?”

가만히 귀 기울이니 짐승의 울부짖는 소리가 잠시 들리다가 멎었다.

“저쪽이다.”

피코가 앞장서고 보보가 뒤를 따랐다. 너무 빨리 달려서 피코와의 거리가 자꾸 멀어지고 있었다. 그러자 되돌아온 피코가 보보의 손을 덥석 쥐더니 끌고 가는 것이었다. 곧 그들의 앞에 커다란 짐승을 끌고 오는 퍼쿵의 모습이 보였다. 멧돼지같이 생긴 얼굴에 몸은 곰같이 생긴 짐승이었다.

얼른 손을 놓은 피코가 시치미를 떼며 물었다.

"퍼쿵, 뭐 하는 거야, 혼자서?"

"어? 너희들, 몸은 괜찮은 거야?"

"응, 다 나았어. 그런데 왜 혼자서 사냥을 해?"

"네가 아프니까 그랬지 뭐."

"너무하는군, 퍼쿵. 나를 이렇게 무시하기야?"

피코가 짐짓 기분이 상했다는 표정을 지으며 말했다. 그러자 퍼쿵이 당황하며 변명을 했다.

"그런 게 아니라 피코, 내가 너를 어떻게 무시할 수 있겠어? 우리 피코가 나보다 더 재빠른데. 안 그래? 다만 나는……."

"풋! 농담이야, 퍼쿵. 괜히 그래 본 거야. 어때? 짐승은 좀 있어?"

"글쎄, 많이 돌아온 것 같긴 한데… 아직 잘 모르겠다."

두 사람이 얘기를 하는 동안 보보는 뭔가 고민을 하며 우물쭈물하고 있었다. 퍼쿵이 흘깃 쳐다보더니 물었다.

"왜, 보보? 무슨 할 말이라도 있니?"

보보는 여전히 우물쭈물하고 있었다.

"저… 그게… 아까 좀 전에… 혹시……."

피코가 얼른 보보의 말을 끊었다.

"이, 이 녀석 존댓말하지 말랬더니 이래요, 글쎄. 얘가 퍼쿵에게 반말하기가 어려워서 이러는 거야. 그렇지, 보보?"

"으, 으응……."

퍼쿵이 실소를 터뜨렸다.

"푸하! 그냥 반말하면 되지 뭘 고민해? 보보, 내가 언제 너보고 존댓말하라고 했냐? 하하하!"

보보는 얼굴이 새빨개져서 아무 말도 못하고 있었다. 퍼쿵은 단지 피코의 말을 그대로 받아들일 뿐이었지만 사실 보보는 둘이 손잡고 다니던 것을 들켰을까 봐 그게 걱정이었다.

"어서 동굴로 돌아가자. 이 돼지를 전해줘야지."

피코가 커다란 짐승을 보며 고개를 끄덕였다.

"역시 퍼쿵도 같은 생각이었군."

"응, 거저 얻어먹고 있을 수는 없으니까."

"좋아, 그럼 내일부터 나와 같이 매일 사냥을 하자. 우리가 먹을 것은 우리가 만들어야지."

그들은 부지런히 바위산을 향해 걸었다. 곧 해가 질 것 같았다.

유코와 우레는 동굴 안을 헤매고 다녔다. 낮 동안은 거의 보이지 않더니 해가 지고 저녁 시간이 되자 미족 사람들이 하나둘 나타나기 시작했다. 동굴의 미로 여기저기에 방이 있었는데 각각 사람들이 살고 있었다. 마치 다세대 주택 같은 형태였다.

유코의 뒤를 따라가는 우레는 털이 잔뜩 헝클어져 있었다. 아마도 유코에게 잡혀 얻어터진 모양이었다. 구겨놓은 털목도리 같은 몰골로 투덜거리며 걷고 있었다.

"삐비비~"

중얼거리던 우레가 코를 벌름벌름하더니 어디론가 달려나갔다.

"야! 어디 가냐, 우레!"

우레는 대답도 하지 않고 모퉁이를 돌아 사라져 버렸다.

"너무 많이 때렸나? 좀 달래줘야 되겠네."

유코가 혼잣말로 중얼거리며 모퉁이를 돌아섰다.

"뭐, 뭐야, 이곳은……?"

유코는 눈을 동그랗게 뜨며 발을 멈췄다. 놀랍게도 유코의 눈에 들어온 것은 나무였다. 그것도 한두 그루가 아니라 수십 개의 나무들이 들어서 있는 숲이었다.

'어떻게 이런 땅속에 숲이 있지?

유코는 두리번거리며 숲 속으로 발을 들여놓았다. 위를 올려다보았으나 하늘은 보이지 않았다. 대신 나무들 위쪽으로 보이는 것은 검은 돌로 되어 있는 동굴의 천장이었다. 여전히 해도 없는데 밝은 그대로였고 울창한 숲과 풀밭으로 이루어져 있었다.

"이럴 수가! 마족들은 정말 신기한 마술을 많이 부리는 모양이군. 우레! 우레야, 어디 있니?"

유코는 소리를 질렀다. 좀 음침한 것이 혼자라는 생각이 들자 무서워지기 시작했다. 그렇다고 우레만 놔두고 혼자 돌아가기도 그렇고 해서 엉거주춤 주변을 둘러보며 우레를 불렀다.

"거기 누구예요?"

"엄마! 깜짝이야!"

유코가 소스라치게 놀라며 소리가 나는 곳을 돌아보니 먼발치의 나무들 사이에서 몇 명의 사람들이 고개를 내민 채 바라보고 있었다. 천방지축의 유코였지만 이런 한적한 숲 속에서 혼자 낯선 사람들을 만나게 되니 갑자기 덜컥 가슴이 내려앉는 것 같았다.

"저, 저기… 죄송해요. 일부러 들어온 것은 아니에요. 우리 우레가 이리로 들어가서…….”

“우레? 방금 들어간 새 말이에요?”

“예. 혹시 어디로 갔는지 보셨어요?”

내다보고 있는 사람들은 무엇을 하는지 고개만 비죽이 내밀고 있었다. 전혀 움직이지도 않고.

“저 안쪽으로 들어갔는데 당신과는 어떤 사이지요? 당신은 마족이 아닌 것 같은데…….”

“제 친구거든요. 저… 조금 찾아보고 가도 되나요?”

얘기를 나누어보니 목소리가 부드러웠다. 그래서 안심이 되자 유코의 목소리도 밝아졌다.

“그러세요. 하지만 절대로 나무나 풀을 꺾으면 안 돼요.”

“예. 조심해서 다닐게요.”

유코는 조심하면서 숲으로 들어갔다. 그들이 있던 곳까지 걸어갔지만 어찌 된 영문인지 방금 그 사람들은 한 명도 보이지 않고 사라져 버렸다.

“어? 방금 전까지 있던 사람들 다 어디로 갔지?”

유코는 이상하다는 듯이 중얼거렸다. 코앞에 있던 사람들이 갑자기 사라지자 좀 으스스한 생각이 들었다. 그러나 곧 어디로 갔겠거니 무시하고는 우레를 찾기 시작했다.

“우레~ 우레야, 어디 있니? 내가 잘못했어. 어서 집에 가자.”

우레는 어디로 갔는지 보이지 않았다.

“삐비비~”

어디선가 멀리서 우레의 목소리가 들리는 것 같았다. 들릴 듯 말 듯 작은 소리였다. 뻥 뚫린 하늘 대신에 돌로 된 천장으로 막혀 있다 보니 소리가 울려서 어느 쪽에서 들려오는지 방향을 잡을 수가 없었다.

"우레! 어디에 있니~ 안 때릴게!"

『아야! 아프잖아!』

"어머?"

갑자기 아래쪽에서 들려오는 소리에 깜짝 놀란 유코가 펄쩍 뛰었다. 몸이 기울어지면서 옆에 있던 나무의 가지를 꽉 잡았더니 또 누가 소리를 질렀다.

『조심해요! 가지를 꺾으면 안 돼요!』

유코는 너무 놀라 비명도 못 지른 채 바닥에 털썩 주저앉아 버렸다. 아무도 없는데 누군가가 자꾸 말을 하고 있기 때문이었다.

『조심해요, 아가씨. 우린 다 살아 있단 말이에요.』

"누, 누구세요? 어디 있어요?"

유코가 두리번거리며 주위를 둘러보았다. 그러나 아무도 보이지 않았다.

"이상하네. 분명 옆에서 소리를 질렀는데……. 뭔가 으스스하군."

유코가 고개를 돌리려는 순간 다시 목소리가 들렸다.

『아가씨, 여기예요, 여기. 옆에 나무요.』

"어?"

유코가 돌아보니 자신이 짚고 있는 나무에서 눈과 입의 모양이 슬쩍 떠오르고 있었다.

"꺄악!"

너무 놀란 유코는 자리에 털썩 주저앉고 말았다. 그것은 유코가 한 아름 펼쳐도 모자랄 만큼 큰 나무였는데 은근히 움직거리고 있었다. 놀라서 눈물이 그렁그렁한 유코에게 나무가 다시 부드러운 목소리로 말했다.

『놀라지 말아요. 우리는 나무의 정령들이에요. 나쁜 귀신이 아니니까 괜찮아요.』

"나, 나무의 정령?"

『그래요, 아가씨가 밟고 있는 것은 풀의 정령이고요.』

『안녕하세요? 저는 풀의 정령입니다.』

유코는 어찌할 줄을 몰랐다. 내려다보니 정말 발 밑에 밟혀 있는 풀이 움직거리며 말을 걸고 있었다.

"어머, 어머."

유코가 발을 피하려고 했으나 주위가 온통 풀밭이어서 발을 둘 곳이 없었다. 어쩔 줄을 몰라 하는 유코에게 그들의 웃음소리가 들렸다.

『호호호, 괜찮아요. 장난친 거예요. 많이 놀라셨나 보죠? 우린 밟아도 괜찮아요. 아무렇지 않아요.』

그러자 나무도 웃으며 말했다.

『하하하, 장난이 지나쳤나 봐. 너무 당황하신다. 귀여워요, 아가씨.』

'뭐야, 이것들은?'

유코는 슬쩍 부아가 치밀었다. 하지만 그보다 무서운 것이 더했다. 여전히 벌렁거리는 가슴이 진정되지 않았기 때문에 그녀는 화를 낼 여력도 없었다.

"세상에, 나무와 풀이 말을 하다니… 정말 신기하네요. 처음 보았어요."

『아가씨는 마족이 아니군요. 그런데 어떻게 우릴 볼 수가 있는 거죠?』

"글쎄요, 저도 어떻게 된 건지……. 그것보다 당신들의 정체는 뭐죠?"

『정령이라고 했잖아요.』

"정령이 뭐냔 말이에요, 내 말은. 나무면 나무고 풀이면 풀이지 식물이 어떻게 말을 하는 거냐구요?"

『우린 말을 하는 것이 아니에요. 당신이 우리를 느끼는 거지.』

"느낀다구요?"

『그래요. 보통 사람들은 우리를 느낄 수가 없거든요. 눈에 보이지도 만져지지도 않구요. 우리가 생각하고 살아가는 것을 느끼는 사람은 많지 않아요.』

"그럼 미족들만이 그걸 느끼는 것인가요?"

『아니어요. 미족 중에서도 정령과 통할 수 있는 사람은 따로 있지요. 많지는 않아요.』

순식간에 수십 명으로 불어난 정령들은 유코를 둘러싸고 얘기를 시작했다. 어찌 된 일인지 유코는 그들이 낯설다거나 무섭지 않게 느껴졌다. 마치 오래전부터 알던 친구들처럼. 게다가 정령들도 유코에게 무척 친절했다.

『미족들은 대개가 우리를 느낄 수 있기는 하지만 우리랑 대화하거나 우리를 부릴 수 있는 사람은 따로 정해져 있답니다.』

"당신들을 부린다구요?"

『예. 우리는 특별한 능력을 가진 사람과만 통할 수 있어요. 그런 사람은 우리를 통해 자연의 강한 힘을 사용할 수가 있지요.』

유코는 그들의 얘기를 듣자 무척 흥미로웠다. 어쩌면 자신도 이들과 어떤 관계를 맺을 수 있을지도 모르지 않은가!

"자연의 강한 힘이라뇨?"

『정령은 우리 식물들만이 아니라 모든 자연에 다 있어요. 땅과 바람과 물과 불이 모두 가지고 있죠. 동물도요. 그런데 동물들은 죽을 때까지 자신의 정령을 느끼지 못해요. 일반적으로 동물의 정령을 영혼이라고 부르죠.』

"아~ 영혼이요? 그럼 이를 테면 당신들도 모두 영혼이란 말이군요?"

영혼이라는 단어가 나오자 유코가 아는 체를 했다. 정령이라는 말은 생소했지만 영혼이란 늘 듣고 사용하던 말이었으니 이해가 쉬웠던 것이다.

『그런 셈이죠. 비슷한 존재니까요.』

"그런데 어째서 당신들은 살아 있는 동안에도 자신들의 영혼을 느낄 수가 있다는 거죠? 혹시… 당신들도 이미 죽은… 저… 그러니까… 제 말은… 예?"

유코는 죽었다는 말을 하려니까 좀 거시기 했다. 마치 유령들 사이에 있는 것 같아서 머리 뒤꼭지가 주뼛거리는 것 같았고 소름이 끼치기도 했다.

그런 유코에게 그들이 웃으며 대답했다.

『하하하, 아니에요. 우린 살아 있어요. 동물들은 움직이는 데 모든 에너지를 쏟아 붓고 그렇지 못하면 죽게 되기 때문에 상대적으로 영혼의 존재 가치와 중요성이 떨어져서 그런 거예요. 하지만 우리 식물은 활동은 하지만 움직이지는 않잖아요? 그래서 영혼, 즉 정령의 존재가 크지요.』

"그럼 땅이나 바람, 물, 뭐 그런 것들은 어때요?"

『대부분의 사람이 그런 것들은 생명이 없다고 생각하죠. 하지만 그들도 모두 살아 있어요. 그들의 정령은 우리 식물의 정령보다도 훨씬 더 강하답니다.』

"아, 그렇군요. 말하자면 움직임이 약할수록 정령은 강해지나 보군요."

『뭐 꼭 그런 것은 아니지만 일반적으로 그렇다는 거죠.』

유코는 너무 재미있어서 우레를 찾던 것도 잠시 잊어버리고 있었다. 그들이 말하기를 유코는 영혼이 무척 강한 사람이라고 했다.

『당신에게서는 무척 강한 영혼이 느껴져요. 혹시 정령술사인가요?』

"그게 뭔데요?"

『정령을 다루는 마법사죠. 아까 얘기했던…….』

"아닌데요. 저는 오늘 정령이라는 것을 처음 알았거든요."

유코는 그들과 시간이 가는 줄도 모르고 오랫동안 얘기를 나누었다. 그 결과 많은 것을 알았다. 그들이 이곳에 뿌리 내리고 사는 것이 아니라 잠시 정령만 다니러왔다는 것도. 그리고 그곳에 있는 나무와 풀은 허상이라는 것도. 그들의 얘기는 다시 나타난 우레 때문에 중단되었다.

『어? 아가씨가 찾던 새가 돌아왔군요. 나머지는 다음에 얘기하기로 할까요?』

"또 만날 수 있을까요?"

『그럴 거예요. 우린 아가씨가 맘에 들었거든요.』

우레는 어디를 다녀왔는지 좀 이상한 냄새를 묻혀 가지고 돌아왔다. 그리 나쁜 냄새는 아니었는데 그래도 생전 처음 맡아보는 신기한 냄새였다. 어딘지 향기롭기도 하면서도 좀 톡 쏘는 듯한 향이었다. 무엇인가 잔뜩 먹은 모양이었다. 입가에 푸르고 붉은 풀 부스러기가 잔뜩 묻어 있었다. 배도 약간 부른 듯했고.

어쨌든 나무와 풀의 정령들과 작별을 하고 유코와 우레는 다시 동굴을 돌아다니며 구경했는데 조금 시간이 지나자 어디선가 맛있는 냄새가 풍겨오기 시작했다. 뱃속에서 소리가 들려왔다.

꼬르륵~

모두들 식사를 하는 시간인 모양이었다. 해가 져야 일어나는 마족이 식사를 한다면 벌써 늦은 밤이 된 것이 틀림없었다.

“어? 지금 밥 먹는 시간인가 보다. 어쩐지 배가 고프더라니…….”

“삐비비~”

유코의 말에 우레도 배를 만지작거리며 중얼거렸다. 얼마나 정신없이 다녔는지 저녁 먹는 것도 잊고 있었던 것이다.

“너희들, 어딜 그렇게 돌아다녔냐?”

유코와 우레가 들어오자 보보가 쫓아오며 물었다. 좀 화가 난 표정이었다.

“응? 구경 좀 하느라고……. 왜?”

“왜라니? 얼마나 찾아다녔는지 알아? 좀 어디 가면 간다고 말하고 다니면 안 돼?”

“어머, 얘는 왜 그렇게 화를 내고 그래?”

유코는 별일 다 보겠다는 듯이 툭 내뱉었다.

그러자 보보가 좀 언성을 높였다.

“화는 누가 냈다고 그래? 걱정돼서 그렇지.”

보보가 언성을 높인 것은 처음이었다. 놀라서 잠시 멍하니 있던 유코는 되려 더 소리를 질렀다.

“무슨 상관이야? 네가 내 남편이라도 되니?”

원래 적반하장은 유코의 특기 아닌가.

옆에서 가만히 바라보던 퍼쿵이 조용한 음성으로 말했다.

"그래도 걱정하는 사람도 생각을 해야지."

퍼쿵까지 나무라듯 말하자 그제야 좀 기가 죽었다.

"미안해요, 쿵 오빠. 담부터는 안 그럴게요."

"그만 됐고, 배고프지? 저녁은 먹었어?"

"아직……."

유코는 웬일인지 퍼쿵만은 어려워했다. 잘 따르기도 했지만 그의 말은 거의 순종하는 것이다. 그래서 차마 먹을 것을 달라는 말은 꺼내지 못하고 있었다.

"자, 이리 와서 좀 먹어. 너희 것을 좀 남겨뒀다."

보보가 한 켠에 놓아둔 음식을 내놓았다. 유코와 우레는 눈치를 실실 보며 탁자로 가더니 음식을 먹기 시작했다. 낮에 퍼쿵이 잡아온 멧돼지를 요리한 것이었다.

정신없이 먹고 있는 유코네에게 피코가 한마디 했다.

"유크, 아무리 천방지축이라지만 여긴 마족의 마을인데 좀 조심하지 그래? 남들에게 폐를 끼치면 안 되잖아?"

"알았어요. 나도 이렇게 늦은지는 몰랐단 말이에요. 담부터는 안 그런다니까요."

아무래도 제가 잘못한지라 피코의 말에도 유코는 별로 대거리를 하지 못했다.

"보보에게 고맙다고 생각하지 않니? 좀 딱딱거리지 말고. 보보가 너희들 음식을 남겨놓은 거니까. 넌 너 생각해 주는 친구에게 너무하는 것 같더라."

“…….”

피코가 계속 빈정거리며 속을 긁었지만 유코는 못 들은 척했다.

“삐비비~”

대신 우레가 보보를 보며 히쭉 웃어주었다. 정신없이 식사를 하고 있는 두 아이의 곁에 사람들이 둘러서서 질문을 했다.

“어디 갔다 이제 오는 거야?”

“뭐 재미있는 일이라도 있었어?”

“응, 여기저기 구경했는데 나 오늘 이상한 것 봤어요.”

“뭘 봤는데?”

“나무와 풀의 정령이요.”

“정령? 그게 뭔데?”

모두들 정령에 대해서 모르는 모양이었다. 유코는 괜히 어깨가 으쓱해졌다. 그도 그럴 것이 유코가 퍼쿵 일행과 살게 된 이후로 남들이 모르는 것을 혼자만 안 적은 한 번도 없었던 것이다. 늘 유코가 물어보고 남들이 가르쳐 주었던 것인데 이번에는 반대의 입장이니 자연히 목에 힘이 들어갔다.

“호홋, 정령을 모른단 말이에요? 아이고, 세상에. 정령을 모르다니…….”

유코가 언제 기가 죽었었냐는 듯이 잘난 척을 시작하자 피코는 말이 없어졌다. 괜히 물어봤다는 표정이다. 다만 퍼쿵만이 귀엽다는 듯이 웃고 있었다.

“정령이라는 것은 말이죠, 일종의 영혼이에요. 그러니까 나무나 풀, 또… 뭐더라? 불이랑 물 같은 것에 말이죠. 그것들에 영혼이 있는데 그것이 바로 정령이랍니다. 오호호, 알겠어요?”

유코는 마치 원래부터 알고 있던 것이라는 듯 말하고 있었다. 그 옆에서 열심히 먹을 것을 집어넣던 우레가 가자미눈을 뜨고 기가 막힌다는 표정으로 바라보았지만 별로 아랑곳하지 않았다.

"그런데 그게 어쨌다는 거지?"

"아, 글쎄, 내가 그것을 만나고 왔다니까요."

"어디서?"

다들 긴가민가 하는 표정이었다.

"동굴 어디서겠죠 뭐."

"동굴 어디서라니?"

"그걸 어떻게 설명해요? 동굴이 다 똑같이 생겼는데……."

그때였다. 족장에게 갔던 치요가 들어왔다.

퍼쿵이 치요를 맞았다.

"어? 치요 왔구나. 그래, 일은 잘 되어가니?"

"응, 장로님들의 도움으로 몇 가지 알아냈어. 그런데……?"

말을 하던 치요가 유코를 보며 좀 놀라는 표정이었다.

"왜?"

모두들 치요의 반응을 의아해했다.

그때 우레가 슬슬 치요의 눈치를 보며 퍼쿵의 뒤로 슬금슬금 몸을 숨겼다.

"유코, 너 어떻게 된 거야? 좀 이상한걸. 달라졌잖아?"

모두의 눈이 유코에게 쏠렸다. 그러자 유코는 당황해서 제 몸을 살펴보며 더듬거렸다.

"무, 무슨?"

유코는 전에 몇 번인가 당한 적이 있는지라 우선 옷을 제대로 입고 있는지부터 살폈다. 남들의 시선이 자신에게 주목될 때면 우선 떠오르는 것이 그거였다. 다행히 옷은 정상적으로 입고 있었다.

"휴~ 그래, 내가 뭐가 달라졌다구? 자꾸 예뻐지는 것을 낸들 어쩐단 말이야? 호호."

안심한 유코가 다시 까불기 시작했다.

그사이에 우레가 고기 한 덩이를 들고 살짝 문밖으로 빠져나갔는데 아무도 눈치 채지 못했다.

"그게 아니라 네 주위에 뭔가 있잖아."

"에? 뭐라고?"

모두가 유코를 자세히 보았지만 주위에는 저희들 이외에는 아무것도 없었다.

"무슨… 소리야, 치요?"

"아, 너희들 눈에는 보이지 않는 모양이구나?"

치요의 말에 유코는 갑자기 소름이 쫙 끼쳤다. 그렇다면 자신에게 유령이라도 붙어 있다는 말인가?

"야아~ 치요, 무슨 소리를 하는 거야? 무섭잖아."

유코가 소리를 지르며 치요에게 눈을 흘겼다.

치요가 유코의 말을 받았다.

"무섭긴 뭐가? 너, 낮에 어디에 가서 뭐 하다 왔냐? 네 옆에 붙어 있는 것은 정령의 일종인 것 같은데……?"

치요의 말에 모두의 눈이 휘둥그레졌다.

"정령?"

정령이라면 조금 전에 유코가 만나고 왔다던 그것이 아닌가? 그렇다면 유코가 한 말이 거짓이나 헛소리가 아니라는 것이 증명되는 셈이다.

잠시 아무도 말을 하지 않았다.

유코는 좀 주의해서 주위를 보았다. 그랬더니 치요의 말대로 뭔가 희미한 줏이 제 주위를 감싸고 있는 것 같았다. 자신을 둘러서 있는 사람들이 약간 굴절되어 보이는 것 같기도 했다.

치요가 다시 물었다.

"그래, 유코. 얘기 좀 해봐. 어디서 누굴 만나고 다닌 거야?"

"으응, 낮에 우레와 같이 동굴을 헤매고 다니다가 나무와 풀의 정령을 만났어. 그것들과 얘기하고, 그러다가 시간이 늦어서 돌아온 건데……"

"정말 정령을 만났다구? 정말 너, 인간 맞아? 정령은 사람들 눈에는 보이지 않는다구. 마력을 가진 사람들만 어렴풋이 느낄 수 있는데……"

"그럼 너도 정령이 느껴지겠구나."

"그럼. 희미하게 느껴지긴 하지만 난 정령을 다루지는 못해. 대화도 못하고. 그런데 유코가 같이 얘기를 나누었다면 유코는 정령술사란 말이 되는데……?"

"정령술사?"

"그래, 정령술사는 마족 중에서도 몇 명 안 되는 강력한 주술사야. 정말 알 수 없는 애라니까, 쟤는."

"호홋, 정말 내가 강력한 정령술사란 말이지?"

남들이 놀라는 것에는 아랑곳없이 유코는 그저 희희낙락이었다. 뭐가 그렇게 기쁜지…….

"좋아요, 좋아. 그렇다면 이제 나는 마법사니까 다들 나를 어떻게 대해야 할지 생각 좀 해봐야겠죠? 호홋."

“아직은 아니야. 넌 아마도 선천적으로 마력을 타고난 아이인 것 같 긴 하지만 그것을 다루는 방법은 아직 모르잖아.”

“나도 알아. 어쨌든……”

퍼쿵이 말을 끊었다.

“그건 그렇고, 우선 우리 앞으로의 계획을 의논해야지. 그것 때문에 모두 기다렸잖아.”

“그래, 모두 이리 모여. 얘기 좀 해보자.”

모두가 모여서 상의한 끝에 치요와 유코, 우레만 동굴에 남고 나머지 셋은 밖으로 나가기로 결정이 났다. 치요는 그다지 내키는 것은 아니었지만 당분간이라는 조건인 데다가 마족의 식량 사정도 그다지 좋은 것은 아니었기 때문에 어쩔 수가 없었다. 유코도 싫다고 펄펄 뛰었지만 치요가 마법을 정식으로 가르쳐 주겠다고 달랬고 마법을 배운다는 생각에 유코가 겨우 동의를 했다. 물론 우레는 자리에 없었고 있다고 해도 아무 생각 없었을 것이다.

다음날 날이 밝자 세 아이를 남겨놓고 모두 동굴 밖으로 나갔다. 퍼쿵과 피코, 보보였다. 우레는 자동적으로 유코를 따라가니까.

그들은 마족의 동굴을 벗어나 적당한 위치를 찾기 시작했다. 가까운 곳에 물이 있어야 하고 들짐승의 습격에 대비할 수 있는 튼튼한 지형이 필요했다.

동굴에서 한 시간가량 걸어나오자 그들은 처음 마족들을 만나던 날 쉬던 곳까지 나오게 되었다. 그 근처에는 작은 시냇물이 모여 계곡을 이루어 흐르는 곳이 있었다. 하지만 완만한 경사의 야산과 온통 평지뿐이어서 토굴을 팔 적당한 지형이 없었다.

그래서 다시 더 멀리 나가려는 퍼쿵에게 보보가 한 가지 의견을 냈다. 집을 짓자는 것이었다. 보보의 의견에 따라 그 근방을 뒤져서 적당한 나무들을 발견한 일행은 곧 작업을 시작했다. 나무를 베어 오고 가지를 다듬고 서로 끼워 맞추는 등 꼬박 하루를 작업한 끝에 꽤 튼튼한 목조 가옥을 완성하게 되었다.

그동안 퍼쿵과 피코가 살아오던 집은 자연 동굴이나 토굴을 판 것이었다. 그 위에 문을 만들어 달았던 정도랄까.

하지만 이번에 지은 집은 달랐다. 임시로 만든 것이긴 하지만 굵은 나무를 땅속에 박아 넣어 네 곳에 기둥을 세우고 그 옆으로 좀 가는 나무들을 가로로 촘촘히 쌓아올려 벽을 만들었다. 그리고 지붕도 경사가 지도록 나무로 서까래를 걸치고 빗물이 새지 않도록 나무를 반으로 켜서 겹쳐 쌓았다. 그 결과 크지는 않지만 세 사람이 충분히 묵을 수 있을 정도의 공간을 가진 집이 완성되었다.

설계는 물론 보보가 했다. 세 사람이 충분히 잘 수 있는 공간의 방과 고기를 저장할 수 있는 창고가 딸린 집이었다. 가죽은 방 안의 벽에 걸어두었다. 방의 한가운데에는 돌을 쌓고 진흙을 개어 발라 불을 피울 수 있도록 화로까지 만들어놓았다.

더욱 놀라운 변화는 약간 떨어진 곳에 작은 간이 건물을 따로 지어 변소를 만들어놓은 것이었다. 전에는 그저 숲에다 구덩이를 파서 해결하고는 했는데…….

완성된 집을 보고 퍼쿵이 감탄했다.

"이야, 괜찮은데? 멋진 집이다. 완전히 인간의 마을에 있는 집과 똑같잖아?"

피코도 만족하는지 고개를 끄덕였다.

"정말 인간의 집이랑 똑같네. 우린 그동안 이런 집을 지을 생각은 한 번도 하지 않았는데… 보보는 정말 머리가 좋아. 그렇지, 퍼쿵?"

피코가 칭찬을 하자 보보가 머리를 긁적이며 자랑스러워했다.

"헤헤, 뭘요. 간단한 구조인데요 뭐."

그날부터 세 사람은 다시 사냥을 하고 가죽을 다듬고 하며 살게 되었다. 갑자기 일행이 반이나 줄어 상당히 허전했지만 당분간이라는 생각에 크게 신경 쓰지는 않았다. 아니, 오히려 조용한 생활에 익숙해지는데는 그다지 오래 걸리지 않았다.

그때부터 보보도 사냥을 다니는 데 동참했다. 퍼쿵과 피코를 따라잡기에는 절대로 무리였지만 두 사람이 적당히 보조를 맞추어 주면서 사냥을 가르쳐 주었다. 보보가 검이나 창을 들고 들짐승과 직접 맞대면할 수는 없었기 때문에 피코로부터 활 쏘는 법을 배우게 되었다.

보보가 검술을 배우게 된 것도 같은 시기였다. 피코는 적당한 목검을 두 개 만들어서 보보에게 검술의 기본을 가르쳤다.

퍼쿵의 검술은 피코와는 종류가 달랐다. 아주 큰 검을 사용하기에 기술도 달랐고 기술 이전에 엄청난 힘이 필요했다. 그러므로 일단은 보보가 흉내 낼 수도 없는 것이었다.

반면 피코는 가늘고 가벼운 검을 사용했기 때문에 힘이 약한 보보도 배울 수가 있었다. 매일 시간을 내어 검술을 수련하는 과정에서 자연히 피코와 보보는 또다시 둘만의 시간이 많아지게 되었다.

그날도 퍼쿵은 혼자서 낮잠을 자고 있었고 두 아이는 조금 떨어진 숲 속에서 수련을 하고 있었다.

"어제 가르쳐 준 자세 잊지 않았지?"

"응, 이렇게 하는 거랬나?"

피코는 수업을 하는 중에는 상당히 엄했다.

"아냐, 그게 아니라 이렇게 자세를 잡아야지."

"이렇게?"

피코가 목검으로 보보의 손목 바로 앞부분을 때렸다.

딱!

"억!"

순간 보보는 손목이 옆으로 크게 꺾여지며 앞으로 넘어질 뻔했다. 목검을 놓치지 않은 것이 다행이었다.

"봐, 내가 치니까 바로 손목이 꺾이잖아. 너, 어제도 연습 안 했구나?"

"으… 응, 저… 어제는 너무 바빠서……."

보보의 변명에 피코의 눈이 확 치켜떠지며 화를 내었다.

"바쁘긴 뭐가 바빠? 요즘 먹을 것도 많이 저장해 놓아서 당분간 사냥할 일도 없는데."

"응, 뭘 좀 만드느라고……."

"너, 검술이 하루아침에 이루어지는 줄 알아? 그렇게 하려면 아예 그만둬!"

"미안, 열심히 할게."

보보는 피코에게 자연스럽게 반말을 하게 되어 있었다. 하나 퍼쿵에게는 그러지 못했다. 그냥 너무 어색하고 또 나이 차도 많이 나기 때문이었다.

야단을 치고 있지만 피코가 정말 화가 난 것은 아니었다. 하지만 검술을 가르치는 데 있어서 적당히는 없었다. 검을 들고 상대와 마주 서면 그 상대가 사람이든 짐승이든 간에 목숨을 걸어야 하기 때문이었다. 보보는 조심성이 많고 머리와 손재주도 좋았지만 반면에 겁이 많고 운동 신경이 둔하기 짝이 없었기 때문에 웬만해선 검술을 익히기 힘들었다. 그런 이유로 피코가 더 독하게 구는 것이었다.

보보는 피코에게 벌써 이 주일째 호되게 야단을 맞는 중이었다. 처음에는 신기하고 기특하게 여기며 곁에서 동생들을 지켜보던 퍼쿵도 요즘은 흥미를 잃고 사냥이 없는 날은 낮잠을 자는 쪽을 택했다. 어차피 자신의 기술은 전수할 수도 없는 터였기 때문이다.

그러나 사실 정확히 얘기하자면 퍼쿵 쪽에서 일부러 자리를 피해주고 있었다. 왠지 요즘 들어서 피코와 보보가 둘이서만 있기를 좋아하는 것 같았고 자신과 있으면 어딘지 어색한 것이 눈치를 보는 것 같았기 때문이다. 조금 서운하긴 했지만 두 동생들이 사이좋게 지내는 것이 고맙기도 한 퍼쿵이었다.

피코는 보보를 향해 냉정하게 한마디 하더니 돌아섰다.

"이대로는 곤란해. 기본적인 체력도, 자세도 되어 있지 않은 상태로는 검을 다룰 수 없어."

"잘할게, 피코. 한 번만 봐줘."

보보는 사정을 했다. 요즘 연습을 게을리 한 것은 사실이었다. 물론 노느라고 그랬던 것은 아니지만 말이다. 보보는 요즘 가족들에게 새로 옷을 만들어줄 가죽을 준비하는 중이었다. 지진으로 도망 나올 때 전부 잃어버려서 현재는 모두가 단벌이었기 때문이다.

그런 것도 있었지만 오늘따라 피코는 유난히 신경질적이었다. 이상하게 무엇인가 초조해 보이고 몸이 좋지 않은지 얼굴색도 좋지 않았다. 화를 내면서도 보보와 시선이 마주치는 것을 피하는 느낌이 들었다.

"피코, 화 많이 났어? 미안해. 이제 열심히 할 테니까 화 풀어."

"그런 거 아냐. 좀 기분이 안 좋아서 그래."

"나 때문이야?"

피코가 소리를 버럭 질렀다.

"아니라니까! 신경 쓰지 말고 연습이나 해."

"아, 알았어."

"좋아. 그러면 지금부터 점심 시간이 될 때까지 내가 가르쳐 준 자세를 연습해. 게으름 피우면 안 돼!"

"알았어."

피코의 기분이 안 좋은 것은 사실이었다. 왠지 모르게 요즘에는 기분이 들쑥날쑥했다. 화창한 가을 하늘을 바라보노라면 허한 기분도 들고 까닭없이 외로운 생각도 들었다. 보보와 함께 있는 것이 마냥 좋아지는 데다가 무엇인가 알 수 없는 감정이 생겨나는 것이었다. 그런데 보보는 그 마음을 아는지 모르는지 가죽만 만지고 있으니…….

피코가 먼발치에서 바라보는 가운데 보보는 그동안 배운 기본적인 휘두르기와 겨누기 자세를 끊임없이 연습해야 했다. 팔다리가 부들부들 떨리고 온몸에 땀에 젖어 바닥이 다 젖도록 목검을 휘둘렀다.

이윽고 피코의 목소리가 들렸다.

"자, 그만. 오전에는 여기까지. 몸 풀고 가서 점심 먹자."

"헉, 헉헉, 알았어."

보보는 털썩 주저앉았다. 그러자 피코가 다가와서 보보를 일으켜 세웠다.

"야, 그냥 주저앉으면 어떡해? 근육이 뭉치잖아?"

"헉헉, 헉, 허억."

보보는 대답도 못할 만큼 지쳐 있었다. 보보의 양쪽 겨드랑이에 손을 끼우고 일으켜 세우는 피코의 손에도 보보의 땀이 줄줄 흘러내리고 있었다.

"안 되겠다. 이리 따라와."

피코는 보보를 질질 끌고 약간 떨어진 곳에 있는 계곡으로 갔다. 겨우 서 있는 보보의 다리가 후들후들 떨리고 있었다.

피코는 다짜고짜 보보를 물가에 엎어놓고 등에 물을 끼얹었다. 등에 찬물이 끼얹어지자 보보는 조금 살 것 같다는 생각이 들었다. 그의 몸은 지나치게 무리를 해서 엄청나게 열이 올라 있었던 것이다.

물을 끼얹어주는 피코의 표정이 밝아져 있었다. 기분이 많이 풀린 모양이었다. 그런 모습을 보고 보보는 생각했다.

'내가 열심히 하는 걸 보고 기분이 좋아졌나 보구나.'

피코의 얼굴은 이제 아주 웃고 있었다.

"기분 어때?"

"어푸푸, 시원해. 어휴, 푸푸푸! 아주 좋아."

보보는 연신 숨을 몰아쉬며 몸을 식히고 있었다. 그런 보보를 바라보며 미소 짓던 피코가 장난스러운 표정을 짓더니 갑자기 보보를 번쩍 들었다.

"어어? 왜 그래, 피코? 어어?"

피코는 보보를 계곡으로 던졌다.

"안 돼! 으아아~"

첨벙!

"깔깔깔깔, 시원하니? 좋지?"

"어푸푸, 어푸! 사, 사람… 어푸!"

피코가 깔깔거리며 웃다가 문득 멈췄다.

"어푸푸, 살려… 줘! 푸푸!"

가만히 보니 보보는 물에 빠져서 허우적거리고 있는 것이었다.

"이런! 물에 빠졌잖아?"

"살려… 꿀꺽꿀꺽… 어푸푸……."

보보는 정신없이 물을 먹고 있었다. 곧 가라앉을 것 같아 보였다.

풍덩!

피코가 물에 뛰어들었다. 계곡의 물은 생각보다 깊었다. 워낙 폭이 좁은 데다 위에서 들여다보기에는 사람의 키 정도 될 것 같았는데 일단 들어가 보니 두 길은 되는 것 같았다.

"어휴~ 정말 나약한 녀석이라니까."

피코가 보보의 뒷덜미를 움켜쥐면서 말했다. 보보는 그제야 겨우 숨을 쉬는 중이었다. 잠시 후 피코에 의해 물 밖으로 끌어 올려진 보보는 배가 올챙이같이 되어 있었다. 벌써 물을 엄청나게 먹은 모양이었다.

"뭐냐, 너? 정말 수영을 못하는 거야?"

보보는 우억우억 물을 토해내더니 말했다.

"그런가 봐. 나도 내가 이렇게 수영을 못하는 줄 몰랐어."

피코는 어이가 없다는 표정이었다.

"그걸 왜 몰라?"

"글쎄, 남들이 다 하니까 나도 좀 하는 줄 알았던 거지 뭐. 전에 수영을 해봤는지 물에 빠졌었는지 기억도 없으니까."

피코는 픽 웃었다.

"너한테는 검술보다 먼저 수영부터 가르쳐야겠다."

"둘 다 가르쳐 줘."

피코는 얼굴에 홍조까지 띠며 활짝 웃고 있었다.

보보가 멍청해진 얼굴로 피코를 바라보았다.

도무지 알 수 없는 일이었다. 오전 내내 기분이 좋지 않다가 갑자기 이렇게 좋아지다니. 게다가 심한 장난도 하고 또 깔깔거리기까지.

'정말 여자들은 알 수가 없군. 유코나 피코나 변덕이 죽 끓듯 하잖아, 정말. 조심해야 해, 여자란…….'

두 사람은 모두 흠뻑 젖어 있었다. 별안간 피코가 벌떡 일어났다.

"쳐다보지 마."

그녀는 보보의 등 뒤로 가더니 옷을 벗는지 사락사락 소리가 들렸다. 보보는 가만히 앉아서 그 소리를 듣고 있었다. 두 사람은 등을 돌리고는 말이 없었다. 곧 이어 물 떨어지는 소리가 들렸다. 젖은 옷을 짜고 있는 모양이었다.

뒤에서 피코의 목소리가 들렸다.

"너도 옷 말려야 하지 않아?"

보보는 가만히 앉아 있었다. 일어나기가 겁이 나는 것이었다. 돌아보고 싶긴 하지만 보보는 너무 수줍음이 많은 소년이었다.

"나, 난 괜찮아. 집에 가서 말리지 뭐."

"무슨 소리야? 집에 옷도 없는데. 여기서 말리나 가서 말리나 똑같잖아?"

그랬다. 옷은 입고 있는 것뿐이었다. 그래서 요즘 가죽을 준비하던 것이 아닌가.

"그, 그래도……."

보보는 이러지도 저러지도 못하고 있었다. 등 뒤에서 피코가 옷을 벗고 있기 때문이었다.

그때였다. 왠지 조용해졌다고 생각하는 순간 보보는 소스라치게 놀라며 흠칫 몸을 경직시켰다. 등 뒤로 피코가 가만히 기대온 것이다.

"엇?"

"잠깐만 그대로 있어줘."

피코의 목소리는 착 가라앉아 있었다.

"피코, 무, 무슨 일……?"

"그냥……."

보보는 너무 놀라서 까무러칠 것만 같았고 심장이 밖으로 튀어나올 듯이 뛰었다. 온갖 잡생각들이 머리 속을 어지럽게 뛰어다니고 있었다.

'이게 무슨 일인가! 지금 피코가 발가벗은 채 나에게 몸을 기대오고 있는 것이 아니냐! 물론 전에도 피코의 나체를 껴안고 있었던 적은 있었지만 그때는 둘 다 잠들어 있었고 불가항력의 상황이었다. 그러나 지금은 다르다. 이번에는 맨정신이고, 또 그녀가 스스로 옷을 벗고 기대오지 않았나. 나긋나긋한 목소리로 속삭이면서 말이다. 어쩌지? 어째야 하지? 아, 물론 옷은 말리려고 벗은 거지만…….'

보보는 너무 긴장해서 꼼짝도 하지 못하고 있었다. 숨도 크게 쉬지 못했다. 숨을 쉬다가 떨고 있다는 사실을 들킬까 봐 겁이 났다. 그런 보보의 상태와는 상관없이 피코는 잔잔한 목소리로 말을 이었다.

"보보, 나 요즘 기분이 좀 이상해. 왜 그러지?"

보보는 애써서 태연한 척하며 물었다.

"뭐, 뭐가 이상한데?"

"글쎄, 뭔지는 잘 모르겠는데 이상하게 맘속이 허전하고 텅 빈 것 같고 그래. 왜 그렇지? 너는 이런 맘 아니?"

보보는 무슨 말을 하는지도 잘 알아들을 수가 없었다. 하지만 대답은 못하고 속으로만 생각했다.

'알 리가 없잖아? 넌 여자고 난 남잔데 그 마음을 내가 어떻게 알아? 그런데 대체 왜 이러는 거지? 좋긴 하지만…….'

실제로 보보는 좋아서 죽을 것 같은 중이었으며 돌아보고 싶어 미칠 지경이었다. 다만 이성과 양심과 부끄러움과 두려움 등의 감정이 복합되어 본능을 막고 있을 뿐이었다.

망상에 빠져 있는 보보에게 피코의 목소리가 귓전에서 들려왔다.

"보보, 보보?"

"엉?"

푸르륵 몸을 떨며 보보가 망상을 떨쳤다.

"나 좀 봐."

"뭐, 뭐라고!"

"아이~ 나 좀 바라보라고."

'고마워. 사실 그렇지 않아도 얼마나 돌아보고 싶었는데…….'

쉭!

바람 가르는 소리였다. 보보의 고개가 돌아가며 생긴…….

"헉! 버, 벌써!"

그리고 아무 말 못했다. 기대했던 것과는 달리 피코는 완전히 옷을 입고 있었던 것이다. 언제 입었는지 옷을 다 입고 무릎을 굽히고 두 팔로 땅을 짚은 자세로 보보의 얼굴에 제 얼굴을 바싹 들이대고 있었다.

실망한 것은 사실이지만 보보는 여전히 온몸으로 땀을 흘리고 있었다. 너무 긴장한 나머지 제 눈이 어디로 향하는지도 깨닫지 못했다.

피코는 앞으로 숙인 자세인지라 목 부분의 옷 사이로 속살이 들여다보였고 보보의 눈은 정확히 피코의 가슴 사이의 골에 고정되어 있었다.

아래를 향해 덜렁 내려온 두 개의 젖가슴만이 보보의 눈에 클로즈업되었고 얼굴과 팔과 그 뒤로 살며시 보이는 다리가 엑스트라처럼 흐릿한 배경 화면을 이루고 있었다.

"보보, 보보?"

다시 피코의 목소리가 들려왔다.

"응? 왜? 왜 그래?"

흠칫 정신이 든 보보의 얼굴은 완전히 빨갛게 물들어 무슨 저녁노을 같았다.

'그래, 이것만 해도 어디야? 정말 예쁘다.'

라고 보보는 생각하고 말았다. 이미 망상은 사라지고 부끄러움만 남은 후였으니…….

벌건 보보의 얼굴을 바싹 들여다보며 피코가 물었다.

"무슨 생각 해?"

하나 이게 웬일? 보보는 피코에게 마주 얼굴을 들이대는 것이 아닌가!

"으응, 사실대로 말해도 돼?"

피코가 고개를 끄덕였다. 요즘 들어 가끔씩 이 두 사람만 남게 되면 대화가 좀 유치해지는 경향이 있었다. 아무도 모르고 있었지만 두 사람이 개미에게 쫓겨 폭포 밑으로 도망갔던 이후로 서로 간에 모종의 설레임이 생겨 버린 것이다. 그 설레임이 차츰 커져서 이제는 꽤 큰 부분이 상대의 마음을 차지하고 있었다. 정작 두 아이는 그 마음의 정체를 깨닫지 못하고 있었으나…….

"피코가 예쁘다는… 생각."

"정말?"

"그..엄~"

피코가 눈을 흘겼다.

"피~ 거짓말~"

보보가 어깨를 쫙 펴더니 크게 말했다.

"정말이다~"

피코가 눈을 동그랗게 뜨며 놀라는 척했다. 그러나 잠시 후 몸을 모로 꼬더니 샐쭉해져서 물었다.

"나 남자 같지 않아?"

"아니~ 누가 그래?"

"너랑 퍼쿵, 치요만 빼고 다!"

보보가 짐짓 과장된 포즈로 주위를 두리번거리며 소리쳤다. 목소리마저 굵게 내며.

"어뜬 놈들이! 다 나오라 그래! 우리 피코가 얼마나 여자다운데."

"우‥ 리… 피코?"

"응."

"우리? 호호, 그렇게 부르니까 기분 좋네?"

어쩜 저럴 수가! 피코의 목소리 톤이 마치 유코가 아양 떨 때와 비슷하지 않은가? 게다가 '호호' 라니……. 정말 유코와 우레가 보았다면 거품 물고 기절할 장면과 대사였다.

그러나 한창 열 오른 청춘 남녀에게 자신들의 그런 꼴이 우습다는 것이 보일 리가 없었다.

"남들이 다 그러는데 나보고 남자 같대. 지난번 마족 아줌마도 그랬잖아."

"그건 피코가 남자처럼 옷을 입고 다녀서 그럴 거야."

“그럴까?”

잠시 생각하던 보보가 피코의 손을 덥석 잡으며 소리쳤다.

“좋아, 피코. 조금만 기다려. 내가 아주 멋진 옷을 만들어줄게.”

“정말? 언제?”

“지금 당장! 가자. 바로 시작하자.”

“아이, 좋아라. 보보!”

그러면서 피코가 보보를 번쩍 안아 들었다. 누가 봐도 남자가 여자를 안아 드는 모습이었다.

“하하하!”

“호호호!”

두 아이는 시끄럽게 웃어대며 집을 향해 달려가, 아니, 정확히 말하면 피코가 보보를 안아 들고 달려가고 있었다.

제4장 **유코, 마법에 눈뜨다**

모두가 떠나고 남겨진 치요와 유코는 본격적인 마법 수업에 들어가기 위해 마족들과 만나고 있었다. 그 부족 중에는 정령을 다루는 사람이 예닐곱 명 정도 있었는데 그중 가장 우수하다는 세 사람이 선생이 되었다.

치요가 유코에게 당부했다.

"유코, 여기 이분들은 정령을 다루는 마법사들이서. 나이가 젊어 보인다고 해서 함부로 대하면 안 돼. 제일 젊어 보이는 사람도 너보다 갑절 이상 더 오래 살았으니까. 말 잘 들어, 말썽 피우지 말고."

"알았어. 내가 뭐 어린애니? 나도 선생님을 존경해야 한다는 것쯤은 안다구."

"물론 알고 있겠지. 하지만 부탁하는데 내가 사정사정해서 겨우 너에게 정령술을 가르쳐 주기로 허락을 받아낸 거니까 제발 공손히 잘해야 한다, 알겠지?"

"알았다니까."

그런 대화를 나누는 두 아이를 정령술사들은 말없이 바라보고 있었다. 한 사람은 나이가 할아버지의 초입은 되어 보이는 대머리노인이었고, 또 한 사람은 아름다운 붉은 머리의 중년여인이었다. 그리고 마지막에 한 명은 퍼쿵의 또래쯤으로 보이는 금발의 청년이었다. 각기 백살, 육십 살, 사십 살 정도 되었다고 했다.

유코가 그들에게 인사를 하며 생각했다.

"안녕하세요, 저는 유코라고 해요. 잘 부탁해요."

'생긴 건 그렇지 않은데 정말 많이도 먹었군. 그런데 다른 마족들보다는 좀 더 들어 보이네?'

그들 중 제일 나이가 많은 사람이 대표로 인사를 했다.

"그래, 반갑구나. 인간이라면서 그런 마력을 가지고 있다니 정말 놀랍다. 하지만 정령을 다루는 것은 그리 쉬운 일이 아니야. 앞으로 우리가 가르치는 것을 잘 보고 배우거라. 네 능력에 따라서 그리 어렵지 않을 수도, 아주 어려울 수도 있는 일이니까."

"알겠어요, 선생님. 열심히 할게요."

유코는 오래간만에 점잔을 빼며 다소곳이 말을 하고 있었다.

치요가 불안한 눈으로 흘낏흘낏 돌아보며 방을 나갔다.

'저 애가 말을 잘 들어야 할 텐데… 워낙 천방지축이라 걱정이야.'

나가는 그의 뒤로 사람들의 얘기가 들려왔다.

"정령을 다루려면 몇 가지 요구되는 선결 조건이 있다. 첫째, 네 자신이 정령과 교감이 되어야 하고… 네 마음과 몸이 건강하게… 선한 마음과… 어쩌고저쩌고……. 둘째, 정령들과 일정한 계약을… 이러쿵

저러쿵… 정령을 너무 자주 불러내면 안 되며……."

교육이 시작되었고 계속 이어지는 말을 들으며 치요는 방을 나갔다. 치요는 족장을 비롯해 장로들과 이런저런 상의를 했었다. 조만간 큰 전쟁이 있을 것 같다는 얘기에 몇 사람의 마족 장로가 동의했고, 그 전쟁이 확대되면 마족은 물론이고 주위에 엄청난 피바람이 불어올 것이라고 예언하는 장로도 있었다. 그 장로는 예언의 능력을 가지고 있었다.

마족들은 각기 다른 분야에서 특출한 능력을 가지고 있기 때문에 하나하나는 별로 강하지 않더라도 모이면 상당한 힘을 발휘할 수 있었다.

하지만 그들은 천성적으로 싸우는 것을 싫어했고 야욕을 갖지 않았다. 외부와 접촉하지 않고 자신들끼리 평화롭게 살고 싶어하는 순한 종족이었다.

때문에 대부분의 다른 종족이 마족과 접촉해 보지 못했고 그 존재마저 잘 모르고 있었다. 치요가 곰곰이 생각해 보건대 그것은 아마도 유달리 약한 신체와 번식력에서 기인한 것이 아닌가 싶었다.

그런 마족 중 치요는 좀 특이한 아이였다. 밖에서 다른 종족들과 섞여서 모험을 하며 살기를 원하니까 말이다.

하여튼 치요는 자신이 가지고 있는 불의 힘과 아직 약한 염력 이외에 아직 가지지 못한 예언의 능력을 배우려고 하는 중이었다.

예언의 능력을 가진 장로가 말했다.

"치요야, 내가 신경을 써서 가르쳐 보기는 하겠다만 너무 기대는 하지 말아라."

"예?"

"너도 알다시피 마족들은 제각기 자신이 가진 고유의 능력이 달라서 자신의 마법 이외에는 잘 습득이 되지 않는단다. 그건 다른 종족이 좀

처럼 마법을 사용할 수 없는 것과 마찬가지야."

"하지만 우리에겐 마력이 있잖아요."

"그래, 마력이 강한 종족이지 우리는. 하나 치요야, 다른 종족에게도 아주 미약하지만 마력이 있기는 하단다. 그래서 마법을 사용하거나 점을 치는 사람이 있기도 하지. 그 힘이 아주 약할 뿐이야."

"그런가요?"

"그래. 그래서 너도 약간의 예시를 할 수 있을지는 모르지만 아주 정확하거나 먼 미래를 본다거나 할 수는 없단다."

"무슨 말씀인지 알겠어요."

"아무튼 시작해 보자꾸나."

이렇게 해서 치요는 치요대로, 유코는 유코대로 수업을 받게 되었다.

어느덧 일주일이 지났고 유코는 그들이 가르쳐 준 대로 정신을 가다듬고 정령을 소환하는 데 몰두하고 있었다. 그동안 여러 이론을 듣고 주문을 습득하며 몸과 마음을 닦는 수련을 한 뒤였다.

"오오~ 이럴 수가!"

"정말 대단한 아이로군요."

평소 산만하던 유코답지 않게 그녀는 요즘 정령술을 익히는 데 온 정신을 다 기울이고 있었다.

광장에는 인간에게 정령술을 가르친다는 소리를 듣고 그 마을의 모든 정령술사와 다른 마족들이 많이 모여서 그 광경을 구경하고 있었다. 마족들은 꼭 정령술사가 아니라도 어렴풋이 정령의 존재를 느낄 수가 있었다.

모든 마법사들은 유코의 주위에 모여드는 정령들을 보고 놀라움을 감추지 못했다. 유코는 자신들이 오랜 세월 동안 수련했던 경지를 단 며칠 만에 올라 있었다. 왠지 선천적으로 정령을 모으는 힘을 가지고 있는 듯했다. 그것이 전혀 나타나지 못하다가 어떤 계기로 인해서 갑자기 발현된 듯했다.

원래 정령술사들은 정령을 소환하기 위해 언제나 심신을 맑게 비워 둬야 했다. 정령은 자연의 기운인지라 병에 걸려 신체가 더럽거나 잡념에 사로잡힌 상태로는 불러낼 수가 없었다. 마음과 몸이 자연과 가장 가까운 상태여야 했다.

또한 항상 선한 마음을 먹기 위해 정신 수양을 하고 있었다. 정령술사가 나쁜 마음을 먹으면 정령이 재앙을 부르는 악령으로 바뀔 수도 있기 때문이었다.

그런데 지금 그들의 눈앞에 보이는 정령들은 그 수와 종류가 엄청나게 많았고, 또 모두 착한 정령들이었던 것이다. 그것은 유코의 심신 상태가 자연과 가깝게 정화되어 있음이었고 그뿐 아니라 선하다는 증거이기도 했다.

물의 정령을 다루는 중년여인이 대머리노인에게 물었다.

"정말 천부적인 아이네요. 치요가 전에 저 아이로부터 정령을 본 적이 있다고 했던가요?"

대머리노인은 주로 불의 정령을 다루는 사람이었다.

"아니, 그런 적 없다고 했네. 이 동굴에 온 뒤에 처음 발견했다고 했지."

바람의 정령사인 청년이 말을 이었다.

"도대체 무슨 연유로 갑자기 정령을 다루는 능력이 생겨난 것일까요?"

“글쎄, 알 수 없지. 어쩌면 저 아이는 대단한 능력을 가진 마녀일지도……”

“마녀요?”

여인과 청년이 눈이 휘둥그레지며 되물었다.

“음, 그래. 우리보다 훨씬 강한 마력을 지닌 마녀……. 그래서 우리가 저 애의 마력을 느끼는 것마저 차단해 버리는 것인지도……”

그때였다.

“선생님, 이제 어떻게 해야 돼요?”

유코가 눈을 번쩍 뜨며 물었다. 그녀의 주위에는 수많은 정령들이 서거나 앉은 채 둘러싸고 있었다. 처음에는 정령들을 무서워하던 유코도 이제는 아무렇지 않은 듯 익숙해져 있었다.

“정말 장관이군. 불, 물, 땅, 바람, 나무, 풀… 없는 정령이 없군.”

“게다가 하급정령부터 상급까지 모두 튀어나와 있는 형편이니……”

정령술사가 아닌 한 마법사가 덧붙였다.

“그뿐만이 아닌 것 같군요. 정체 불명의 것들도 많이 와 있어요. 도대체 저건 뭐죠?”

그러면서 한 귀퉁이에 모여 있는 사람 같은 모양의 희미한 형체를 가리켰다. 그 바로 옆에는 짐승 같은 형체도 있었다.

정령술사 청년이 고개를 갸우뚱하며 대답했다.

“글쎄요. 나도 처음 보는 것이라서……”

그러자 대머리노인이 말했다.

“저것은 사람의 혼령이야. 귀신이라고도 하지.”

그러자 마족들이 놀라 소리쳤다.

"예? 그렇다면 저건 나쁜 정령이 아닙니까?"

물의 정령사인 여인이 고개를 저으며 대답했다.

"꼭 그렇다고는 할 수 없어요. 원래 한을 품고 죽은 혼령이 아니면 나쁜 색깔을 가지지 않지요. 그러고 보니 당신들은 아직 접해본 적이 없겠군요."

"그런……."

사람들은 말을 잇지 못했다. 대화가 잠시 끊긴 사이로 유코의 목소리가 다시 비집고 들어왔다.

"아, 선생님들, 뭐 해요? 이제 어떻게 해야 하냐니까."

그 소리에 모두 멈칫하며 몸을 돌렸다. 제일 연장자인 대머리노인이 말을 했다.

"오오, 그래, 미안하구나. 잘했다. 이제 그 정령들과 얘기가 통하나 볼까?"

"예? 아까부터 떠들어서 시끄러워 죽겠는걸요?"

"그래, 무슨 말인지 알아들을 수가 있겠느냐?"

"그럼요. 그런데 너무 여럿이서 한꺼번에 떠드니까 정신이 없네요."

유코의 말에 정령술사는 물론 다른 모든 마족들도 놀라는 눈치였다. 그들도 자신들이 다루는 정령의 말 이외에는 정확히 알아듣지 못했던 것이다.

"그래, 뭐라고 하느냐?"

"전부 자기들의 소개를 하고 있어요. 불의 정령이랑 물의 정령이래요. 바람, 땅, 나무, 돌, 사람, 새, 용, 개… 아주 많아요. 전부 떠들고 있어서 다 전해 드리지 못할 것 같은데요?"

"그래, 잘했다. 그럼 오늘은 이만 모두를 돌려보내도록 해라. 내일 다시 해보기로 하고 그만 쉬렴."

"알겠습니다. 자, 모두 집으로 돌아가. 내일 다시 놀러 오렴. 안녕!"

유코가 정령들에게 말하자 모두 두런두런 떠들며 사라지기 시작했다. 잠시 후 정령 모두가 사라지고 그 광장에는 미족들과 유코만 남았다.

유코가 인사를 하고 제 방으로 돌아가려는데 선생들이 불러 세웠다. 유코가 물었다.

"왜요? 오늘 수업은 끝난 것 아닌가요?"

바람의 청년이 말했다.

"응, 수업은 끝났단다. 그게 아니라 좀 궁금한 것이 있어서……. 유코야, 너 전에도 정령을 불러낸 적이 있었니?"

유코는 고개를 설레설레 저었다.

"아뇨."

물의 여인도 물었다.

"그럼 본 적은?"

유코는 미소를 지으며 말했다.

"본 적이요? 전 기억을 잃어서 이름도, 나이도 모르는데요."

"뭐라고?"

"기억을 잃어서 전에 본 적이 있는지 없는지 모른다구요."

"뭐? 그게 무슨 소리지?"

모두들 유코가 기억을 잃었다는 말에 관심을 가졌다.

"저는요, 두 달쯤 전에 어느 동굴 안에서 잠을 깼어요. 그리고 그전의 기억은 없어요. 하나도 생각나지 않아요. 제 이름도 두 달 전에 치요가 지어준 거랍니다."

모두들 고개를 끄덕이며 불쌍하다는 표정을 지었다.

"저런, 그럼 부모님의 생사도 모르겠구나. 쯧쯧."

"생사는커녕 얼굴도 몰라요."

"됐다. 그만 가서 쉬어라."

"예. 안녕히 가세요. 내일 또 뵐게요."

유코가 방으로 돌아오자 어디선가 우레가 뛰어나왔다.

"우레, 하루 종일 뭐 하고 있었니? 보이지도 않고."

"삐비비비~"

우레는 유코가 돌아오자 무척 반가워했다. 이리 뛰고 저리 뛰고 난리였다. 요즘 우레는 거의 보이지 않았다. 어딜 그리 돌아다니는지 잠자는 시간이 아니면 만날 수가 없었다. 치요는 낮에 자고 유코는 밤에 잠을 자기 때문에 그나마 유코와는 자주 만나는 편이었다.

"우레, 너 요즘 뭐 하고 다니는 거야? 솔직히 말해, 언니한테."

"삐삐뻐삐~"

우레가 말은 않고 웃기만 했다.

"뭐야? 너, 왜 웃고 그래?"

"삐비티~ 비비비이익~"

우레는 고개를 도리도리하며 변명을 해댔다.

"됐어됐어. 하긴 뭐, 너야 놀거리가 좀 많겠냐? 요즘 같이 못 놀아줘서 미안해. 내가 좀 바빠서 말야. 오호호."

"삐비티~ 비비잉이비비~"

우레가 한 말은 자기도 요즘 좀 바쁘다는 뜻이었다.

"풋, 너가 뭐가 바빠? 맨날 놀러만 다니는 거 다 아는데……."

"삐비티비!"

"뭐? 나는 요즘 공부를 한단 말야, 공부. 노는 게 아냐."

"뿟! 비비비비~"

"너도 공부를 한다고? 그러서? 그래, 무슨 공부를 하는데?"

"삐비비~"

우레는 끝까지 말을 해주지 않았다. 뭔가 숨기고 있는 것이 틀림없었다. 그렇지 않고서야 저렇게까지 숨길 이유도 없었고 무엇보다 의심스러운 것은 요즘 들어 치요를 피하는 기색이 역력했기 때문이다. 치요가 나타나면 슬슬 피하며 몸을 숨기거나 숫제 자리를 떠버렸다. 치요 쪽에서 먼저 잠들어 버리기 일쑤였지만.

게다가 요즘 우레의 냄새가 바뀌었다. 나쁜 냄새는 아닌데 마치 사향 냄새 비슷한… 어딘가 톡 쏘는 듯한 향기가 났다.

어쨌든 날이 계속 지나며 수업은 계속되었고 유코는 이제 정령과의 교감을 완전히 익혔다.

유코가 정령과 교감하는 방식은 마족의 정령술사와는 좀 다른 면이 있었다.

마족들은 일종의 계약을 맺어 정령과 주종 관계를 이루는데 비하여 유코는 그런 계약 같은 것이 아니라 무슨 친구 관계처럼 정령들과 통하고 있었다. 그래서 정령술사가 자신과 계약을 맺은 일정한 정령만을 불러낼 수 있는 데 비하여 유코와 정령들은 수와 종류에 관계없이 수시로 서로를 드나들며 지내는 것이었다. 정령들의 급이고 뭐고 따지지를 않았다. 때문에 유코의 주위에는 항상 수십의 정령들이 나타났다가 사라지기를 반복했다.

"정말 알 수 없는 일입니다, 저 아이……."

"그래, 우리에게 없는 능력이 저 아이에겐 분명히 있어."

정령들과 놀던 유코가 선생들에게 달려왔다.

"선생님, 오늘부터는 다른 것을 가르쳐 주신다면서요?"

"그래, 정령과 교감하는 것은 더 이상 가르칠 것이 없다. 이제는 주문과 명령어, 시동어를 배워야지."

"그건 뭐예요?"

"정령을 보거나 그들과 대화하는 것만이 아니라 이제 그들을 다루는 법을 배우는 거란다."

"좋아요. 어서 가르쳐 주세요."

그러자 옆에 있던 물의 여인이 불의 대머리에게 살며시 말했다.

"그런 것이 저 아이에게 소용이 될까요? 저 아이는 정령들과 주종 관계가 아닌 친구 관계인데……."

"그래도 일단은 모든 것을 가르쳐 봐야지. 어느 것이 더 맞을지는 저 아이가 후에 결정하는 게야."

"그렇군요."

한편 치요는 치요대로 예시 능력을 키우기 위해 온 힘을 다 기울이고 있었다. 그것은 장로의 말대로 쉬운 일이 아니었다. 확실히 자기에게 있는 능력이 아닌 듯 고전을 면치 못하고 있었다. 하나 시일이 촉박한 만큼 치요는 자신의 체력이 한계에 다다를 정도로 힘을 쓰고 있었다.

"휴~ 정말 이럴 때는 인간의 몸이 부럽군."

만약 치요가 인간이었다면 절대로 마법 같은 것은 생각도 못했겠지만 일단은 너무 몸이 피곤했기 때문에 인간의 체력에 부러움을 느낀 것이다. 마족은 한번 피로가 쌓이니까 체력을 회복하는 데 시간이 많이 걸렸다.

그래서 요즘 유코나 우레와는 거의 말도 하지 못했다. 그저 날이 밝아 방으로 돌아오면 정신없이 쓰러져 곯아떨어졌다. 언제 얘기를 나누었는지도 기억이 안 났다. 반면 유코는 공부가 끝나면 쉬지도 않고 돌아다니며 노는 것 같았다.

하지만 유코가 놀기만 하는 것이 아니라는 것을 알고 있었다. 장로들로부터 전해들은 말로는 유코의 마력이 하루가 다르게 성장해서 이미 정령을 소환하는 힘은 이곳에 있는 그 어느 정령술사보다도 훨씬 강해져 있다는 것이다. 그런 얘기를 들으며 치요는 자신의 능력에 대해 어떤 자괴감마저 들고 있었다.

그날도 치요는 예시 마법을 익히기 위해 열심히 정신을 집중하여 훈련을 하고 장로들로부터 별을 보는 법과 숲의 소리를 듣는 법, 물의 흐름을 보는 법 등을 익혔다. 그러다가 너무 피로가 심해서 정신을 잃었다. 잠시 기절을 했던 모양이다.

눈을 떠보니 누군가 방으로 옮겨놓았고 위에서 유코가 걱정스런 얼굴로 들여다보고 있었다.

"치요, 어떻게 된 거야? 많이 아파?"

"으응, 유코구나. 여기는……?"

"방이야. 사람들이 널 업고 왔어. 도대체 무슨 일이야?"

"응, 별것 아니야. 그냥 과로로……."

"도대체 뭘 하고 다니길래 그렇게 기절까지 하니? 쯧쯧."

유코는 혀를 차며 찬 물수건을 머리에 올려주었다.

"고마워. 우레는?"

치요는 오랫동안 보지 못했다는 생각이 문득 들어서 우레를 찾았다.

"자고 있어. 얘도 뭘 하고 다니는지 낮 동안 보이지 않다가 밤에는 잠만 자. 얘도 뭘 연구하고 다니나?"

"그럴 리가……."

"나도 그럴 리는 없다고 생각하긴 하는데……."

"어?"

세상 모르고 곯아떨어져 있는 우레를 바라보다가 치요가 놀라는 표정을 지으며 몸을 일으켰다.

"왜? 뭔데?"

"유코, 저 녀석 뭘 먹었니?"

"무슨 말이야? 뭘 먹다니? 삼시 세끼 밥 먹지 뭘 먹어?"

"아니, 그게 아니라 저 녀석 봉인이 풀렸잖아?"

"봉인? 그게 뭔데?"

그러자 치요가 피식 웃으며 다시 누웠다.

궁금증을 참지 못하는 유코가 치요를 흔들어댔다.

"뭐야? 말해 봐, 얼른! 너, 전부터 우레에 대해서 뭐 숨기는 거 있었잖아?"

"별일 아니야. 후후."

"빨리 말하지 않으면 너, 오늘부터 잠 못 잔다."

유코는 치요를 흔드는 것을 멈추지 않으면서 졸라댔다.

"알았어. 말해 줄게. 저 녀석 잠들어 있지?"

"걱정 마라. 업어가도 모르니까. 쟤 요즘 매일 저래."

치요는 다시 한 번 우레가 잠든 것을 확인하더니 얘기를 시작했다.

"일 년쯤 전이었어. 그때 우리는 인간의 마을에 있었지. 용을 사냥하던 중 퍼쿵의 칼이 부러져서 다시 주문하러 가는 길이었어. 보통 거기에 가면 사나흘 이상 머물거든. 그때도 그랬지."

"인간의 마을이라는 곳이 어딘데?"

"전에 우리가 살던 곳에서 강을 따라 나흘 정도 서쪽으로 내려간 곳에 있어."

"꽤 먼 곳이구나."

"우레가 인간의 마을에서 말썽 부리던 얘기는 했었지?"

"그래, 여자들 따라다니느라 자꾸만 사라졌다고 했었잖아?"

유코는 그동안 몇 번인가 우레가 화내며 치요의 말을 막았던 기억이 떠올랐다.

"그래, 정말 말썽꾸러기였지. 잠시라도 한눈을 팔면 사고를 치고 다녔어. 예쁜 여자만 보면 귀여운 척하며 다가가서는 옷 속에 손을 집어넣어 만지거나 심지어는 옷을 벗겨 오기도 하고……."

"뭐야? 저 녀석, 짐승인 주제에 사람한테 왜 그래?"

"글쎄, 그건 나도 잘 모르지. 왜 저 녀석이 여자를 밝히게 되었는지는……. 하여간 그렇게 말썽이 쌓이다 보니 자연스럽게 인간의 마을에서 우레를 모르는 사람이 없게 되었어. 여자들 입소문이 빠르잖아?"

"근데?"

"결국에는 모든 여자들이 우레라는 놈을 가까이 오지 못하게 한 거야. 너무 유명해져 버린 거지."

"그런데 그게 봉인과 무슨 상관이야?"

치요가 갑자기 목소리를 낮추더니 다시 한 번 우레를 살폈다.

"가만히 들어봐. 이제부터 재미있어지니까."

유코는 고개를 갸우뚱하며 치요에게 바싹 다가앉았다.

"마지막 날이 되었어. 퍼쿵의 칼도 완성이 되었고 모두들 볼일도 다 끝나서 집으로 돌아오려고 준비를 하는데 우레란 녀석이 또 없어진 거야.”

“모두가 알아봐서 말썽을 부릴 수도 없는데?”

“모두 그렇게 생각을 했지, 당시에는…….”

치요는 목소리를 더 낮추었다. 거의 귓속말로 소곤거리는 거였다.

“우레에게는 변신 능력이 있잖아.”

“아, 그렇지.”

“우리 모두가 거기까지는 생각을 못했던 거야. 우레는 어느 집에서 사내아이의 옷을 훔쳐서 남자 아이로 변신을 해서는 또 여자를 만나러 간 것이었어.”

“우레가 남자로도 변신할 수 있어?”

“원태는 남자로밖에 변신을 못했었어. 우레는 수컷이라고 했잖아. 잊었어?”

“하지만 지난번에는 분명히 여자 아이로 변신을 했었는걸?”

“후후, 그게 바로 내가 걸어놓았던 마법 봉인 때문이었던 거야.”

“그럼……?”

“그래, 내가 우레에게 마법을 걸어 외형이 암컷이 되도록 해놓았거든. 우레가 변신을 하면 무조건 여자가 되도록.”

“그게 가능한 거야? 정말 신기하다.”

“힘들지. 쉬운 방법은 아니었어. 우선 본인과 관련이 있는 매개체가 필요하고, 약초도 필요하고, 주문도 아주 복잡하고… 하여튼 설명하기는 힘들어. 그 마법을 완성하는 데만 거의 열흘이 걸렸어. 몇 번인가 실패를 거듭한 후였지.”

“그렇지만 우레가 순순히 받아들이지 않았을 텐데?”

“당연하지. 퍼쿵이랑 피코가 붙잡고 내가 억지로 약을 먹이고 한바탕 난리가 났었지."

유코가 얘기를 듣다 말고 우레를 돌아보았다. 세상 모르고 코를 골고 있는 우레를…….

"불쌍하다. 여자 좀 만난 것 가지고 그런 마법을 걸다니. 이건 완전히 강제로 성전환 수술을 해놓은 꼴이잖아?"

"글쎄, 그 마법이 풀려서 이제 수컷으로 돌아왔다니까."

유코가 물었다.

"어떻게 하면 봉인이라는 것이 풀리는데?"

"응, 세 가지 방법이 있어. 첫 번째는 마법을 건 주술사가 주문을 해제해야 해."

"그게 누군데?"

"나라고 했잖아. 내가 주문을 걸었으니까. 그런데 난 주문을 해제하지 않았으니까 이번 것은 다른 이유지."

"또 다른 방법은?"

"두 번째는 매개물을 부숴 버리는 방법이야. 저 녀석에게 마법을 걸 때 사용한 매개물은 저 녀석이 인간의 마을에서 가져온 그 여자의 속옷이었어."

유코가 깜짝 놀라며 물었다.

"여자의 속옷? 그 여자의 속옷이라니?"

"우레는 돌아올 때 어떤 여자의 속옷을 머리에 쓰고 왔었거든. 인간들은 그것을 팬티라고 부르지. 한동안 그것을 신주단지 모시듯 쓰고 다녔어. 아무리 벗으라고 해도 말도 안 듣고……."

그 말에 유코가 인상을 찌푸리며 우레를 돌아보았다.

"그, 그럴 수가! 여자의 팬티를 머리에 쓰고 다녔다니… 저놈 완전히 변태 아냐?"

"좀 그렇지. 이미 짐작하고 있지 않았어?"

"그, 그렇긴 하지만……."

"그런데 그 속옷은 마법을 걸 때 사용하고는 돌로 만든 상자에 넣어서 강물 속에 던져 버렸거든. 그러니 저 녀석이 없앨 수가 없어. 수영을 못하니까."

유코가 고개를 끄덕였다.

"마지막 방법은?"

"세 번째는 해독제를 먹는 것인데 물론 내가 저놈에게 독을 먹인 것은 아니지만 그 마법을 걸 때 많은 종류의 약초가 필요했거든. 그걸로 약을 만들어 먹였지. 그 약은 한 번 먹으면 거의 십 년은 지속이 돼. 몸 안에 쌓여서 배출이 안 되니까."

"그럼 해독제가 있어?"

"있긴 있는데 우레 혼자서는 거의 찾을 가망성이 없다고 봐야지."

"뭔데?"

"응, 그건 정령초야."

"정령초?"

"너, 얼마 전 숲의 정령들을 만났다고 했었지?"

"응."

"바로 숲의 정령이 올 때만 찾을 수 있는 풀이야. 진짜 풀은 아니고 그것도 정령인데 어떤 약물이라도 해독하는 효능이 있는 풀이야. 그걸 우레가 먹은 것 같아. 네가 숲의 정령과 만나는 동안 말야."

"그게 먹을 수 있는 거야?"

"보통 사람은 안 되지. 느낄 수도 없으니까. 그런데 저 녀석이 그걸 먹었나 봐. 지금으로써는 그게 가장 유력한 가능성이야. 숲의 정령을 만났으니까."

유코가 고개를 끄덕였다.

"그럼 내가 아니었으면 우레는 십 년 동안 계속 여자로 살아야 했겠네?"

"그렇지. 물론 그전에 내가 주문을 해제해 주었겠지만……."

유코가 불쌍하다는 듯이 말했다.

"하지만 너무 심했다. 얼마나 상처를 받았겠어, 그동안."

"그런 벌을 받을 만한 놈이었어, 저 녀석은!"

"왜? 또 무슨 잘못을 저질렀는데?"

그러자 치요가 작게 웃더니 몸을 돌려 누웠다.

"그 얘기를 해줘야 하나 말아야 하나?"

"또 뭔데? 어서 얘기해 줘. 빨리~"

"조용! 이 녀석 깨겠어."

"그러니까 얘기해 줘."

"좋아. 비밀 지켜야 한다. 내가 말했다는 거 알면 또 가출할지 몰라."

"알았어."

"결국 우레를 찾지 못해서 우리는 하루를 더 기다려야 했어. 다음날 우레가 돌아왔는데 다그치는 우리에게 시치미를 뚝 떼며 혼자서 기분이 좋아 난리더군. 그래서 우리는 더 캐내지 못하고 다시 집으로 떠났지."

"그런데?"

"몇 달 후 우리는 이상한 소식을 들었어. 일이 있어서 인간 마을에 들렀던 퍼쿵이 듣고 온 소식인데… 그 마을에서 한 소녀가 알을 낳았다는… 그런 얘기였지. 그리고 보름 후 알 속에서 새가 나왔대."

"뭐?! 그게 말이 되냐? 사람이 알을?"

"쉿!"

치요가 천천히 몸을 일으키더니 문밖으로 나가며 손짓으로 유코를 불렀다.

유코는 어리둥절해서는 치요를 따라 밖으로 나갔다.

더욱더 목소리를 낮춘 치요가 유코의 귀에다 입을 가져다 댔다.

"좋아. 이제 저 녀석이 수컷으로 돌아왔으니 너도 조심할 필요가 있으니까 경고 삼아 얘기해 주지."

"뭐야? 무슨 얘긴데 이렇게……."

"저 녀석이 인간의 남자로 변신을 해서는 인간의 소녀에게 임신을 시켜 버린 거야. 마지막 그날! 여자를 만나 가지고!"

"뭐? 그게 정말이야?"

"그래. 그래놓고 그 소녀의 속옷을 머리에 쓰고 돌아온 거야. 그러니까 우리가 그렇게 가혹한 벌을 내렸지. 저 녀석은 거기에 화가 나서 가출을 해버렸던 거고."

"세상에…… 있을 수 없는 일이야. 어떻게 사람이랑 새랑……."

"나도 믿어지지 않지만 사실인걸."

유코는 경악하는 표정이었지만 믿어지지 않는다는 듯 고개를 저었다.

"설마… 도저히 믿을 수 없어."

"퍼쿵이 사람이 낳았다는 새를 확인까지 했는데 우리랑 똑같이 생겼다더군."

얘기를 듣는 유코는 등에 소름이 쫙 끼쳤다.

“그, 그래서? 엄마랑 새끼는 어떻게 되었는데?”

“알을 낳은 소녀는 미쳐 버렸고 새는 아무도 돌보지 않아서 곧 죽었대.”

유코가 비틀 하더니 털썩 주저앉았다.

“치, 치요, 나 방 따로 구해줘. 저 녀석이랑 같이 잠 못 자겠어.”

“어, 이봐, 괜찮아?”

그러자 유코가 발딱 일어났다.

“괜찮을 리가 있냐? 저런 치한, 불한당하고 보름이나 단둘이서 잠을 잤는데……. 그런 일이 있었으면 진작 나한테 얘기해 주었어야지!”

“너무 걱정할 필요는 없어. 우레는 너를 잘 따르잖아? 게다가 무서워하기도 하고. 절대로 별일없을 거야.”

그 말에 유코가 고래고래 소리를 질렀다.

“미쳤어? 저런 놈을 어떻게 믿으라고? 내가 언제 당할지 어떻게 알아? 꼭 내가 알 낳는 꼴을 봐야 직성이 풀리겠냐?”

“쉿! 쉿! 제발 조용히 좀 해.”

“몰라! 나 저놈이랑 한방 안 써! 방 따로 구해주든지 우레를 내쫓든지 알아서 해.”

유코는 길길이 뛰었다.

‘큰일이다. 워낙 결벽증도 좀 있는 아이인데 괜히 말을 해줬네.’

치요는 후회가 되었지만 이미 늦은지라 그저 유코를 달래느라 한참을 쩔쩔맸다.

“알았다, 알았어. 내가 꼭 따로 방을 구해줄 테니 제발 오늘만 참아줘. 부탁이야. 목소리 좀 낮추고. 응?”

"좋아, 으늘은 내가 참지. 하지만 내일까지 따로 떼어주지 않으면 나도 밖으로 나가겠어. 알겠지? 내일까지야!"

유코는 씨근덕대며 방으로 들어갔다. 그리고 우레와 저 사이에 치요를 눕히고 나서야 잠자리에 들었다.

"휴~"

치요가 한숨을 쉬더니 다짐을 했다.

"어쨌든 비밀을 지키기로 했으니까 약속은 꼭 지켜야 한다."

유코도 못을 박았다.

"알았으니까 너나 약속 지켜. 내일까지야!"

"알았어."

가뜩이ㄴ 과로로 지친 치요는 현기증이 일었다. 머리까지 아프게 되었던 것이다.

다음날 아침 치요는 장로에게 부탁하여 유코의 방을 따로 마련해 주었다. 다행스럽게 유코도 잠자리 이외에는 그다지 표를 내지 않았다. 비밀도 지켰고. 어차피 유코도 우레도 너무 바빠서 낮에는 만날 시간도 별로 없었기 때문에 별로 걱정하던 일은 벌어지지 않았다. 게다가 노는 일에 있어서 유코와 우레는 여전히 죽이 잘 맞았다.

치요는 그만하길 천만다행이라고 생각했다. 잘못하면 우레가 또 가출할 수도 있었으니까⋯⋯.

 다시 유랑 생활로

다시 보름이 지났다. 유코는 더 이상 정령술사들에게 배울 것이 없었다. 모든 정령들이 유코와 통하는 데다가 말도 잘 들었기 때문에 주문이니 시동이니 다 필요가 없었던 것이다.

다른 마법을 배우려면 좀 더 시간이 필요했지만 이미 치요도 자신의 능력에 한계를 느끼고 있었고 퍼쿵이랑 헤어진 지도 한 달이 넘었기 때문에 치요는 마법에 필요한 책을 몇 권 얻어서 챙겨 넣고는 마을을 떠날 준비를 했다.

다음날 새벽 치요의 명령으로 우레가 나가서 퍼쿵 일행을 데리고 왔다. 퍼쿵 일행도 족장과 마족들에게 인사를 해야 할 터였다.

방에서 퍼쿵 등을 만난 치요와 유코는 족장의 방으로 갔다. 그곳에는 족장과 장로들을 비롯해서 유코를 가르쳐 왔던 선생들이 모두 모여 있었다.

"족장 할아버지, 그동안 고마웠어요. 이제 떠나야 해요."

"그래, 치요. 정말 떠날 생각인 게냐?"

"예, 인사드리러 온 거예요."

"잘 생각해 보거라. 마족이란 원래 동굴을 떠나서 살 수 없는 거야."

족장은 어지간히 걱정이 되는 모양이었다. 얼굴에 근심 어린 표정이 가득했다.

"걱정 마세요. 여태까지도 잘 살았는걸요. 저는 친구들을 버릴 수 없어요."

"그래, 알았다. 네가 정 그렇다면 막을 수는 없겠지. 몸조심해야 한다. 여보게, 퍼쿵이. 자네 앞으로 여행하면서 좋은 일만 있기를 빌겠네. 언제든지 필요하면 또 찾아오게."

"예, 정말 고마웠습니다, 족장님."

퍼쿵과 아이들이 모두 고개 숙여 인사를 했고 유코도 인사를 했다.

"그동안 신세 많이 졌어요. 절대로 잊지 않을게요. 선생님들, 너무 고마웠습니다."

유코는 예의 바르게 인사를 했다. 마족의 동굴에서 한 달 이상 머물며 배우는 동안 많이 점잖아진 유코였다. 역시 사람은 어른 밑에서 배워야 하는 모양인지…….

불의 대머리노인이 말했다.

"그래, 유코. 우리도 너에게 많은 것을 배웠다."

"호호, 제가 뭘요. 선생님들이 저한테 배울 것이 뭐 있나요?"

물의 여인도 말했다.

"그렇지 않아. 넌 정말 천부적인 재능이 있어. 우리를 능가하는……. 다만 너무 경거망동하지는 말아라. 정령들은 아주 존중해 주어야 하는 존재니까."

"걱정 마세요. 모두 좋은 친구들이니까요. 아무튼 은혜 잊지 않을게요."

인사를 하고 떠나려는 유코를 대머리 선생이 급히 불렀다.

"유코야, 한 가지 명심해야 할 것이 있다."

"예? 뭔데요?"

대머리는 심각한 표정으로 말을 이었다.

"절대로 잊지 말아라. 정령을 너무 자주 불러내어 일을 시키면 안 된다. 너는 어떤 경우인지 모르겠다만 대부분의 정령술사는 정령들과 주종 관계를 유지하기 위해서 일정한 계약을 맺지."

"계약이요? 무슨……?"

"정령의 힘을 빌리는 데는 대가가 필요하단다."

대머리 정령술사는 잠시 말을 멎고 유코를 진지한 눈으로 바라보다가 다시 말을 이었다.

"그들이 원하는 건 바로 정령술사의 생명이야."

"예? 생명이라구요?"

"너무 자주 불러내면 그만큼 생명이 줄어든단다. 쉽게 말해서 빨리 늙는다는 말이지."

유코의 눈이 휘둥그레졌다.

"오, 이런……."

"그렇지 않다면 정령술사들이 세상을 지배해야 하지 않겠니?"

"그건 또 왜요?"

"마법 중에서 자연의 기운을 직접 부리는 정령술만큼 강한 것은 없어. 그러니 정령술을 남용한다면 세상은 정령술사의 맘대로가 되겠지.

하지만 우리는 정령술을 사용하는 만큼 일찍 죽게 된단다. 그래서 아직도 세상이 평화롭게 남아 있는 거지."

"그랬군요……."

"해서 정령술사는 절대적인 상황이 아니면 결코 정령을 소환하지 않는단다. 너도 명심하거라."

유코의 표정이 좀 어두워졌다. 하지만 곧 미소를 짓고 알았다고 고개를 끄덕였다.

헤어지기가 아쉬운 듯 모두의 인사말이 끝없이 길어지고 있었다. 옆에서 우레가 몸을 뒤틀고 있었다. 지겨워 죽겠다는 표정으로.

"안녕히 계세요."

"또 늘러 오너라."

아이들은 마족이 마련해 준 음식들을 짊어지고서 동굴 밖으로 나갔다. 그 뒤에서 대머리 정령술사가 중얼거렸다.

"저 아이는 정령술사가 아닌 것 같아. 우리와는 너무 달라."

그 얘기를 들은 족장이 물었다.

"어떻게 다르단 말인가?"

"우리 정령술사들은 평생을 가도록 하나나 둘의 정령을 부릴 수 있습니다. 그런데 저 아이의 주변에는 사대 정령 이외에도 일반 잡귀신들이 다 몰려들고 있습니다. 무슨 계약을 맺은 것도 아닌데 말입니다."

"그런가?"

"아마 우리와는 근본적으로 다른 종류의 능력이 있는 것 같습니다. 뭔지는 모르지만."

"그것참, 신기한 일이로군."

족장과 대머리는 신기하다는 표정으로 멀어지는 유코의 뒤통수를 바라보고 있었다.

밖은 막 해가 뜨려는지 동쪽 하늘이 환히 밝아지고 있었다. 퍼쿵이 입을 열었다.

"정말 오래간만에 보는구나. 유코는 키가 좀 큰 것 같네?"

"어머, 쿵 오빠도 참. 제가 어디 키만 컸나요?"

유코가 애교를 떨며 눈을 흘기는 거였다.

퍼쿵은 짐짓 놀란 시늉을 하며 장난에 응해주었다.

"아니, 그럼 또 달라진 게 있단 말야?"

"예뻐지지는 않았어요? 깔깔깔!"

유코는 자지러지게 웃으며 여수를 떨었다.

그러자 피코가 한심하다는 표정으로 내뱉었다.

"쯧쯧, 하나도 변하지 않았구나. 좀 점잖아졌을까 했는데……."

"어머, 피코는 우리가 반갑지 않은 모양이죠?"

피코가 픽 웃었다.

"아니, 반가워. 반가운데 방금 너의 대사가 너무 닭살 돋지 않았니?"

"홍! 피코야말로 많이 닭살스러워진 것 같은데요?"

"뭐, 뭐가?"

순간 피코의 얼굴이 좀 붉어졌다.

"그 옷 말이에요. 치마까지는 봐주겠는데 왜 그렇게 가슴을 팠죠? 누구한테 자랑하려고? 그리고 그 머리도 말인데요, 웬 꽃?"

"이, 이건……."

피코는 당황하며 제 가슴께를 여몄다. 유코의 말대로 요즘 들어 보통 여자처럼 꾸미고 좀 멋을 부린 것은 사실이었다.

보보가 새로 만들어준 옷이 바로 이 옷이었던 것이다. 지금 입고 있는 옷 이외에도 보보는 모양이 다른 예쁜 원피스를 몇 벌이나 더 만들어주었다. 그걸 입으면 남들이 남자로 보지 않을 것이라고 말한 것도 있었고 일단 입어본 뒤에 피코도 보기가 좋다고 했기 때문에 자연스럽게 피코는 그 옷을 입어오던 것이다.

유코와 우레가 있었다면 당장에 핀잔을 주고 비웃어서 그만두었겠지만 한 달이나 떨어져 있었기 때문에 피코는 어느덧 꾸미고 치장하는 것이 몸에 익어 있었다.

유코는 당황하는 피코를 보며 깔깔대고 웃었다.

"이, 이게 왜 여기에 있지?"

피코는 얼굴이 홍당무처럼 되어서 머리에서 꽃을 뽑아 들었고 불룩 속살이 드러난 가슴 부분을 손으로 가리며 어쩔 줄을 몰라했다. 옷도 그랬지만 꽃도 보보가 오늘 아침에 꺾어준 것이었다. 그래서 머리에서 떼어냈으나 버리진 못하고 주머니에 슬쩍 넣었다.

"깔깔깔, 내 말이 맞죠?"

"꾸엑, 꾸에엑!"

초록은 동색이던가, 깔깔거리는 유코의 뒤에서 우레가 땅바닥에 엎어져 손가락을 입에 넣고 토하는 시늉을 하고 있었다.

고개를 숙인 채 도망치듯 달려가는 피코를 안타까운 눈으로 바라보다던 보보가 항의를 했다.

"그, 그만 해. 너희들 너무 심한 것 아냐? 저 옷은 내가 만들어준 거란 말야."

"보보, 네가? 그랬어? 어째 너희 둘~ 좀 수상하다?"

그 말에 보보도 덩달아 얼굴이 빨개져서는 입을 다물었다. 피코는 벌써 저만치 앞서 걸어가고 있었다. 창피하고 할 말도 없어서 자리를 피하는 것 같았다.

퍼쿵이 유코에게 점잖게 나무랐다.

"유코야, 그만 하렴. 피코도 여자잖아? 예뻐지고 싶어하는 것은 당연하잖니?"

유코는 그제야 샐쭉해서는 중얼거렸다.

"하지만 피코가 먼저 시비를 걸었는걸요?"

"그래도 그런 말 하는 게 아냐. 유코, 있다가 사과할 수 있겠지?"

"알겠어요. 사과할게요."

"그래, 우리 유코는 착한 아이니까."

유코는 혀를 내밀고 퍼쿵에게 웃어 보였다.

"헤헤……."

치요가 아무 말 없이 고개를 설레설레 흔들었다.

일행은 그동안 퍼쿵이 살던 임시 거처로 돌아왔다. 그곳에서 한 달 동안 살면서 늘어난 살림을 정리하여 떠나려는 것이었다. 살림이라 봐야 별 것도 없었지만 그래도 사냥을 하고 가죽으로 이것저것 많이 만들어놓은 터라 짐이 꽤 되었다.

피코는 벌써 돌아와서 예전의 바지와 긴 목덜미의 옷으로 갈아입은 상태였다. 그리고 얼굴색이 창백해져서는 아무 말도 하지 않고 한구석에 앉아 있었다.

유코가 머뭇거리며 피코에게 다가갔다.

"저… 피코, 미안해요. 아까는 장난 삼아… 피코가 나보고 닭살이라고 해서… 사과할게요."

“……”

피코는 여전히 얼굴을 돌린 채 말을 하지 않았다.

“피코, 화 많이 났어요? 정말 미안하다니까요. 예? 사과 받아줘요.”

“됐어. 주제도 모르고 그런 옷을 입은 내가 잘못이지.”

피코는 무표정한 얼굴로 눈도 마주치지 않고 조용히 말했다. 정말 속이 많이 상한 모양이었다. 평소 같았으면 마구 화를 내며 소리를 지르거나 인상을 쓰거나 했을 텐데 조용히 있으니까 더 어색했다.

모두들 짐을 싸면서도 눈치를 보며 신경은 모두 여자들에게 가 있었다. 우레만이 먹을 것을 찾는지 왔다 갔다 하며 부산을 떨었다.

유코 역시 평소 같지 않은 피코의 태도에 적잖이 당황이 되는 모양이었다. 그럴 수밖에 없는 것이 피코가 진짜로 화난 모습은 처음이었던 것이다. 아니, 저렇게 마음 상해 있는 모습이 처음이라는 것이 옳을 것이다. 유코의 얼굴이 우울해지기 시작했다.

“피코, 정말 미안해요. 내가 잘못했어요. 예? 다신 그런 말 하지 않을게요.”

“뭐 틀린 말 한 것도 아닌데… 신경 쓰지 마.”

피코가 여전히 눈을 피하자 유코는 훌쩍훌쩍 울기 시작했다.

“흑흑, 잘못했어요. 훌쩍, 제발 화 풀어요.”

“……”

유코가 울기 시작하자 모두 손을 멈추고 두 사람을 주시하고 있었다.

“엉엉, 용서한다고 말해 줘요. 제발요. 내가 잘못했어요. 피코가 그렇게 마음 상할 줄은 정말 몰랐단 말이에요. 엉엉.”

드디어 유코가 목놓아 울었다. 두 손으로 얼굴을 가리고 한참을 울자 모두 얼어붙은 듯 그 모습을 바라보기만 하고 있었다. 심지어 아무 생각 없는 우레마저도 멍청히 쳐다보는 것이었다.

"휴~ 알았어. 내가 용서해 줄 테니 이제 그만 울어."

가만히 서서 우는 소리를 듣던 피코가 고개를 돌리더니 유코의 어깨에 손을 얹으며 한 말이었다.

"으윽, 그럼 용서해… 윽, 주는 거죠? 윽윽."

유코는 목이 메어서 윽윽거리며 말했다. 그러자 피코가 피식 웃으며 고개를 끄덕여 주었다.

유코도 눈물을 닦고 빙긋이 웃었다. 여전히 윽윽거리며.

그제야 바라보고 있던 다른 아이들도 모두 안심을 하고 고개를 돌려 못 본 척했다.

저런 모습을 보면 유코는 참 알 수 없는 아이였다. 못된 것 같기도 하면서 참 여리고, 착한… 피코도 그렇고, 정말 여자란 알 수 없는 동물인 걸까.

그 뒤 이틀이 지나서 유코도 가슴이 패인 원피스를 갖게 되었다. 사실은 유코도 그 옷을 보고 적잖이 부러웠던 것이다. 보보를 따라다니며 얼마나 졸라댔는지 일행은 출발도 연기하고 유코의 원피스 제작에 들어가야 했다.

"자, 네 몸에 꼭 맞췄어. 이제 됐냐? 우선 한 벌만 갖고 있어. 나중에 자리 잡으면 또 만들어줄 테니. 이것 때문에 이틀이나 출발을 못했잖아?"

"와! 너무너무 예쁘다. 고마워, 보보. 나중에 또 만들어줘야 해. 꼭!"

유코는 너무 기분이 좋아서 보보를 껴안고 뺨에 뽀뽀를 해주었다.

"왜, 왜 이래? 창피하게?"

보보는 얼른 뒤로 물러나며 얼굴을 붉혔다.

그는 전과 달라진 것이 있었다. 전처럼 무조건 창피해 하거나 속으로 좋아하는 것이 아니라 왠지 피코의 눈치를 살핀다는 것이다.

아무도 눈치 채지 못했지만 피코도 그 모습을 보다가 보보와 눈이 마주치더니 고개를 휙 돌려 외면해 버렸다.

퍼쿵이 모두를 모아놓고 말했다.

"자, 이제 정말 출발하자. 다들 준비됐지?"

"좋아, 가자. 새로운 집을 찾아서!"

모두 환호성을 지르며 짐을 꾸려넣은 각자의 배낭을 둘러멨다. 배낭에는 음식과 옷, 그리고 손질된 피류이 조금 들어 있었다.

처음 만났을 때와는 사뭇 다른 분위기였다. 퍼쿵과 피코, 치요는 원래 그대로였다. 하지만 아무것도 모르던 유코도 이제 어엿한 정령술사가 되어 있었고, 보보 역시 그 한 달 동안 피코로부터 검술과 궁술을 배워오던 중이었다. 따라서 보보의 허리에는 가죽을 다듬는 단검뿐 아니라 반대편에는 가늘고 긴 목검을 차고 등에도 엉성하긴 했지만 새로 만들어진 활과 화살을 메고 있었다. 게다가 우레마저도 수컷으로 돌아와 있었으니 어딘지 모르게 성숙한 분위기가 나는 그룹으로 변해 있었다.

퍼쿵은 제일 많은 짐을 지고 있었다. 그리고 그 짐 꼭대기에는 담요를 뒤집어쓴 치요가 올라앉아 있었다. 태양에 약한 미족은 낮에 돌아다니면 안 되는 데다가 체력이 약해 오래 걷지 못하기 때문이었다. 사실상 거의 모든 짐이 퍼쿵의 몫이었다. 하지만 별로 무거워하지는 않았다.

보보와 유코는 적당히 체력에 맞추어 작은 배낭을 메고 있었고 피코도 상당히 커다란 짐을 짊어졌는데 그녀 역시 힘이 장사여서 힘들어하는 기색은 없었다.

"쿵 오빠, 우리 어디로 가는 거예요?"

"응, 먼저 인간족의 성으로 가야 해."

유코는 인간의 성이라는 말에 갑자기 우레를 휙 돌아보았다. 치요가 해주었던 말이 문득 생각났기 때문이었는데 그녀가 왜 쳐다보는지 모르는 우레가 씩 웃으며 친한 척을 했다. 혹시 어깨에 태워주지 않을까 해서 머뭇머뭇 다가오며…….

"저리 가. 너 혼자 걸어가란 말야."

유코는 평소에 잘 지내다가도 그 얘기만 생각하면 우레가 저질로 보였다. 치요와 약속한 것이 있어서 입밖으로 내지는 않았지만 외모가 귀엽게 생긴 우레가 그 생각만 하면 그렇게 징그러울 수가 없었다.

"삐비비? 비비비비……."

우레는 우울한 표정을 하며 중얼거렸다.

"뭐야, 너? 내가 짊어지고 있는 짐 안 보여? 여기에 어떻게 너까지 업고 가? 네가 나보다 더 잘 걷잖아. 혼자 가!"

유코가 소리를 꽥 지르자 우레는 깜짝 놀라더니 쪼르르 앞으로 달려 도망갔다.

그 뒤에서 피코가 치요에게 물었다.

"유코랑 우레랑 왜 저래? 싸웠어?"

"응. 인간족 소녀에게 임신시킨 사실을 알았거든. 쉿, 우레에겐 비밀이야. 유코도 말 않기로 했어."

치요가 조그만 소리로 그동안 일어났던 일을 얘기해 주었고, 피코가 웃었다.

"킥킥, 그랬구나. 어쩐지 유코가 요즘 밤만 되면 유난히 우레를 피하는 것 같더라니……. 우레 녀석 앞으로 구박 좀 받겠는데?"

"별로 달라진 건 없어. 잠자리만 따로 할 뿐이야."

그 옆으로 보보가 붙었다.

"유코의 마법은 어느 정도야?"

"글쎄, 나도 잘 몰라. 다만 정령술사들이 그러는데 저 애는 천부적이래. 어마어마한 힘이 감춰져 있다나?"

"정령술이 뭔데?"

"그건 말이지……."

치요의 설명이 시작됐다. 일행은 일렬로 서서 꼬불꼬불한 산길을 걸으며 치요에게 질문을 하고 대답을 듣고 했다. 그들의 뒤로 밝은 태양이 떠오르고 있었다.

산행을 한 지 나흘이 지나갔다. 남쪽으로 곧장 가면 전에 살던 곳이 나오지만 일행은 서쪽으로 진로를 잡고 있었다. 남쪽으로는 갈 수 없었다. 그곳에는 이미 화산 개미들이 자리 잡고 있을 것이기 때문이었다. 아무리 치요가 있다고 해도 다시 그 괴물들과 마주치고 싶지는 않았다.

유코가 퍼쿵에게 물었다.

"쿵 오빠, 인간의 마을에는 왜 가는 거예요?"

"응, 몇 가지 구할 물건도 있고 또 다른 이유도 좀 있고……."

"다른 이유요? 그게 뭔데요?"

퍼쿵은 유코가 힘들어하는 기색이 보이자 그녀의 짐을 받아서 모두

지고 걸으며 말을 이었다.

"너희들은 분명히 인간이잖아? 내가 알기로 이 근방에 인간의 마을은 단 한 곳밖에 없거든. 뭐 여기저기 몇 명씩 흩어져서 살기는 하지만 대규모로 모여 사는 곳은 그곳밖에 없어."

"그런데요?"

"혹시 거기에 가면 너와 보보를 알아보는 사람이 있을지도 모르잖아? 너희 가족이 있을 수도 있고. 그래서 가는 거야."

유코가 반색을 했다.

"어머! 정말 저희들 때문에 가는 거예요? 오빠는 제가 아는 사람들 중에서 제일 자상해요."

유코의 말에 퍼쿵이 쑥스러워하면서 웃었다.

"혹시 그곳이 너희 고향이 아니더라도 다른 볼일도 있으니까."

"어쨌든요."

유코는 여행을 시작한 이후로 줄곧 퍼쿵에게 붙어서 걸어가고 있었다. 반면에 우레는 그 이후로 계속 찬밥 신세였다.

"곧 강이 나올 거야. 벌써 물 냄새가 나지 않니? 조금만 더 힘을 내."

퍼쿵의 말로는 서쪽으로 가다 보면 강줄기와 만날 수 있기 때문에 거기에서 뗏목을 만들어 타고 내려갈 예정이라고 했다. 앞으로 만나게 될 강은 전에 있던 강과 다른 줄기로 결국에는 하나로 합쳐져 서쪽으로 흘러 바다까지 나간다고 했다.

한차례 시원한 바람이 일행과 주변의 숲을 훑고 지나갔다.

"어머, 정말 강이 가까이 있나 봐요."

바람은 습기를 가득 머금은 채 비릿한 냄새를 전해주고 있었다. 그리고 몇 발짝 가지 않아 그들의 정면을 향한 나무 사이에 완만한 속도로 흐르는 강이 모습을 드러냈다.

계절은 가을로 들어서는 듯 바람이 많이 시원해져 있었다. 그들이 처음 만난 두 달 전의 뜨거운 공기가 아니었다. 하지만 그들은 오랫동안 산행을 계속해 왔기 때문에 모두 땀에 절은 채 지쳐 있었다.

"이야! 물이다!"

누가 먼저랄 것 없이 환호성을 지르며 강으로 달려갔다. 금세 강물 속에 발을 들여놓은 아이들은 머리와 얼굴을 적시고 물을 마셨다.

잠시 후 퍼쿵이 말했다.

"좋아. 짐을 내리고 우선 밥부터 먹자."

모두의 동작이 빨라졌다. 오랜 산행으로 지쳐 있기는 했지만 강이 주는 상쾌한 기운이 그들의 피로를 잠시나마 잊게 해주었던 것이다.

서둘러서 짐을 푼 일행은 주변의 숲에서 먹을 수 있는 나무 열매와 신선한 잎을 따왔고 짐 속에서 마른 고기를 꺼냈다. 미족이 준 음식은 이미 다 먹었고 남은 것은 그들이 사냥한 짐승을 말린 것뿐이었다. 그래도 허기진 배를 채우기에는 충분한 양이었다.

"강가에서 밥을 먹으니 꼭 집에 가 있는 것 같아."

그들이 살던 예전의 토굴이 강가에 있었던 탓으로 마치 집으로 돌아간 것 같은 느낌을 주었던 것이다. 이제 예전의 집으로는 돌아갈 일이 없었기 때문에 더 그리운 생각이 들었다.

식사를 하던 치요가 입을 열었다.

"퍼쿵. 앞으로 어떻게 할 생각이야? 구체적인 계획이라도 있어?"

"아니. 아직 구체적으로는……. 하지만 우선 인간의 마을로 가야지. 보보의 칼도 새로 구입해야 하고… 어쩌면 이 애들의 부모나 가족을 찾을 수 있을지도 모르니까.”

그 말을 들은 치요의 표정에는 잠깐 의문의 빛이 스쳤다.

“애들의 가족을 찾는다고? 그럼 그 다음에는 어떻게 할 건데?”

“글쎄… 그건 가보고 나서 생각하자. 우리는 어차피 떠나야 할 테지만 애들은…….”

퍼쿵이 말을 흐렸다. 어쩌면 유코와 보보를 떼어놓고 떠나야 할지도 모르는 일이었다.

그의 말이 끝나자마자 모두가 밥을 먹다 말고 동작을 멈춘 채 퍼쿵에게 시선을 모았다. 다음 나올 말을 알 수 있을 것 같았기 때문이다.

보보는 고민에 빠져 버렸다.

‘그렇다면, 만약 가족을 만나게 된다면… 그러면 우리는 이들과 헤어져야 한단 말인가?’

갑자기 유코가 고개를 흔들며 소리쳤다.

“싫어요. 나는 인간의 마을에 가지 않을 테야. 우리를 떼어놓고 떠나려는 거죠, 쿵 오빠? 싫어요. 나는 함께 갈 거예요. 보보, 뭐라고 말 좀 해봐! 너도 같이 갈 거잖아. 그렇지?”

그 순간 보보와 피코는 눈빛을 주고받았다. 그러나 그들은 아무 말도 못했다. 마주 보는 눈빛이 흔들리고 있었다.

“삐비비비…….”

이상한 분위기에 눈치를 챈 우레가 어느 새 유코의 등 뒤로 달라붙었고 그녀는 달라붙은 우레를 끌어당겨 가슴에 껴안았다. 이 순간은 징그럽고 뭐고 생각할 겨를이 없었다. 퍼쿵이 자신을 떼어놓고 떠나려고 하다니…….

모두가 식사하는 것도, 배고픈 것도 잊어버리고 있었다. 우레도 불안한 눈초리로 일행을 둘러보고 있었다.

모두의 시선이 자신에게 집중되자 퍼쿵이 서둘러 사람들을 진정시키려 했다.

"그만, 너무 심각하게 생각하지 마. 설사 너희들의 가족을 만난다고 하더라도 꼭 우리끼리 떠나겠다는 말은 아니니까. 자, 진정하고 어서 밥을 먹자."

치요가 그 말을 이어서 또 정리를 했다.

"그래, 퍼쿵의 말이 맞아. 꼭 가족을 찾는다는 보장도 없잖아. 게다가 같이 가든지 남든지는 너희들의 의사에 따라야 하는 거니까. 안 그래, 퍼쿵?"

"물론이지. 걱정 말고 식사나 마저 해."

퍼쿵은 미소로 무마하긴 했지만 속으로는 한숨을 내쉬었다. 말 한마디에 저렇게 모두가 긴장하는 것은 처음 보았다. 유코와 보보는 물론 피코, 치요, 우레마저도 자신의 의견에 이렇게 반대하는 눈치를 보인 것은 처음이었던 것이다.

'남달리 침착한 치요가 저렇게 당황하다니……..'

예전에 보지 못하던 피코의 놀라던 눈빛도 그랬다. 피코는 늘 주위의 일에 관심을 보이지 않는 아이였던 것이다.

'그래, 요즘 피코는 좀 달라진 것 같아. 어딘지 모르게……..'

모르는 척 식사를 하면서 퍼쿵은 생각에 잠겨 있었다. 그러다가 문득 그의 입에 미소가 비쳤다.

'벌써 그렇게 정들이 깊어졌단 말인가? 후후, 귀여운 녀석들.'

단지 서로에 대한 정이 깊어졌다는 것으로 결론을 내리는 퍼쿵이었다.

물론 그 말은 맞았다. 그들은 이미 친 혈육 이상으로 정이 깊어져 있었다. 다만 단순한 가족의 정 이상으로 다른 낯선 감정이 자라고 있다는 것은 퍼쿵도 모르고 있었다. 그쪽 문제에는 너무도 순진했으니 모르는 것이 당연했지만…….

그날 밤 퍼쿵 일행은 강물 위에 있었다. 정확히 말하자면 강 위에 떠내려가는 뗏목 위에 앉아 있었다. 전날 점심을 먹은 후에 곧바로 작업을 시작한 퍼쿵 등은 해가 떨어질 때쯤 튼튼한 뗏목을 완성했다.

굵은 나무들을 베어내고 가지런히 길이를 맞추어 자른 후 칡넝쿨로 이어 묶었다. 넓은 배가 완성되자 그 한가운데에 짐을 올리고 다시 넝쿨을 이용해 단단히 묶은 다음 모두들 적당한 곳에 자리를 잡고 앉았다.

곧바로 출발을 한 일행은 한동안 신이 나서 떠들어댔다. 배를 타고 여행을 하기는 처음인지라 유코는 다소 흥분을 했다. 물을 들여다보며 구경을 하고 물장구를 치고 우레와 뗏목 위를 뛰어다니며 술래잡기를 하고. 보보와 피코도 나란히 앉아서 물속에 발을 담그고 두런두런 얘기를 나누었다. 그러다가 밤이 깊어지자 치요와 퍼쿵을 제외하고는 모두 잠이 들었다.

잔잔히 흐르는 강물 위에 보름이 가까운지 둥근 달이 비치고 있었다. 강은 마치 호수처럼 잔잔했다. 어느새 강폭이 넓어져서 물살의 속도도 아주 완만해져 있었다. 작은 물소리만 들려올 뿐 세상은 고요했다. 뗏목 위의 두 사람도 침묵하고 있었다.

수면의 달을 바라보던 치요가 문득 입을 열었다.

"퍼쿵, 아까 했던 얘기 말인데……."

"응?"

치요는 목소리를 낮추었다. 다른 아이들이 들으면 곤란하다는 듯 작은 음성이었다.

"정말 유코와 보보를 놓고 갈 생각이었어?"

퍼쿵의 입에서 가장 먼저 나온 것은 한숨이었다.

"휴~ 꼭 그렇게 하려고 작정한 것은 아니고……."

말을 흐리는 퍼쿵에게 치요가 다시 대답을 요구하고 있었다.

"만일 저 애들의 가족을 정말 찾게 된다면 어쩔 거야?"

"내 말은 그럴 수밖에 없을지도 모른다는 거야. 생각해 봐. 너와 피코와 나는 이미 가족이 다 죽은 고아잖아? 우린 갈 곳이 없다고. 굳이 고향에 돌아가야 할 이유도 없고. 하지만 저 애들은 그렇지 않을 수도 있어."

퍼쿵의 설명에는 치요도 수긍할 수밖에 없었다.

"하긴……."

"우리가 살고 있는 모습이 반드시 행복하다거나 미래가 보장된 그런 삶도 아닌데 만약에 난 저 애들의 부모가 있다면, 그래서 그들과 함께 사는 게 더 행복할 수 있다면 괜히 우리가 끌고 다니면서 고생시킬 이유는 없다는 생각을 한 거야, 단지."

치요가 고개를 끄덕였다. 도저히 어린아이로는 보이지 않는 깊이 있는 표정이었다.

"그건 그래. 우린 언제 어떻게 죽을지도 모르는 떠돌이 신세니까."

"그렇잖아? 저 애들이 원해서 우리와 합류하게 된 것도 아닌데."

"그래, 일단 가보자. 가서 애들의 가족도 찾아보고 그러고 나서 생각해도 늦지 않겠지. 못 찾을 수도 있는 거니까."

두 사람은 치요의 대답을 끝으로 다시 침묵에 빠져들었다.

퍼쿵의 바로 뒤에는 유코가 누워 있었고 그녀의 발치에 우레가 가까스로 유코의 발을 붙들고 잠들어 있었다. 원래는 유코의 허벅지를 베고 자려고 했으나 몇 대 얻어맞고 발치로 밀려 내려온 것이었다.

그들은 몰랐지만 유코는 눈을 뜨고 있었다. 그녀는 자는 척하며 퍼쿵과 치요의 나지막한 대화를 다 듣고 있었다.

그때였다. 잔잔하던 수면에 작은 파문이 일었다.

흔들림을 감지한 퍼쿵이 고개를 돌렸다.

"뭐지?"

"음, 뭔가 움직이고 있는 것 같은데?"

퍼쿵과 치요는 정신을 집중했다. 분명 강물이 전해주는 물살은 자연스런 흐름이 아니었다. 그것은 강물의 흐름과는 다른 별개의 움직임이었다.

어둠에 밝은 치요가 먼 곳을 가리켰다.

"저기!"

"나도 봤어."

강의 복판에 떠 있는 뗏목을 향해 무엇인가 물을 가르며 다가오는 움직임이 있었다. 정확히 보이지는 않았지만 달빛에 의해 보이는 그것은 기슭으로부터 빠르게 물을 가르며 다가오고 있었다.

"일어나! 모두! 어서 일어나!"

순간적으로 치요가 아이들을 깨우기 시작했다. 이미 깨어 있던 유코는 벌써 일어나 앉아 있었고 다른 아이들도 마치 깨어 있던 것처럼 벌떡 일어났다. 잦은 위험에 민감해져 있기 때문이었다.

퍼쿵은 긴 삿대를 창처럼 꼬나 들고 다가오는 물살을 주시하고 있었다. 그 뒤에서 피코도 창을 빼 들고 움직임을 살폈다. 심지어 보보도 활에 화살을 재워 들었다. 하지만 어두운 밤에 물 밑에서 다가오는 물체를 식별하기란 어려웠다.

물살을 가르고 있는 그것은 엄청나게 빠른 속도로 정확히 뗏목을 향해 완만한 곡선을 그으며 선회하고 있었다. 강이 흐르고 있음을 감안할 때 저렇게 다가오는 것은 분명히 생명체였다. 무엇인지는 몰라도 자신의 의지와 감각으로 목표물을 향해 헤엄치고 있었던 것이다.

"태양광!"

치요가 주문을 외치며 손에서 노란 구체를 생성했다. 그의 손에서 나온 작은 구체는 공중으로 떠오르더니 거의 사람의 몸뚱이만큼이나 크게 불어났고 갑자기 주위가 대낮이나 된 듯 밝아졌다. 상대를 더 자세히 보기 위해서 자신이 생성할 수 있는 불의 마법 중 가장 밝은 불꽃을 공중에 띄운 것이었다.

그 불 아래로 다가오는 물체는 엄청나게 컸다. 위에서 보이는 넓이만 해도 뗏목의 두 배는 넘어 보였다.

"까악!"

그 괴물이 뗏목의 바로 아래를 통과할 때 유코가 비명을 질러댔다. 그리고 동시에 그것이 물 위로 솟구쳐 올랐다. 어마어마하게 큰 초록색 괴물이 사람의 키만큼이나 큰 아가리를 쩍 벌리고 뛰어오른 것이다.

"꽉 잡아!"

"으아아악~"

"끼아악~"

모두가 아우성치는 가운데 뗏목이 거의 수직으로 기울어졌다.

조금만 더 세워졌으면 뒤집힐 판이었다. 간발의 차이로 뒤집힘을 면

한 뗏목은 대신 거의 전체가 물에 잠겼다가 다시 떠올랐다.

그럴 수밖에 없는 것이 얇고 넓게 만들어져 가로로 띄우는 뗏목이 물 위에서 세로로 세워졌으니 자신의 무게를 견디지 못하고 물속으로 잠기는 것은 당연했다. 뒤집히지 않은 것이 그나마 다행이었다.

뗏목이 물에 잠기면서 치요가 밝힌 불의 구체는 사라져 버렸다. 집중했던 정신이 흩뜨러졌기 때문이다.

그 와중에 무사한 것은 마력이 있는 유코와 치요뿐이었다. 역시 야생 동물인 우레가 동작도 잽싸게 두 아이만 낚아채서 날아오른 덕분이었다.

우레는 항상 그렇듯이 좀 치사했다. 다른 사람들의 안위는 안중에도 없는 듯. 하긴 다른 사람들은 우레의 능력 밖이긴 했지만.

어쨌든 공중에서 유코와 치요가 소리를 지르며 내려다보니 다시 제자리를 잡은 뗏목 위에는 피코뿐이었다. 보보는 어디로 갔는지 보이지 않았고 퍼쿵은 단검을 빼 들고 달려드는 괴물을 향해 자맥질을 하는 중이었다.

“보보! 보보! 퍼쿵!”

뗏목의 넝쿨을 붙잡고 외치던 피코도 돌연 바닥에 꽂아놓았던 창을 뽑아 들었다. 저만치서 허우적거리는 보보를 발견한 것이었다.

“잠시만 기다려, 보보!”

피코도 창을 든 채 물속으로 뛰어들었다. 산에서 엄청나게 크고 포악한 육식 공룡도 때려잡던 퍼쿵과 피코였다. 그들의 시야를 확보해 주기 위해 치요는 좀 약해지기는 했지만 작은 불을 띄워 올리고 있었다.

제아무리 퍼쿵과 피코가 일류사냥꾼이라고 해도 한밤중에 물속에서 싸우는 것은 불가능한 일이었다. 물속에서는 냄새를 맡을 수도, 소리를 제대로 분간할 수도 없기 때문이었다. 그저 눈밖에 믿을 게 없었다.

그러나 상대는 수룡이었고 장소는 깊은 물이었다. 몸을 제대로 가눌 수도 없고 숨도 제대로 쉬지 못하는 상황이어서 적절한 공격과 수비를 하기가 어려웠다. 더군다나 수영을 전혀 못하는 보보까지 구해야 하는 상황이라 절대적으로 불리했다.

피코와 퍼쿵은 모두 보보를 향해 헤엄쳐 가고 있었다. 보보는 곧 가라앉으려는 듯 숨을 헐떡이고, 아니, 물을 꿀떡이고 있었다.

어느새 거대한 수룡은 몸을 돌려 한곳을 향해 헤엄쳐 가는 두 사람의 뒤를 바짝 쫓고 있었다. 약간 뒤처진 피코를 향해 거대한 입이 팔뚝만한 송곳니들을 드러내며 쩍 벌어졌다. 순간 피코가 뒤를 돌아보고 들고 있던 창을 수룡의 입속으로 쑤셔 넣었다. 그러나 그보다 더 빨리 수룡의 지느러미처럼 생긴 앞다리가 피코의 등을 후려쳤다.

커다란 물살이 튀어올랐고 물보라가 가라앉자 그 자리에 있던 피코는 보이지 않았다.

"까아아~ 피코!"

"뇌전!"

외침과 함께 치요의 손에서 불빛이 번쩍이며 길고 가느다란 빛이 쏘아졌다. 쏘아진 빛은 곧바로 수룡의 뒷목으로 꽂혀 들어갔다. 그 순간 수룡은 목을 뒤로 활처럼 휘며 펄쩍 뛰어오르더니 그대로 물속으로 자취를 감추었다.

잠시 조용해진 틈을 타 보보의 뒷머리를 잡은 퍼쿵이 뗏목으로 헤엄쳐 오고 있었다.

공중에서는 치요와 유코가 각각 외쳐대고 있었다.

"피코! 어디 있어? 피코!"

"퍼쿵 오빠! 피코가 없어졌어요!"

"알았어! 보보를 부탁해!"

소리쳐 대답한 퍼쿵은 정신을 잃은 보보를 뗏목 위로 던져 놓고 다시 물속으로 자맥질을 했다.

우레는 두 아이를 뗏목 위에 내려놓았다.

다행히 보보는 숨을 쉬고 있었다. 놀란 데다가 물을 많이 먹어서 기절한 모양이지만 다친 곳은 없어 보였다. 보보를 살피던 유코가 치요에게 물었다.

"이제 괴물은 죽은 거야?"

"아니, 그렇지는 않을 거야."

"하지만 아까 네가 불덩이를 맞추었잖아?"

치요는 보보의 몸을 주물러 물을 토하게 하고 있었다. 그런데 그의 표정은 여전히 불안한 기색이 역력했다.

"내 뇌전에 비해서 상대의 덩치가 너무 컸어. 게다가 난 땅에 발을 붙이고 있어야만 강한 마법을 쓸 수가 있어."

"그럼……?"

"잠시 놀라서 몸을 피한 것뿐이야. 잘은 모르겠지만……."

잠시 진정하던 유코의 눈도 두려움에 다시 떨리기 시작했다.

"그렇다면 퍼쿵과 피코는 어떻게 해? 아직 괴물이 살아 있다면서?"

치요는 더 이상 말을 하지 않았다. 다만 퍼쿵이 사라진 곳을 바라볼 뿐이었다. 시간이 얼마나 흐른지 몰랐다. 몇 분의 시간이었겠지만 마치 몇 시간이나 기다린 듯했다.

물속으로 들어간 피코와 퍼쿵이 너무 오래 나오지 않는다는 생각이

들자 두 아이는 불안해지기 시작했다. 그러나 머지않아 뗏목에 파문이 전해져 왔다. 다시 물결이 일렁이는 것이 느껴진 것이 오히려 반가울 지경이었다.

뗏목으로부터 삼십 미터쯤 떨어진 곳에서 거대한 물보라와 함께 수룡이 솟아올랐다. 그리고 달빛에 수룡에 매달려 있는 두 사람의 모습도 똑똑히 보였다.

놀랍게도 피코는 수룡의 배에 갈고리를 박아 넣은 채 그 끝을 쥐고 매달려 있었다. 갈고리 끝을 놓지는 않았지만 수룡의 움직임에 따라 피코의 몸과 다리가 힘없이 흔들리고 있었다.

그리고 그 반대 편의 등에는 퍼쿵이 매달려 있었다. 퍼쿵도 수룡의 몸에 단검을 박아 넣은 것 같았다. 악착같이 매달린 퍼쿵은 그나마 힘이 남아 있어 보였다. 다리로 수룡의 등지느러미를 꽉 조이고 있었으니 말이다.

"어머! 어떡해! 어떡해!"

치요가 다급하게 수룡을 향해 검지손가락을 뻗으며 소리쳤다.

"동상!"

치요는 심각한 표정으로 기를 끌어올리면서 염력을 발동하기 시작했다. 그러자 요동 치던 수룡의 몸이 무엇인가에 묶인 듯 좀 둔해지는 듯했다. 그러나 여전히 요동을 치고 있었고 치요의 몸도 그에 따라 움찔거리며 흔들렸다. 서로 힘 겨루기를 하고 있는 것이 틀림없었다.

그러나 잠시 후 괴물이 엄청난 괴성을 지르며 몸을 크게 뒤틀자 치요는 뒤로 벌렁 넘어져 버렸다. 힘 겨루기에서 패한 것 같았다. 치요는 재빨리 몸을 일으키려 했지만 힘겨운 모습으로 땀을 비오듯 흘리고 있었다. 역시 치요는 땅에 발을 붙여야 힘을 쓰는 모양이었다.

게다가 물은 치요의 영역이 아닌 것이다. 그렇다고 힘없는 우레가 그들을 달고 날아올 수도 없는 일이었다.

어차피 수룡이 이 뗏목을 먹이로 삼았던 것은 분명하지만 지금으로써는 그놈의 화만 더 돋운 격이 된 모양이었다. 수룡은 매달린 두 사람을 떼어놓으려고 필사적으로 몸부림치고 있었다. 그들이 손을 놓고 떨어지는 순간 그 무지막지한 입으로 씹어 삼켜 버릴 것은 뻔한 일이었다.

"으아앙~ 어떻게 좀 해봐, 치요!"

유코가 울음을 터뜨렸다. 하지만 그들로서는 물속을 들락거리며 뛰어오르는 거대한 괴물의 몸에 매달려 흐느적거리는 퍼쿵과 피코를 바라보고 있는 수밖에 없었다.

그때였다. 별안간 치요가 유코의 두 팔을 움켜쥐었다. 그의 작은 눈이 번쩍번쩍 빛을 발했다.

"그래, 그 생각을 왜 못했지? 유코, 넌 정령술사잖아!"

"흑흑, 응. 그런데?"

훌쩍거리며 울던 유코는 무슨 말인지 잘 알아듣지 못하는 것 같았다. 유코는 정령들을 불러낼 수 있었지만 그들이 무슨 일을 할 수 있는지는 알지 못했던 것이다.

치요가 유코를 흔들며 엄청나게 큰 소리로 외쳐댔다.

"물의 정령을 불러내, 바보야! 어서!"

물론 조그만 치요가 저보다 한참 큰 유코를 흔든다는 것은 힘든 일이었지만 지금은 어찌나 절박한지 유코가 사정없이 흔들리고 있었다.

"물의 정령?"

"어서!"

치요의 무지막지한 외침에 유코는 다른 질문도 못하고 물의 정령을 불러냈다.

"물의 정령들아, 모두 나오너라!"

유코는 정령술에 대해서 제대로 배운 것이 아니었다. 계약을 한 것도 아니었고 다만 선천적으로 정령과 통하는 것뿐이었다. 그래서 그녀의 주문이란 별로 볼품이 없었다.

그렇지만 주문이 멋이 없었음에도 불구하고 그녀의 주위는 금세 물의 정령들에 의해 몇 겹으로 둘러싸여 있었다. 웬만한 정령술사가 하나나 둘의 정령을 부리는 데 비해서 그녀에게는 수많은 정령들이 다 모여들었던 것이다.

"이저 어떻게 해야 해?"

"퍼쿵과 피코를 이리로 데려오고 저 괴물을 접근하지 못하게 하라고 해!"

유코는 치요가 하라는 대로 정령들에게 부탁했다. 그때까지도 그녀는 정령에게 명령하거나 일을 시키는 관계를 제대로 이해하지 못한 것이 분명했다.

그러나 유코의 부탁을 받은 정령들이 사라짐과 동시에 그들은 정확하고 신속하게 일을 처리했다. 먼발치에서 뛰어오르던 수룡의 주위에 그보다 몇 배는 더 큰 물기둥들이 사방에서 사정없이 솟아오른 것이다. 그리고 수룡을 휘감은 채 공중에서 내려놓지 않았다. 곧바로 그 사이에서 가는 물줄기들이 피코와 퍼쿵을 살며시 감싸더니 그들을 떼어내서 뗏목 쪽으로 들고 오는 것이었다. 수룡은 아직도 공중에서 물기둥에 포위당한 채 빙글빙글 빠른 속도로 회전하고 있었다. 이번에는 놈의 몸부림도 아무 효과가 없었다.

크아아악~

멀리서 수룡이 울부짖는 소리가 들렸다.

"어머어머, 굉장해! 치요, 저기 좀 봐!"

"그래, 정말 대단하구나."

유코는 팔짝팔짝 뛰었고 치요도 넋이 나간 것 같았다. 쏜살같이 이쪽으로 날라져 오는 두 사람과 괴물을 바라보는 치요는 입이 벌어진 채 다물 줄을 몰랐다.

"진작 이렇게 할 것을……."

해가 떠올랐다. 강은 언제 그랬냐는 듯이 평화로웠다. 미친 듯이 날뛰던 수룡도, 신비스럽던 물의 정령들도 모두 사라지고 잔잔한 강물 위로 한 척의 뗏목이 떠내려갈 뿐이었다. 그리고 그 위에는 죽은 듯 누워 있는 다섯 젊은이와 하나의 털덩어리가 있었다. 아직 축축이 젖어 있는 짐만이 간밤의 소란을 증명해 주고 있었다.

물에 빠지는 순간 기절해 버린 보보는 하나도 보지 못했지만 나머지는 모두 어안이 벙벙해 있었다.

물론 퍼쿵과 피코도 정령의 모습은 보지 못했다. 그들이 본 것은 무시무시한 수룡뿐이었다. 정신없이 그 괴물에 매달려 필사적으로 싸우다 보니 어느새 뗏목 위에 반듯이 뉘어져 있는 자신들과 멀리 공중에서 빙빙 돌며 몸부림치는 수룡을 본 것이 전부였다. 인간의 눈에는 정령이 보이지 않았으니 말이다.

모두 축 늘어져 있었다. 간밤에 그렇게 고생을 했으니 힘이 없는 게 당연했다. 유코가 일어나더니 퍼쿵의 머리맡으로 가서 얼굴을 들여다보았다. 그리고는 볼멘소리로 말했다.

“얼마나 걱정했는지 알아요?”

“허허, 그랬어?”

퍼쿵은 그 고생을 하고도 별일 아니라는 듯이 말하고 있었다.

“그라요. 퍼쿵이랑 피코랑 보보랑 다 죽는 줄 알았어요.”

“죽긴 왜 죽어? 너희들만 놔두고?”

그 옆에 누워서 듣고 있던 피코가 어렵게 몸을 일으키더니 유코에게 말했다.

“고맙다, 유코야. 네가 우리를 다 살려주었다면서?”

피코가 정색을 하고 인사하자 유코는 성격에 안 맞게 부끄러워했다.

“에이~ 고맙긴요. 내가 뭐 한 게 있다고……. 다 정령들이 한 건데요.”

“그래도 너 아니었으면 정령이라는 것들이 우릴 도와줬겠니?”

“피코 말이 맞아. 나는 정말 놀랐다니까. 유코 주위에 모여드는 정령들이 어찌나 많던지……. 또 정령의 힘이 그렇게 굉장하다는 것을 직접 본 것도 처음이야.”

“자꾸 그러지 마. 나도 처음 알았단 말야.”

치요가 덧붙였다.

“그러니까 처음부터 정령을 소환했으면 그런 일도 없었을 텐데…….”

“몰랐는 걸 어떡해?”

“아무튼 정말 수고 많았다, 유코야.”

유코는 모두의 칭찬에 머리를 긁적였다. 그러다가 문득 생각이 난 듯이 퍼쿵을 보면서 말했다.

“이제 내가 쿵 오빠와 함께 여행해야 하는 이유를 알겠죠? 내가 오빠와 피코와 보보의 생명을 구해준 거니까요."

"아, 그렇게 되나? 하하하!"

모두가 그녀의 말에 웃음을 터뜨렸다.

웃음의 끝에 유코는 한마디 더 못을 박았다.

"정 안 된다면 나에게도 생각이 있어요."

그러면서 한편으로 생각하고 있었다.

'그나저나 이번 정령 소환으로 좀 늦지 않았나 모르겠네. 피부 버리면 안 되는데…….'

산은 점차 노랗게 물들어가고 있었다. 하늘도 더없이 맑게 드높았다. 정말 평화로운 풍경이었다. 가을이 깊어갈수록 나무 열매와 곡식은 익어갔고 가축은 살이 쪘다. 모든 것이 풍요로워졌다.

하지만 거리의 표정은 스산하기 짝이 없었다. 성벽의 곳곳에 세워져 있는 망루에는 어디라고 할 것 없이 두 명씩 보초를 서고 있었다.

평소 같으면 물물교환을 하거나 먹거리며 피륙이며를 사는 사람들로 북적거릴 장터에도 인적이 드물었다. 홍정을 하는 사람들 대신 무장한 병사들이 한 무리씩 바쁜 걸음을 옮기고 있었다.

유독 하나의 골목에만 수십 명의 사람들이 비 오기 전의 개미굴처럼 들락거리고 있었는데 그곳은 바로 대장간 거리였다. 대여섯 군데나 되는 대장간에서는 여러 명의 장정들이 시중을 드는 젊은이들을 데리고 바삐 망치를 두드려 대는 모습이 보였다.

지금 그들의 망치와 집게 밑에서 달궈지고 두드려지는 것들은 놀랍
게도 농기구가 아닌 병장기였다. 칼과 창날이 생산되고 있는 것이다.
한 옆에서는 이미 완성된 수백 개의 창날과 수천 개의 화살촉이 쌓여
있는 것도 보였다.

달구지는 완성된 병장기를 싣고 끊임없이 골목을 빠져나가 각 요소
로 흩어졌고 반대로 철광석을 실은 수레가 끊임없이 들어오고 있었다.

성문은 굳게 닫혀 있었다. 그뿐 아니라 성문의 앞에는 날카로운 목
책이 이중 삼중으로 세워져 있어서 살벌한 분위기를 잔뜩 풍겨냈다.

뿐만 아니라 성문 앞은 말할 것도 없고 그 외곽으로 약 오십 미터의
거리를 두고 커다란 방책이 쳐져서 세 개의 동심원을 꾸미고 있었다.

뗏목 위에서 인간의 성을 바라보던 퍼쿵 일행은 의아한 듯한 표정을
지었다. 개미들에게 점령당한 제 집을 피해 빙 돌아왔기 때문에 원래
육로로 걸어오면 엿새는 족히 걸렸을 여정이 강을 타고 내려옴으로 해
서 하루 반나절로 단축되었다는 것까지는 좋았다. 그런데 이상하게 인
간들의 어선이 한 척도 보이지 않는 것이었다.

피코가 심드렁한 표정으로 물었다.

"어떻게 된 걸까? 이런 좋은 날씨에 왜 고기를 잡지 않는 거지? 곧
수확의 축제도 시작될 계절인데……."

퍼쿵도 알 수 없다는 대답이었다.

"글쎄, 나도 아까부터 이상하던 참이야."

유코가 끼어들었다.

"왜요? 무슨 일이 있어요? 여기가 어딘데요?"

퍼쿵이 대답했다.

“여기가 바로 인간족의 성이야. 저기 강가에 높고 긴 성벽이 보이지?”

“어머, 정말 대단하네요. 저렇게 커다란 성일 줄은 몰랐어요.”

“정말 대단한걸. 모두 돌로 쌓았네. 만드느라고 힘들었겠다. 게다가 그 앞에는 몇 겹으로 둘러친 울타리도 있어.”

인간족의 성은 상상을 초월할 정도로 엄청나게 컸다. 완전히 야산 하나를 모두 성벽으로 둘러싸고 있었다. 그리고 그 한가운데에는 뾰족한 성탑이 있는 건물이 당당하게 놓여 있었다.

보보도 그 거대한 성의 위용에 놀라고 있었다. 기억은 나지 않아도 전에 언젠가 동화책에서 읽었을 것이 분명한 성처럼 생긴 것은 확실했다.

치요가 걱정스런 얼굴로 말했다.

“그래, 그 앞에 둘러친 몇 겹의 울타리, 그게 문제거든, 지금.”

그러자 유코와 보보는 무슨 말이냐는 표정으로 심각하게 얘기 중인 세 사람을 둘러보았다.

대답은 피코가 대신했다.

“저건 전쟁할 때 쓰는 목책이야. 적군이 돌격해 오는 것을 잠시 동안 막아주는 역할을 하지. 뾰족한 나무로 얽어놓아서 잠깐 동안 시간을 벌 수 있거든. 그게 왜 지금 세 겹이나 둘러쳐져 있느냐고?”

이번에는 치요였다.

“역시 지난번에 보았던 별의 추락과 관련이 있을 거야. 족장 할아버지와 장로님도 머지않아 큰 전쟁이 있을 거라고 예언했고······. 이제 어쩔 거야, 퍼쿵?”

“우선 가봐야지. 뗏목을 선착장으로 대자.”

퍼쿵은 뗏목 옆에 묶어두었던 굵고 긴 통나무를 뽑아 들었다. 남들은 두 사람이 들기도 힘든 크기였지만 퍼쿵은 그것을 삿대로 쓰고 있었다. 아주 가볍게.

뗏목은 퍼쿵이 미는 대로 물살을 헤치고 전진했다. 지금은 보이지 않았으나 저 모퉁이만 돌아가면 선착장이 보인다고 했다.

퍼쿵의 말대로 강을 따라 크게 구부러진 모퉁이를 도니 나무들 사이로 배들이 보이기 시작했다. 뗏목이 아니라 진짜 배였다. 나무를 짜서 만들고 커다란 돛이 둘둘 말려진 채로 달려 있는 커다란 목선이 열 척도 넘게 매어져 있었다.

이백여 미터 떨어진 성으로부터 강물 속까지 길이 이어져 있는 것이 보였다. 약간 높은 곳에 있는 성의 한 옆구리에 굳게 닫힌 거대한 문이 있었고 거기서부터 경사지게 선착장까지 내려와 있는 돌길이었다. 물론 인공적으로 만들어진, 그리고 그 길의 끝에 나란히 배들이 매어져 있었다.

퍼쿵이 선착장으로 이어진 성문을 가리키며 말했다.

"저기가 제 이문이야."

유코가 물었다.

"이문? 그게 뭐죠?"

"이 성에는 성문이 네 개가 있는데 그중 두 번째 문이라고."

"문이 네 개나 있어요?"

목책은 성의 주위를 포위했을 뿐만 아니라 선착장과 묶여진 배까지 둘러싸고 있었다. 그리고 일단의 병사들이 활과 창으로 무장한 채 지키고 있는 모습도 보였다.

"멈춰라! 움직이지 마!"

뗏목을 선착장에 접근시키기도 전에 그들이 소리쳤다. 물론 화살을 시위에 재운 상태였다.

"누구냐? 더 이상 접근하면 쏜다."

그들의 경고에 퍼쿵이 삿대를 물속에 박아 뗏목을 고정시키고 나서 두 손을 들었다.

"접니다. 퍼쿵이에요. 무슨 일이 있습니까?"

"아, 퍼쿵인가?"

"그렇군. 퍼쿵네 가족이로군."

그들 중에 퍼쿵을 알아보는 사람이 몇 명 있었다. 잠시 저들끼리 속닥거리며 상의를 하더니 다시 소리쳤다.

"이봐, 거기서 잠시만 기다려 주겠나? 내가 상관에게 보고를 하고 오겠네."

"예, 그러십쇼. 여기서 기다리겠습니다."

퍼쿵 등이 뗏목에서 기다리는 동안 한 병사가 급히 성으로 뛰어갔다. 그의 모습은 방책에 가려서 곧 사라졌지만 달리는 발자국 소리가 어렴풋이 들려왔고 잠시 후 뒷문에서 작은 쪽문이 열리는 소리가 들렸다.

보보가 물었다.

"정말 전쟁이라도 하려나 본데? 쿵 형, 여기 꼭 들러야 해요?"

"그래. 무서워할 필요는 없어. 우리는 상관없으니까."

유코도 말렸다.

"하지만 고래 싸움에 새우 등 터진다잖아요? 오빠, 우리 그냥 지나가면 안 돼요?"

퍼쿵이 미소를 지었다.

“하하, 걱정 마. 우리 유코 다치지 않게 해줄 테니.”

그러자 유코가 눈을 흘기며 바라보았다.

“누가 오빠 속셈을 모를 줄 알아요? 나와 보보를 이 마을에 버리고 가려는 거죠? 두고 봐요. 우리는 꼭 오빠를 따라갈 거예요. 그렇지, 보보?”

“으응. 그래요, 쿵 형. 저도 떨어져 살 생각 없어요.”

그렇게 대답하고 보보가 흘낏 옆을 돌아보았다. 그러자 기다렸다는 듯이 피코도 한마디 거들었다.

“그래, 퍼쿵. 굳이 그럴 필요는 없잖아? 정 그렇다면 나도 보보랑… 읍!”

피코가 말하다 말고 제 입을 막았다.

이미 피코와 보보는 간밤에 모두가 잠든 틈을 타서 꼭 같이 가기로 합의를 본 상태였다. 그래서 보보를 거들려던 것이었는데 충동, 우발 적으로 보보가 남으면 저도 남겠다고 협박을 할 뻔했던 것이다. 그게 속마음이었으니까.

순간 다시 눈을 마주친 두 아이는 얼굴이 벌게져서는 고개를 숙이고 딴청을 부렸다.

‘엑! 저런 계획에 없던 대사를⋯⋯?’

보보의 생각이었다.

‘웃! 하마터면 속마음을 들킬 뻔했다. 이런 창피가⋯⋯. 눈치 챘을 까?’

피코의 생각이었다.

그들의 말에 퍼쿵과 치요와 유코가 벙찐 표정을 지었다.

“나도⋯ 라니?”

“너, 너희들 무슨?”

“혹시……?”

피코와 보보는 두 손을 내저으며 모두에게 변명을 해댔다. 하지만 이미 엎질러진 물, 의심의 눈초리는 계속 모아지고 있었다.

“아, 아무것도 아니에요. 그냥 모두 같이 여행하자는 거지요 뭐. 하하하!”

“그, 그래, 신경 쓰지 마. 어? 저기 저게 뭐지? 후후…….”

유코가 벼락같이 소리친 것은 그때였다. 퍼쿵의 바지 자락을 두 손에 거머쥔 채로…….

“좋아요! 그렇다면 나는 퍼쿵 오빠와 결혼하겠어요. 그러면 진짜 가족이 되니까 우리를 버리고 갈 수는 없겠죠? 보보, 너는 피코랑 결혼해. 그럼 우린 다 한가족이야. 알겠지?”

보보와 피코는 감탄과 경악이 한꺼번에 실려 있는 시선을 유코에게 아낌없이 보냈다.

‘으읏! 저 거침없는 웅변에 거리낌없는 자기 표현! 정말 대단한 아이야!’

‘무, 무섭군. 존경스러울 정도로…….’

유코의 말을 끝으로 침묵이 모두를 뒤덮었다. 모두 할 말을 잃은 모양이었다.

침묵을 깬 것은 뒤에서 소리친 병사들이었다.

“어이~ 퍼쿵, 뗏목을 이리로 대! 허락받았어. 자, 조심해서.”

퍼쿵은 통나무 삿대를 뽑아 뗏목을 밀었다. 모두가 아무 말도 하지 않았지만 얼굴 표정은 천태만상이었다. 각자의 생각에 빠져 외부와 단절된 것 같은…….

뗏목에서 내린 짐을 수레에 실어 성으로 향하는 일행의 뒤통수에 병사들의 잡담 소리가 들려왔다.

"못 보던 아이들이 있네?"

"아직 어린걸?"

"방금 못 들었어? 결혼한다지 않나? 퍼쿵과 피코가 짝을 데리고 온 게지."

"그럼 저 넷이 돌아가며 하는 건가?"

"그럴 테지. 하루씩 돌아가며……."

"하지만 좀 어린데……."

"퍼쿵한테 깔리면 죽겠다, 쟤는……. 쯧쯧."

"남자 셋이서 조그만 여자 애 하나를……. 너무한다."

"남자 둘, 여자 둘이지. 피코가 여자라는 소문이 있던데……."

자기들끼리 수근대는 소리는 끝이 없었다.

이곳 인간족의 혼인 풍습은 정해진 제짝이 없고 서로 마음만 맞으면 누구와도 짝을 맺을 수 있도록 되어 있었다. 그들은 단지 성교를 결혼이라고 불렀다. 그러니 그들로서는 아무 생각 없이 한 소리였지만 듣는 아이들에게는 낯을 들 수 없이 외설적인 말이 된 것이다.

고개를 푹 숙이고 수레를 밀던 피코가 중얼거렸다.

"뭐, 뭐래, 저것들?"

유코도 부르르 떨었다.

"변태야, 변태. 미쳤나 봐."

남자들은 한마디도 못했다. 창피해서…….

어쨌든 성문이 잠시 열리고 일행은 인간의 성으로 들어갔다.

앞에서 수레를 끄는 퍼쿵이 주위를 유심히 살피고 있었다. 피코와 치요도 마찬가지였다. 유코와 보보는 처음 와보는 곳인지라 아무 생각 없이 신기하다는 듯이 두리번거리고 있었다.

퍼쿵이 입을 열었다.

"역시 전쟁 준비를 하고 있는 것이 틀림없군. 저거 봐. 장터가 텅 비었어."

"그래, 대장간 거리에서 나오는 무기들 좀 봐. 엄청나잖아?"

"일단 숙소를 정하고 짐을 풀자."

퍼쿵은 전에 늘 들르던 단골 식당으로 찾아들었다. 장터에서 식당과 여관을 겸하고 있는 곳이었다. 일 년에 두세 번 정도 찾았던 곳이다.

문을 열고 들어가자 뚱뚱한 초로의 아저씨가 다리를 절며 달려나왔다.

"이게 누구야? 퍼쿵 아닌가? 거의 일 년 만이군."

"안녕하세요, 샤링 아저씨? 잘 지내셨어요?"

두 사람은 꽤 친한 모양이었다. 사실 구 년 전부터 거래를 하는 동안 서로에 대한 신용이 쌓여 있었다. 아니, 또 하나의 가족이라고 하는 표현이 더 옳을 정도였다.

두 사람은 반갑게 인사를 했다. 그리고 뒤에 서 있는 아이들과도 인사를 나눈 다음 모두 뒤쪽에 있는 방으로 들어갔다.

인간족의 사회에는 오래전부터 시장이 형성되어 있었다고 했다. 이곳으로 성을 옮기기 훨씬 전인 팔십여 년 전부터…….

처음에는 물물교환을 하는 원시적인 수준이었지만 지금의 왕이 타 종족과 수교를 원활히 하고 선진 기술을 수용하기 위해 노력하는 정책을 꾸준히 펴온 결과 지금은 화폐라는 어떤 가치를 지닌 물건까지 생거나게 되었다.

구 년 전 처음 퍼쿵이 인간의 마을을 찾아왔을 때는 치요도 없었고 동행은 피코뿐이었다. 게다가 퍼쿵은 열여섯 살의 소년, 피코는 여덟 살의 꼬마였다. 덩치는 어른만큼 컸으나 순진하기 짝이 없는 퍼쿵은 당연히 거래를 할 때마다 손해를 보았다. 그때도 지금처럼 사냥을 해서 가죽을 가지고 왔는데 물건 값을 제대로 알 수 없었기 때문에 터무니없이 싼 가격에 물건을 홀랑 내주기가 일쑤였던 것이다.

첫 거래에서 퍼쿵은 장검 스무 자루에 해당하는 피혁을 내주고 달랑 장검 한 자루와 단검 한 자루를 얻어갔을 뿐이었다. 그러고도 제가 물건을 잘 산 줄 아는 바보였다. 저를 속인 장사꾼이 먹을 것을 좀 주자 고마워하기까지 했었다. 그 뒤로 일 년 동안 서너 번 더 드나들면서 똑같은 일이 반복됐다.

몇 달 뒤 엄청난 물량을 짊어지고 다시 찾아온 퍼쿵에게 장사꾼들이 몰려든 것은 뻔한 것이었다. 퍼쿵만 잘 꼬시면 횡재를 할 수 있기 때문이었다. 그가 가져오는 물건은 양도 양이지만 질이 상당히 좋은 고가품이었다.

당시 퍼쿵은 장터에서 유명한 바보 촌놈이었던 것이다.

그날은 운이 좋았다. 아홉 살이던 피코가 너무 허기져 탈진해 있었던 것이다. 그래서 거래를 하자고 몰려드는 장사꾼들을 물리고 식사를 먼저 하기 위해 이 식당으로 들어왔던 것인데 올 때마다 사기를 당하는 퍼쿵을 보다 못한 이곳의 주인이 식사를 주문하는 퍼쿵을 넌지시 불렀고 퍼쿵은 다리를 저는 주인을 따라 뒷방으로 자리를 옮겼다. 그 주인이 바로 샤링이었다.

아무도 없는 방에서 피코와 식사를 하면서 퍼쿵은 그간 자신이 속았던 얘기를 모두 들었다. 어린 피코는 잘 몰랐지만 퍼쿵은 이미 세상의 고생이란 고생은 다 한 몸이었고 바보도 아니었다. 단지 물건의 가격을 몰랐던 것이고 모든 상인들이 짜고 속이는데야 당할 재간이 없을 뿐이었다.

뜻밖어 퍼쿵은 화를 내지 않았다. 그저 쓴 입맛만 다셨을 뿐이었다. 자기가 몰라서 속은 것을 누구를 탓한단 말이냐고 했다. 그리고 나서 퍼쿵은 두말없이 샤링에게 제 물건을 처분해 달라고 했다.

그러자 샤링은 적잖이 놀란 표정으로 물었다.

"나를 믿을 수 있겠나?"

"믿고 말고가 어디 있겠습니까? 어차피 제가 나가봐야 또 속지나 않으면 다행일 텐데요."

"그래도 나하고는 오늘 초면이 아닌가?"

"제가 필요한 물건은 활 두 자루와 충분한 화살, 그리고 이 아이가 쓸 만한 가벼운 장검과 단검 두 자루입니다. 지난번에 산 가격을 생각해서 물건은 충분히 가져왔습니다. 모자라지는 않을 것입니다. 알아서 구해주십시오. 만약 그리고도 남는다면 음식을 좀 장만해 주시고요."

"좋아. 자네의 산더미 같은 물건들은 이미 보았네. 저것의 오 분의 일만 처리해도 필요한 물건을 구하고도 남을 거야. 일단 나머지의 짐은 방에 놓아두고 필요한 양만큼만 가지고 함께 가지. 내가 거래란 어떻게 하는 것인지 가르쳐 줄 테니."

그리고 그는 손을 내밀어 악수를 청했다.

"내 이름은 샤링일세. 날 만난 것을 후회하지는 않을 거야."

퍼쿵은 샤링과 악수를 하고 그가 이끄는 대로 이층의 객실에 짐을 풀었다. 그리고 샤링이 고르는 대로 정확히 오 분의 일인 이십 장의 가죽을 챙겨 장터로 따라나섰다.

식당의 문밖에는 벌써 몇 명의 상인들이 퍼쿵을 기다리고 있었다. 그의 물건을 독차지하기 위해 미리 찾아온 사람들이었다. 그들을 보는 퍼쿵의 표정이 좀 굳어졌다. 내색은 하지 않고 있었지만 그동안 자신을 속여왔던 상인들에게 화가 나는 것은 어쩔 수 없었다.

상인들은 샤링과 함께 나오는 퍼쿵을 보자 실망하는 기색이 역력했다. 그에게 선수를 빼앗겼다고 판단했기 때문이다. 매번 퍼쿵의 물건은 먼저 손을 쓰는 어느 한 사람의 상인이 독점하곤 했으니까.

중년의 샤링은 식당의 주인이면서 시장의 상인들에게도 상당한 영향을 주는 인물이었다. 별명이 '괴물'인 그는 왕년에는 한칼 하는 군인이었는데 이곳으로 성을 옮기게 한 마지막 전투에서 한 다리를 잃고는 군인을 그만두고 식당을 차린 것이었다.

그는 워낙 완력이 센 사람이었고 아직 따르는 수하들도 꽤 많았다. 또 성격이 호탕한 호인이어서 외부에서 드나드는 타 종족의 단골도 많았고 지도자 계층에도 아는 사람이 많았다.

그런 그에게 감히 덤비는 사람은 드물었다. 하지만 무엇보다 늙은 그가 힘을 쓰는 까닭은 그의 똑똑하고 용맹한 아들이 현재 군대에서 높은 장교로 앉아 있기 때문이었다. 아들의 이름은 '카르티'였다.

퍼쿵과 피코는 샤링과 함께 대장간을 돌아다니며 마음에 드는 물건을 골랐다. 직접 대장간에 가니 그동안 상인들이 내주던 물건보다 훨씬 질 좋은 무기들이 많이 있었다. 그렇게 반나절을 다니면서 물건을 고른 다음 필요한 것을 가죽과 교환했다. 물론 샤링에게 바가지를 씌우거나 사기를 치는 자는 없었다.

샤링의 말은 사실이었다. 정말 모든 것을 다 구하고도 퍼쿵의 물건은 많이 남아 있었다. 오 분의 일만을 가지고 나왔을 뿐인데도 말이다. 정확히 모든 계산은 단 여덟 장의 가죽으로 끝이 났다. 그것도 전에 구하던 것과는 달리 샤링이 최상의 제품만을 골라주었기 때문이지 그렇지 않으면 여섯 장이면 충분했다. 그는 남은 열 두 장의 가죽을 그 가치만큼의 은 덩어리와 바꾸었다.

그리고 설명했다.

"이 은은 부피와 무게로 측량을 한다네. 순수한 은을 구별하는 방법은 있다가 식당으로 돌아가서 알려주지."

"그것은 어디에 쓰는 물건이죠?"

"이런, 아직 은을 모르나 보군. 이건 돈이란 거야. 은의 적당한 양과 필요한 물건을 바꾼단 말씀이야. 말하자면 방금 자네의 가죽을 판 거야. 그러면 무겁게 가죽을 일일이 지고 다닐 필요가 없어. 세상에, 나는 자네처럼 산더미만한 짐을 지고 다니는 사람을 본 적이 없어. 수레도 없이."

"그래요?"

"그래가지고 겨우 칼 몇 자루만 얻어서 빈털터리로 성을 나간단 말야? 쯧쯧, 한심하기도 하지. 일단 돌아가서 저녁을 먹자구. 필요한 것은 더 없나?"

"일단은 다 구했어요."

그동안 퍼쿵은 필요한 물건을 구하는 즉시 길을 떠났었다. 그러나 이번에는 샤링의 권고로 며칠 더 묵기로 했다.

식당으로 돌아온 샤링은 젊은 종업원에게 저녁을 준비하라고 시키

고 곧바로 이층으로 올라왔다. 퍼쿵의 객실에는 샤링과 퍼쿵, 피코가
앉아 있었다. 샤링은 몇 개의 종류가 다른 금속을 들고 설명을 시작했
다.

"잘 보게. 이건 철이야. 칼이나 화살촉 따위를 만드는 데 쓰이지. 만
져 봐. 아주 단단하지? 그리고 이건 구리. 이것은 그릇이나 장신구를
만들어. 예전에는 무기도 만들었는데 너무 물러서 요즘에는 쓰지 않
아."

퍼쿵과 피코는 유심히 설명을 들으며 그가 건네주는 금속들을 살펴
보았다.

"자, 그럼 이건 뭐겠나?"

"은이라고 했지 않습니까?"

"그래, 은이야. 내가 준 세 가지 금속들을 한번 깨물어보게."

퍼쿵과 피코는 차례로 철과 구리, 은을 깨물었다.

"어떤가?"

"단단하기가 다른데요?"

"그렇지? 철이 가장 단단하고 다음은 구리, 그리고 은이 제일 약해."

"그러면 별로 쓸모도 없는 금속이 아닙니까?"

"무기를 만드는 데는 그렇지. 하지만 은은 다른 것들과는 달리 변하
지를 않거든. 자, 이걸 봐."

샤링이 이번에 꺼내 든 것은 빨갛게 녹이 슨 철과 푸른 가루로 뒤덮
인 구리, 그리고 은이었다.

"자, 보라구. 은은 변하지 않아."

"그렇군요."

"게다가 은은 독을 구분해 준다네. 은은 어떤 독이든지 묻기만 하면

검게 변하지."

"정말입니까?"

"그래, 나중에 한번 보여줄 기회가 있을 거야. 우리 왕도 음식을 먹기 전에 꼭 은으로 된 막대기를 넣어서 확인을 한다니까. 내 말을 못 믿겠나?"

"믿겠습니다."

"은은 대충 이렇게 구분하는 거야. 알겠나? 지금은 잘 모르겠지만 가지고 다니면서 손에 익으면 금방 구별할 수 있게 될 걸세."

퍼쿵과 피코는 눈을 빛내며 신기한 듯 금속들을 살피고 있었다. 그런 그들의 머리 위로 샤링의 설명이 계속 이어졌다.

"마지막으로 이걸 살펴보게."

샤링이 내민 것은 구리처럼 노란 광채가 나는 작은 금속이었다.

"깨물어 봐."

퍼쿵과 피코가 깨물자 바로 이빨 자국이 났다.

"이건 구리처럼 생겼는데 꽤 무르군요. 은보다는 더 단단하지만……."

"그래, 그건 금이라는 거야. 이것도 절대 변하지 않아. 그건 아주 귀한 거야."

귀하다는 것이 무슨 뜻인지 잘 모르겠는지 두 아이는 눈만 말똥말똥 뜨고 있었다.

"그럼 이번에는 그것들의 값어치에 대해 설명해 주겠네. 자네가 가지고 있는 그 장검 말이야. 저 가죽을 얼마나 주면 살 수 있겠나?"

퍼쿵은 뒤에 쌓여 있는 아직도 엄청난 양의 가죽을 바라보았다. 그러나 그가 알 수는 없었다. 전에 적어도 스무 장의 가죽을 주고 이 검을 한 자루 샀었으니 말이다.

퍼쿵이 말이 없자 고개를 설레설레 흔든 샤링이 대신 말했다.

"자네의 그 칼은 저 가죽 단 한 장의 가치면 충분하다네."

그러면서 그가 펼쳐 든 가죽은 자신이 오늘 가지고 온 것의 백 분의 일밖에 안 되는 양이었다. 칼 한 자루에 이십 장으로 치고 총 백 장이 넘는 가죽을 모아 왔던 것이다.

"그리고 그 칼을 이 은과 바꾸려면 단 요만큼!"

그가 들어 보인 은은 어린 피코의 작은 주먹만큼도 되지 않았다. 정확히 그 반 정도 되는 양이었다.

"알았나?"

퍼쿵과 치요는 놀라서 잠시 멍해졌다.

"요만한 은으로 자네의 칼을 살 수 있어. 그리고 자네의 가죽 한 장도 같은 값이지. 이해가 가나?"

퍼쿵은 묵묵히 고개를 끄덕였다. 곰곰이 생각해 보니 그동안 그가 얼마나 많은 양의 가죽을 도둑맞았는지 알 수 있을 것 같았다. 그 가죽들은 그가 산속을 뛰어다니며 목숨 걸고 사냥을 한 전리품이었다. 그의 목숨과 바꾼 물건들이었던 것이다. 문득 화가 치밀었지만 그는 말 없이 앞에 놓인 물만 벌컥벌컥 들이켰다.

대신에 여태 말이 없던 꼬마 피코가 작지만 분이 서린 목소리로 물었다.

"그럼 그동안에 우리가 속은 건가요?"

"그래요, 꼬마 총각님."

지금 같으면 화를 냈겠지만 당시에는 피코가 아직 말이 서투를 때라 총각이랑 처녀랑 구별을 잘 못했다. 여자, 남자의 개념도 희박했고.

피코가 퍼쿵을 올려다보며 말했다.

"퍼쿵… 화가 많이 난다, 피코는……."

그러자 퍼쿵이 피코를 안아 들면서 웃어주었다.

"괜찮아, 피코. 아직 가죽은 많이 있어. 이제는 속지 않을 거야."

피코를 안은 채 샤링을 돌아보며 말했다.

"그런데 왜 저희에게 이런 사실을 알려주십니까? 그냥 속일 수도 있었을 텐데?"

"내가 자네를 속이길 바라나?"

"그렇지는 않지만 다른 사람들은 모두 속였죠."

그러자 샤링이 크게 웃으며 소리쳤다.

"하하하, 나는 자네와 저 소년이 마음에 들었거든. 자네들 같은 젊은 이들이 칼 한 자루를 사기 위해 무지막지하고 위험한 사냥을 하다 지쳐 죽어서야 되겠나? 이유는 그것뿐이네. 자, 내려가서 한잔하자구."

그는 달도 안 되는 이유를 대고는 퍼쿵과 피코를 데리고 아래층의 식당으로 내려갔다. 그곳에는 생전 처음 보는 요리가 기다리고 있었다.

아직 저녁 식사 전이라서 퍼쿵과 피코는 무척 허기졌다. 게다가 요리는 아주 맛있는 냄새를 풍기고 있었다. 두 아이는 침이 너무 나와서 입 밖으로 흐를 정도였다.

"자, 먹게나. 오늘 저녁은 내가 한턱 쓰지. 참, 그리고 한 가지 잊었는데 아까 보여준 금이라는 것 말일세. 그건 은보다도 스무 배 이상의 가치가 있어. 너무 비싸고 귀해서 잘 통용되지 않지. 깜빡했군. 여보게, 술 좀 가져오게."

그러자 젊은 남자가 술이 가득 담긴 큼직한 나무통을 가지고 왔다.

인간족들은 혼인이라는 풍습이 없기 때문에 남자나 여자나 모두 독신으로 살고 있었다. 남녀가 같이 모이는 것은 성교, 그들 말로는 결혼을 할 때뿐이었다.

퍼쿵은 난생처음 술을 마셔보았다. 그리고 고주망태로 취했다. 샤링도 문을 걸어 잠그고 코가 비뚤어지게 마신 모양이었다. 다음날 아침 피코를 제외한 두 사람은 식탁에 엎어진 상태로 잠에서 깨어났으니까.

"……."

"무슨 생각하나?"

샤링의 물음에 퍼쿵은 과거의 회상에서 현실로 돌아왔다.

"아저씨랑 처음 만나던 날이 떠올라서요."

퍼쿵이 빙긋이 웃었다.

"그래? 그때는 자네도 나만한 키였는데 말이야. 이젠 거의 괴물이야. 하하."

"괴물이요? 그건 아저씨 별명이잖아요?"

두 사람은 농담을 하며 신나게 한바탕 웃어 젖혔다. 그는 옆에서 바라보는 피코에게 한마디 던지는 것도 잊지 않았다.

"그때는 피코가 치요 크기만 했지? 난 남자앤 줄 알았어. 하하하."

피코는 얼굴이 벌게졌으나 아무 말도 하지 않았다. 샤링은 그녀에게도 친척 아저씨나 마찬가지의 존재였기 때문이다.

"그런데 이제 보니 피코가 결혼을 할 나이가 된 것 같구먼. 정말 예뻐졌는데?"

"무, 무슨 말이에요!"

피코는 소리를 꽥 지르고는 방을 나가 버렸다. 아까 선착장에서 들은 말도 있는 데다가 보보도 옆에서 민망한 표정으로 서 있고 해서 부끄러운 모양이었다.

그 모습을 보고 샤링은 문득 정색을 했다.

"저런, 부끄러워하잖아? 정말 때가 된 모양인데? 올해 피코가 몇 살이지?"

"열일곱이 되었지요."

"음, 벌써? 가만있자… 퍼쿵, 자네가 몇이지?"

그러자 이번에는 퍼쿵의 얼굴이 빨개졌다.

"아저씨, 피코는 제 동생이에요. 이상한 말씀 하지 마세요!"

갑자기 옆에 있던 유코가 끼어들었다.

"그래요! 퍼쿵 오빠는 제 남자란 말이에요!"

"엥? 이 아가씨는 또 누구야?"

샤링은 엉겁결에 소리를 지른 유코를 유심히 들여다보았다.

"퍼쿵, 어디서 이런 예쁜 아가씨를 주웠나?"

"줍다니? 내가 물건이에요?"

"하하, 화내는 것도 예쁜걸? 자자, 농담이야. 모두 진정해요."

샤링의 농담은 끝이 없었다.

그렇게 웃고 떠들다가 문득 퍼쿵이 웃음을 거두고 물었다.

"그런데 아저씨, 성의 분위기가 왜 이렇죠? 무슨 큰일이라도 났나요?"

성의 얘기에 샤링도 진지한 표정이 되었다.

"그래, 그걸 알려줘야지. 곧 전쟁이 있을 것 같아서 말이야……."

그의 말에 모두 얼굴이 굳은 채 귀를 기울였다.

"실은 한 달쯤 전에 큰 전투가 있었어. 북쪽의 산마루에서. 북쪽은 자네가 살고 있는 방향이지?"

"지금은 아닙니다. 그곳은 지진이 나서 살 수 없게 되었어요."

"그런가? 어쨌든 그 전투에서 많은 사람이 죽었네."

치요가 급히 물었다.

"상대는 누군데요?"

"들개족이었어."

마침 방으로 다시 들어오던 피코가 소리쳤다.

"들개족?"

퍼쿵과 치요의 시선이 잠깐 동안 피코에게 머물렀다. 그러나 잠시 후 서로 마주 보던 세 사람은 황급히 시선을 샤링에게로 되돌렸다.

"그래, 들개족이었어. 우리 병사는 마흔여덟 명이 죽었고 들개족 병사는 마흔이었지. 아니, 서른아홉 명이랬던가?"

퍼쿵이 물었다.

"이 근처에 들개족이 있었던가요? 저는 한 번도 본 적이 없는데……."

"없었지. 인근을 샅샅이 뒤졌지만 그들의 흔적은 어디에도 없었다더군."

"그렇다면 대체 어디에서?"

"몰라. 어쨌든 우리 정찰대가 나가서 뒤진 바로는 근방에 들개족은 없었네."

"그럼 지금 하고 있는 전쟁 준비는 대체 뭡니까?"

"모르지. 그거야 왕과 높은 사람들이 주관하는 일 아닌가? 우리 같은 늙은 장사꾼들이야 시키는 대로 할 뿐이 아니겠나?"

치요가 물었다.

“그러면 이유도 모르면서 전쟁 준비를 하고 있는 거예요?”

“그건 아니지. 일단은 명령이 내려왔으니까. 자세한 것은 몰라. 비밀이라든가 뭐 그렇다지?”

“그래도 사람들이 모두 저렇게 긴장해 있는걸요?”

“옛날에 나도 군인이었으니까 그 사정이야 뻔한 것이지. 다 알고 있어도 묻지 않는 거야. 함부로 말하면 안 되거든. 정 알고 싶다면 카르티에게 연락을 해줄까?”

그의 아들 ‘카르티’는 퍼쿵보다 열 살이 위였다. 처음 샤링을 알게 되던 해에 이미 군대의 높은 장교였고 현재는 아주 중요한 직책을 맡고 있는 장군이라고 했다. 퍼쿵은 샤링을 아버지같이 따르고 있는 것처럼 카르티와도 형제처럼 절친한 사이였다.

“됐어요. 비밀이라면서요. 우리 같은 외부인에게 그런 자세한 얘기를 해주겠어요? 떠나면 그만인데…….”

“하긴……. 그나저나 이번에는 무엇을 구하러 온 건가?”

“저 아이가 사용할 검이 필요해서요. 아, 그리고 활과 화살도요. 지난번 지진 때 다 잃어버렸거든요.”

퍼쿵이 가리키는 저 아이는 보보였다.

“글쎄, 지금 같아서는 좀… 힘들 것 같은데. 보다시피 모든 대장간에서 군대의 병장기를 만들고 있지 않은가? 비상 사태라 빼낼 수 없을 거야, 아마도.”

“안 되면 나중에 다시 오죠 뭐. 그건 그렇고, 저 가죽 좀 맡아주세요. 적당히 처분하시면 돼요.”

“뭘 또 이렇게 가져왔나? 여태까지 모아진 자네의 은이 벌써 네 궤짝이네. 굳이 사냥을 해오지 않아도 자네는 이미 부자야. 죽을 때까지 먹고 살 수 있어. 한번 볼 텐가?"

"아뇨. 저는 은이 필요없거든요. 아저씨가 적당히 처분하시고 저한테 필요한 물건만 구해주세요."

"나야 그러면 횡재하는 거지. 하지만 그러면 자네가 너무 손해 보지 않나?"

"하하, 제가 아저씨를 만나지 않았더라면 그만큼 은을 모을 수나 있었겠어요? 여태껏 가죽 가격도 제대로 모르는 바보로 있을 텐데요."

"그런 소리 말게. 자네와 피코가 목숨 걸고 번 돈을 내가 쓸 수는 없어. 나도 돈은 자네 이상으로 있으니 걱정 말고. 자네가 정 필요없다면 내 그 돈을 잘 맡아두었다가 이 다음에 피코랑 치요, 그리고 여기 있는 자네의 부인에게 나누어 줄 생각이야."

샤링이 유코를 바라보며 슬쩍 윙크를 했다. 그러자 퍼쿵이 펄쩍 뛰었다.

"무, 무슨 말씀이세요? 부인이라니?"

"아까 아가씨가 얘기하지 않았나? '퍼쿵 오빠는 제 남자예요' 라고."

유코가 약간 입을 삐죽 내밀더니 제 작은 손에 꽉 차는 퍼쿵의 굵은 손가락을 꼬옥 잡았다.

"맞아요. 퍼쿵 오빠는 저랑 결혼할 거예요."

뻔뻔하게 손을 잡고 매달리는 유코를 피코와 보보, 치요가 존경스러운 눈으로 바라보고 있었고 퍼쿵은 손을 빼지도 못하고 쩔쩔매는 중이었다. 그 곁에서 샤링이 의미있는 미소를 띤 채 아이들을 바라보고 있었다.

제7장 퍼쿵

그날 밤은 모두가 실컷 먹었다. 샤링이 제공하는 맛있는 요리를 배
터지게 먹은 데다가 술도 몇 잔씩 얻어먹은 아이들은 신이 나서 떠들
어댔다. 비상 경계가 내려져 있었기 때문에 불을 켤 수는 없었지만 어
둠 속에서도 들뜬 분위기는 한참 고조되어 있었다.

퍼쿵을 제외한 모두가, 심지어 피코까지도 술에 취한 것 같았다. 유
쾌한 샤링은 아이들의 기분을 쉽게 들뜨게 해주었고 모두들 포만감과
취기에 금방 잠이 들었다.

그러나 밤이 이슥해지자 슬쩍 몸을 일으키는 그림자가 있었다. 조심
스레 방을 나선 그림자는 소리 죽여 방문을 닫고 계단을 내려왔다.

아래층의 식당 역시 어둠에 싸여 있었지만 테이블에 한 개의 작은
등불이 켜져 있었다. 밖으로 빛이 새어 나가지 않도록 갓이 씌워져 있
는 작은 등불은 겨우 테이블의 주변만을 어슴푸레 비추고 있었고 그

위에는 커다란 주전자와 컵 세 개가 놓여 있었다. 그리고 그 주위에는 두 사람이 앉아 있는 것이 보였다.

그림자는 어둠에 익숙한 걸음걸이로 테이블로 다가가 앉았다. 퍼쿵이었다. 그리고 마주 앉은 사람은 샤링과 그의 아들인 카르티였다.

"오랜만이다, 퍼쿵."

"형도 잘 지냈어?"

"그래, 보다시피. 넌 덩치가 더 커진 것 같구나."

"무식해 보일 뿐이지 뭐."

간단하게 인사를 주고받은 세 사람은 자세를 고쳐 잡고 앉았다.

카르티가 입을 열었다.

"그래, 밖에서 무슨 소식을 듣지 못했냐?"

"글쎄, 난 계속 산에만 있었어. 그곳에는 사람이 살지 않잖아."

"그래, 그랬을 테지. 그러니 어린아이들을 데리고 이곳으로 찾아왔겠지."

그러자 퍼쿵이 고개를 저었다.

"아니, 사실은 한 달 전부터 대강 짐작은 하고 있었어."

"어떻게?"

"치요가 말하더군. 그 애는 점을 좀 칠 줄 알아. 아마 이곳에서 전투가 벌어졌다던 그날 밤일 거야. 밤새 별을 관찰하고는 인간의 성 부근에서 많은 사람이 싸우다 죽었다는 알 수 없는 말을 한 적이 있었어."

"음… 어린것이 대단한데? 그 먼 곳에서 그것을 알아내다니."

퍼쿵은 치요에 대해서 전부 얘기하지 않았다. 그 이유는 마족들이나 치요 자신이 마족의 존재에 대해 웬만하면 발설하지 말아달라는 부탁을 늘 해왔기 때문이었다. 마족이란 자신의 존재를 감추고 숨어 사는 종족이었다. 그래서 치요를 점을 좀 치는 보통 인간으로 얘기한 것이다.

샤링과 카르티는 놀랐다는 눈치였다. 그들이 알 수 없다는 표정으로 물었다.

“그런데 알고 있었으면서 왜 이 위험한 곳으로 찾아왔냐?”

“실은 두 달 전쯤 새로 두 아이를 만났어. 샤링 아저씨, 아까 보신 보보와 유코라는 아이들 있죠? 그 애들의 부모나 가족이 이곳에 있지 않을까 해서요.”

“아, 자네와 결혼한다던 그 검은 머리 소녀와 옆에 있던 금발 머리 소년?”

결혼 얘기가 나오자 퍼쿵이 좀 머쓱해하며 대답했다.

“결혼하지는 않을 거지만 그 애들 말인데요… 그 애들은 인간족이 틀림없거든요. 몇 달 전에 신의 산에서 발견했는데 그 산의 동굴 속에서 깨어났다고 하더군요. 그런데 과거의 기억을 모두 잃었기 때문에 자신이 누군지, 고향이 어딘지, 가족이 있는지 없는지 아무것도 몰라요.”

“그래?”

“그 아들의 부모를 찾아줄까 해서요.”

“하지만 아무것도 모른다면서?”

퍼쿵이 다시 진지한 표정으로 말했다.

“이상한 것은 아무것도 기억하지 못하는데도 머리는 기가 막히게 좋거든요. 아는 것도 많고요. 보보라는 애는 온통 머리 속이 지식으로 꽉 차 있는 것 같아요. 손재주도 뛰어나고요. 유코라는 아이도 아주 신비스런 아이죠. 천방지축이지만 특별한 재주도 있고 성격도 좋아요.”

샤링과 카르티는 잠시 마주 보며 고개를 갸우뚱거렸다. 뭔가 생각하는 듯, 그러더니 말을 했다.

"것참, 어디서 듣던 얘기와 비슷한걸? 그렇지, 카르티?"

"그러게 말입니다. 우리의 시조 신화와 똑같군요."

그들의 얘기에 퍼쿵이 궁금해했다.

"그게 뭐죠, 시조 신화라니?"

샤링이 말했다.

"우리 인간족을 세운 시조의 신화일세. 지금 왕의 부모님 얘기지. 그분들도 검은 머리 소녀와 금발은 아니었지만 갈색 머리 소년이었거든."

대수롭지 않게 말을 하던 샤링은 무척 궁금해하는 퍼쿵의 표정을 보고는 다시 말을 이었다.

"그분들은 어느 날 신의 산 동굴 속에서 다 자란 상태로 탄생하셨다네. 그리고는 문명이라곤 하나도 없는 세상에 나와 원숭이와도 같은 우매한 인간들에게 문명을 가르쳐 주셨지. 바로 우리 종족의 조상이 되는 셈이야. 그분들은 모르는 게 없었다고 하네. 불을 사용하는 것부터 말과 글도 그분들이 처음 사용한 것이었고, 도구의 사용도 그러하지. 그러니 자네가 말한 저 소년, 소녀의 얘기와 비슷하지 않은가?"

퍼쿵도 그 얘기에 상당한 흥미가 느껴지는 모양이었다.

"그래요? 정말 저 애들의 얘기와 거의 똑같은데요?"

그러나 카르티가 그의 상념을 깼다.

"하지만 지금은 시기가 좋지 않은걸. 여긴 언제 피바다로 변할지 몰라. 아이들을 데리고 들어오기엔 적당하지 않아. 적어도 지금은."

"심각한 모양이군. 어선도 전혀 띄우지 않고."

"어선을 띄울 정도면 다행이게?"

샤링이 말했다.

"대강의 얘기는 내가 했다. 지난번 전투에서 우리 군사가 죽은 얘기까지."

"그래, 아저씨에게 대충은 들었어. 그런데 상대가 들개족인 건 확실한 거야?"

"그래, 내가 직접 봤으니까. 그것도 커우의 들개족이 확실해."

카르티의 말에 퍼쿵의 얼굴이 눈에 띄게 굳어졌다.

"커우의 들개족이라면… 이십 년 전의 그……?"

"맞아."

들개족은 하나의 부족이 아니었다. 그들은 일정한 영역을 두고 몇십 개의 작은 부족으로 나뉘어져 살고 있었다. 다른 들개족은 아직도 미개하고 작은 데 비해 커우의 들개족은 인간과 버금가는 문명을 가진 데다 수천 명이 모여 있는 강력한 종족이었다.

지금 얘기를 나누는 이 인간족도 이십 년 전 커우의 들개족에게 패하여 머나먼 이곳까지 도망온 것이었다.

"그걸 어떻게 알았어?"

"그들이 입은 갑옷과 무기로. 그들은 정교한 철제 무기를 가지고 있었어. 게다가 시체에서 문서와 지도도 찾아냈지."

"글자를 사용한다면 확실하군. 물론 글자도 인간의 것과 똑같은 거겠지?"

"그래, 바로 우리의 글이지."

"문서의 내용은 이미 파악되었겠지?"

카르티는 고개를 끄덕이더니 말을 이었다.

"이건 기밀 사항이라 아직 우리 부족에게도 발표하지 않은 일이다. 그러니 너도 입 다물어라."

"그 점은 걱정하지 마."

"너 어렸을 적에 들개족의 마을에서 자랐다고 했지?"

퍼쿵이 고개를 끄덕였다.

"그것도 커우의 들개족이었어. 엄마와 함께 끌려갔을 때 난 다섯 살이었고 십 년을 거기서 살다가 열다섯에 탈출했어. 그후 산속을 헤매다가 피코를 만났지."

퍼쿵은 어린 시절 얘기를 하며 그때 피코도 함께 탈출했다는 것을 말하지 않았다. 커우의 들개족과 여기 이 인간의 종족은 씻을 수 없는 원한을 가지고 있다는 것을 누구보다 더 잘 알고 있기 때문이었다.

샤링이 퍼쿵을 가만히 응시하며 물었다.

"그곳에 인간이 많이 남아 있나?"

"지금은 모르겠어요. 하지만 내가 그곳을 떠나던 당시에는 꽤 많은 포로가 남아 있었어요."

"그럼 커우가 인간 포로를 죽이지 않은 모양이구나."

"다 죽이지는 않았지요. 이용 가치가 많았으니까요. 지금 그들이 사용하는 기술과 글자 모두 인간 포로들로부터 배운 거거든요. 저도 노예로 살고 있었고요."

퍼쿵의 목소리 사이로 차를 들이마시는 소리가 간간이 섞여 들려왔다. 그리고 잠시 죽은 듯한 침묵이 흐른 후 퍼쿵의 목소리가 무겁게 들려오기 시작했다.

모든 것이 뒤바뀌었다. 평화롭고 풍요로운 생활이 지난 열흘간의 난리 끝에 모두 사라져 버렸다.

열흘 전 그들이 공격해 올 때까지만 하더라도 그리 흉흉한 분위기는 아니었다. 그들의 공격은 항상 주기적으로 반복되던 것이었고 그때마다 적지 않은 피해와 죽음이 발생했지만 언제나 병사들은 그들을 잘 막아냈다. 게다가 이 성은 누구도 넘보지 못할 만큼 튼튼하고 높았다.

그래서 그들이 대규모로 성을 포위했을 때만 해도 사람들은 낙관적이었다. 날이 지날수록 적들은 수가 적어지고 있었고 어젯밤에는 마지막 출격을 했다. 왕이 직접 지휘하는 주력 부대는 막강한 군사력을 가진 오백 명의 정예 부대였다. 그들이 돌아올 때쯤이면 적은 모두 섬멸되고 다시 평화가 돌아올 것이었다.

그러나 날이 밝은 뒤에도 성 밖으로 나간 왕의 주력 부대는 돌아오지 않았다. 대신 성문을 부수고 들어온 것은 무시무시한 송곳니와 붉은 눈에 잿빛 털을 뒤집어쓴 거구의 들개족들이었다. 수백 명의 털투성이 괴물들이 창칼을 휘두르며 성안에 난입했을 때 성안에 남아 있는 것은 고작 삼백 명의 수비대와 이백 명의 늙은 예비군, 그리고 천이백 명의 여자와 아이들뿐이었다.

여자와 어린아이까지 칼을 들고 필사적으로 싸웠지만 괴물들의 기세는 점점 높아만 갔고 그들의 창칼 아래 인간들은 풀잎처럼 쓰러져 갔다.

수비대와 예비군은 여자와 아이들을 둘러싸고 성 밖으로 도주시키기 위해 안간힘을 썼다. 예비군인 노인들은 수비대와 부녀자를 지키려고 적들의 창칼 앞에 몸을 던졌다.

그러나 그들이 몸을 던지는 사이에도 괴물들은 쉴 새 없이 여자와 아이들을 끌고 갔다. 마치 먹이를 놓고 눈이 돌아버린 맹수와 같은 모습으로…….

마침내 성의 한 문까지 접근하는 데 성공한 수비대가 문을 부수었을 때 문밖에서는 또 하나의 전투가 벌어지고 있었다. 그곳에서는 돌아온 왕의 주력 부대가 이미 성을 점령한 일단의 들개족을 뚫기 위해 안간힘을 쓰고 있었다. 그러나 주력 부대의 숫자도 이미 반밖에 남아 있지 않았다.

가까스로 성문을 빠져나간 수비대는 성을 포위한 적을 뒤에서 치고 나갔다. 둥그렇게 만들어진 수비대의 원 안에는 수백 명의 여자와 아이들이 들어 있었다. 한곳이 무너질 때마다 수십 명의 여자와 아이들이 끌려 나갔다. 그러면 다시 원은 좁혀지고… 시간이 지날수록 그들의 원은 작아지고 있었다.

수비대의 모습은 흡사 빨간 물을 들인 걸레 조각 같았다. 창자를 쏟아낸 사람이나 팔, 또는 다리가 없는 사람도 있고 얼굴의 가죽이 다 찢어져 어디가 눈인지 코인지 구분할 수 없는 사람도 있었다.

그러나 그들은 서 있었다. 아니, 선 채로 달려드는 괴물들에게 칼을 휘둘러 대고 있었다. 뭐라 알아들을 수 없는 고함인지 비명인지를 질러대며…….

필사적으로 빠져나가던 인간들의 원이 가까스로 왕의 주력 부대와 만났다. 순식간에 왕의 군사들이 방금 빠져나온 부녀자와 빨간 걸레 조각들을 에워쌌다. 그리고 그들을 다시 둘러싸고 있는 잿빛 괴물들이 보였다.

그게 마지막이었다. 괴물들에게 끌려 나와 성에 남겨진 사람들이 본…….

"아이아아악~"

"꺄아아~"

수백 명의 비명 소리가 한꺼번에 들려오고 있었다. 딱히 어디라고 할 것도 없었다. 이제는 감옥이 되어버린 성 안쪽의 여기저기에서, 아니, 눈에 보이는 곳은 전부 다였다. 잿빛 털 아래 깔려서 버둥거리는 벌거숭이의 여자들……. 그 시간 성안에 옷을 입고 있는 여자는 단 한 명도 없었다.

성을 점령한 들개족 괴물들은 누구라고 할 것도 없이 눈에 보이는 대로 여자들의 옷을 다 찢어버리고 그들을 찍어 누른 채 위아래로 허리를 바삐 놀리고 있었다. 열 살이 채 안 된 계집아이도 그들의 새빨갛고 번들거리는 성기에 난자당하며 음부에서 피를 흘리고 있었다. 주위에 뒹구는 수많은 시체들 옆에서 피투성이가 된 채 그들은 비명을 지르거나 신음했다.

다섯 살배기 퍼쿵으로서 그들의 행동이 무엇을 의미하는 것인지 알 수 없었다. 다만 그의 눈에는 아까 남자들이 찢겨져 나가며 죽었듯이 지금 신음하는 여자들도 곧 피를 흘리며 죽어버릴 것아 보였다.

바로 옆 피로 된 웅덩이 속에서 온몸에 피를 뒤집어쓴 그의 엄마가 발가벗고 다리를 크게 벌린 채 누워 있었다. 그 위에서는 남들과 마찬가지로 털북숭이 괴물이 올라타 침을 흘리며 허리를 놀리는 중이었다.

퍼쿵은 옆에 떨어져 있는 시체의 칼을 주워 들었다. 그리고 엄마의 배 위에 올라탄 괴물의 목을 향해 치켜들었다. 순간 그 괴물이 돌아보며 둘의 눈이 마주쳤다. 그러나 괴물은 씩 웃을 뿐이었다. 그대로 엉덩이를 움직이면서…….

칼을 내려치려는데 그때 누군가 자신의 팔을 잡는 것이 느껴졌다. 흠칫 놀라 바라보니 누워 있는 엄마의 손이었다. 그녀는 얼굴 가득 눈물을 흘리면서 고개를 저었고 퍼쿵은 칼을 든 손을 내렸다. 그 뒤 퍼쿵이 할 수 있는 일이란 우는 것뿐이었다. 소리 내며 엉엉 울 수밖에 없었다.

엄마의 몸 위에서 허리를 놀리던 괴물은 곧 일어나 손에 묻은 피를 엄마의 배 위에 슥슥 닦더니 어디론가 가버렸다. 그러나 그가 채 일어나기도 전에 다른 괴물이 엄마의 배 위로 올라탔다. 그런 일이 끝없이 되풀이되고 있었다. 한낮에 시작된 일이 해가 저물고 날이 새도록.

이제 비명 소리는 들리지 않았다. 대신 여기저기서 낮은 신음 소리만이 들려오고 있었다. 엄마의 곁에 주저앉아서 울던 퍼쿵도 이제 울음을 그쳤다. 더 이상 눈물이 나오지 않았다. 이제는 막연한 두려움이 있을 뿐.

"어서 움직여. 어서!"
"여자는 이쪽, 남자는 저쪽이야. 빨리!"

다음날 아침 들개족들은 벌거숭이의 인간들을 광장에 모아놓고 분류하기 시작했다. 대부분은 여자와 어린아이뿐이었다. 성인 남자들은 심하게 다치거나 다 죽었다.

얼마 지나지 않아 분류가 끝났다. 여자는 어린아이를 포함해서 사백 명 정도 되었다. 그리고 남자는 채 백 명도 되지 않았다. 그것도 어린아이가 거의 다였고 어른은 부상자 열댓 명뿐이었다. 나머지는 어제 전투에서 다 죽었거나 이들의 손에 의해 사살됐다.

그들은 따로 있는 여자들을 다시 분류했다. 심하게 부상했거나 늙은 여자, 그리고 너무 어린 계집아이는 가려내고 젊고 건강한 여자만 남겼다. 젊고 건강한 여자들은 곧 어디론가 이끌려 가고 있었는데 퍼쿵의 어머니도 그 속에 있었다.

들개 병사들은 무척 서두르고 있는 듯 보였다.

"빨리빨리! 곧 장군이 도착하신다. 서둘러!"

끌려가는 엄마의 모습을 보려고 몸을 내밀던 퍼쿵의 팔을 누군가 확 끌어당겼다. 눈을 마주친 것은 들개족의 한 병사였다.

"뭐야? 너, 왜 튀어나왔어?"

퍼쿵은 한 팔이 잡혀 대롱대롱 매달려 있었다.

퍼쿵은 움찔 놀라며 빠져나오려고 발버둥 쳤지만 병사는 잡은 팔을 놓아주지 않았다.

"놔!"

퍼쿵은 그의 손을 세게 치며 뿌리쳤다. 갑작스런 충격에 병사가 손을 놓쳤고 퍼쿵은 저만치 나가떨어졌다. 오뚝이처럼 튀어 일어선 퍼쿵은 엉뚱하게도 남자들의 무리가 아닌 다른 방향으로 뛰기 시작했다. 그가 달려가는 곳은 저만치 끌려가고 있는 여자들의 무리였다.

"엄마!"

"퍼쿵!"

퍼쿵이 달려오는 것을 본 엄마는 소스라치게 놀랐다. 그녀 역시 아들을 보고 싶었던 것은 사실이나 퍼쿵의 돌발적인 행동으로 들개족에게 죽임을 당하지나 않을까 더럭 겁이 나는 것이었다.

"오면 안 돼! 어서 돌아가!"

엄마는 눈물을 흘리며 부르짖고 있었다. 그러나 퍼쿵은 멈추지 않았다. 뒤에서 쫓아오는 들개 병사는 엄청나게 빨랐다. 그러나 앞에서 달리는 작은 꼬마는 그것보다 더 빨랐다. 순식간에 엄마의 품으로 뛰어든 퍼쿵을 뒤늦게 달려온 들개 병사가 식식거리며 바라보았다.

"이 자식이! 죽인다!"

다시 끌고 가고 자시고 할 것도 없었다. 점령군인 들개로서는 이까짓 포로 몇 명이야 베어버려도 그만이었으니까.

성난 병사는 커다란 칼을 뽑아서 높이 쳐들었다. 부둥켜안고 있는 엄마와 아들을 한꺼번에 베어버릴 기세였다. 모자(母子)는 꼭 안은 채 눈을 감았다.

그런데 한참을 기다려도 칼은 날아오지 않았다. 슬며시 눈을 떠보니 칼을 치켜든 병사의 손목을 누군가 잡고 있었다.

"그 정도로 하지. 여자와 어린애 아닌가?"

"앗! 하커 장군님!"

"포로라고 함부로 죽여도 되는 것은 아냐. 내가 분명히 얘기했을 텐데?"

하커 장군이라고 불린 들개족의 말에 아까 그 병사는 금세 정자세로 서서 외쳤다.

"죄송합니다. 실수했습니다."

"그만 제자리로 돌아가."

"옛!"

퍼쿵과 엄마는 방금 목숨을 구해준 들개족 장군의 얼굴을 멍하니 바라보았다. 퍼쿵은 적대감이 가득 담긴 눈을 말똥말똥 뜨고 있었고 엄마는 눈물을 줄줄 흘리는 중이었다.

그는 어딘가 모르게 인간을 닮아 있었다. 상당히 젊어 보이는 그는 몸에 털도 그리 많지 않았고 주둥이도 덜 튀어나와 보였다. 갈색 눈을

가진 그는 다른 병사와는 사뭇 지체가 다른 듯 상당히 멋진 금빛 갑옷
에 붉은 망토를 둘렀고 허리에 차여진 칼에도 휘황한 장식이 달려 있
었다. 주위에는 부하로 보이는 들개족 병사들이 죽 늘어서 있었다.

그 장군이 퍼쿵에게 물었다.

"몇 살이냐?"

"……"

퍼쿵은 대답하지 않았다. 그러자 그의 시선이 엄마에게 돌아갔다.

"이 아이가 몇 살이오?"

"다, 다, 다섯 사, 살입니다."

퍼쿵의 엄마는 아이를 안은 채 벌벌 떨고 있었다. 보기 안쓰러울 정
도로 떨리는 그녀의 두 다리 사이로 한줄기 물이 흘러내리며 바닥을
적셨고 거기서 모락모락 김이 피어 올랐다.

그녀의 나이는 스물둘이었다. 전날 수많은 동족들이 그녀의 눈앞에
서 갈기갈기 찢겨져 죽었고 저 자신과 다른 여자들은 셀 수도 없는 적
들에게 탐이 새도록 윤간을 당했다. 그리고 방금 어린 아들과 함께 한
칼에 베어질 뻔했다.

게다가 아직도 모든 여자들은 실오라기 하나 걸치지 못한 채 말라
버린 피르 온몸에 떡칠을 하고 있었으니 그녀의 떨림은 당연한 것이었
다.

그녀가 무너질 듯이 떨고 있자 하커 장군이 자신의 망토를 벗어 아
이를 안고 있는 여인의 어깨에 둘러주었고 그녀는 꼼짝도 못한 채 그
의 손만 바라보고 있었다.

그는 주위의 부관들에게 말했다.

"누가 이 여자들을 다 벗겨놓으라고 했나?"

“…….”

부관들은 뻣뻣하게 서서 아무도 말을 못했다.

“어젯밤 이곳의 지휘를 맡았던 자가 누구지?”

한 들개족 장교가 앞으로 나서며 정자세로 관등성명을 외쳤다.

“옛, 대치 꼬라지!”

들개족 부대장급 장교의 계급은 대치(大齒), 중치(中齒), 소치(小齒)로 나뉘어지고 있었다.

“어제 내가 왕궁으로 들어간 사이 포로들에게 무슨 일이 있었나?”

“그, 그건…….”

“자네가 이들을 강간하라고 지시했나?”

“그, 그건 관례대로 병사들의 사기를 위해서…….”

하커 장군의 표정이 구겨졌다.

“이미 승리한 병사들의 사기를 위해서 포로를 강간했다?”

“시정하겠습니다!”

“벌써 다 저질러 놓고… 좋아, 관례가 그래왔으니 책임은 묻지 않겠다. 하지만 명심해라. 군대는 도적 떼가 아니야. 즉시 이들을 씻기고 옷을 나누어 줘라.”

“옛, 즉시 시행하겠습니다.”

꼬라지가 달려가려는 찰나 성문에서 굵은 목소리가 들려왔다.

“그만둬! 그럴 필요 없다.”

모두의 시선이 성문으로 향해졌다. 성문에는 일단의 무리가 들어오고 있었는데 그 위세와 화려함이 하커 장군보다 더했다. 화려한 갑옷의 거구가 다가오며 말했다.

“하커 장군, 포로에게 그런 배려를 할 필요가 있나?”

"푸치 장군, 오셨습니까?"

"그래, 이번 작전의 성공을 축하한다. 너의 머리는 역시 비상하단 말야. 이번 승리를 아버님도 무척 기뻐하셨다."

"감사합니다. 저야 뭐… 병사들이 고생이 많았지요."

"그래, 그 고생한 병사들이 잠시 즐긴 것을 가지고 뭐라 하지 말거라."

"그래도 이들은 민간인입니다. 적군과는 좀 다르지요."

기세등등한 두 장군의 상반된 의견에 부관들은 이러지도 저러지도 못하고 눈치만 보고 있었다.

"어차피 포로는 각 수훈자들에게 나누어 줄 거다. 그전에 병사들이 미리 맛보게 하는 것도 나쁘지는 않지. 안 그러면 사병들이 언제 인간을 맛보겠나?"

"형님, 이들도 사람입니다. 그리고 인격이 있습니다."

푸치 장군의 입꼬리가 올라갔다.

"풋, 너에겐 그렇겠지. 너도 반은 인간족이니까."

푸치 장군이란 자는 하커와는 외모부터 달랐다. 그는 전형적인 들개족의 모습으로 붉은 눈과 돌출된 주둥이, 그리고 성성한 잿빛 털에 커다란 몸이 뒤덮여 있었다. 게다가 얼핏 보기에도 푸치라는 자의 나이는 하커라는 자의 아버지뻘은 되어 보였다. 그런 그를 하커는 형님이라 부른 것이다.

"형님, 무슨 말씀을!"

"아버님이나 너는 너무 감상적이야. 본인들이야 이성적이라고 생각하는지 모르겠지만 내가 보기엔 나약한 감상주의자일 뿐이다."

"우리 문화는 인간족의 힘으로 발전된 것입니다."

“그리고 그 인간족의 힘으로 너도 이 세상에 나온 거고?”

거기까지 얘기한 푸치가 하커의 눈을 날카롭게 쏘아보자 하커는 입을 다물고 부르르 떨었다.

“그, 그런…….”

그랬다.

그 옛날, 이 들개족의 시조인 커우가 인간족과 전쟁을 벌인 이후로 얻은 것 중 가장 큰 것이 인간들의 기술이었다.

그리고 그 기술 중 가장 놀라운 것은 인간들이 불을 사용한다는 것과 그걸 이용하여 칼의 재료인 철을 만든다는 것이었다.

당시 들개족 중 가장 머리가 뛰어났기 때문에 커우는 무작정 인간을 죽이지 않았다. 오히려 인간의 기술자를 납치해 칼을 만들게 했다.

잡혀간 기술자들은 자유가 전혀 없이 감금당해 있었고 항상 감시를 받았지만 대우는 나쁘지 않았다. 먹고 자는 것은 걱정할 것이 없도록 했고 다른 들개족들로부터 해코지를 당하지 않도록 신중을 다해 인간들을 돌봤다.

그 같은 커우의 신중한 노력은 삼십 년이 지나도록 계속되었다. 인간의 기술이란 철을 생산하는 것 이외에도 들개족으로서는 상상도 해 보지 못한 것들이 많았다. 옷을 만드는 것부터 배를 만드는 것, 그리고 그물을 만들어 고기를 잡는 것 등 실로 눈부신 것들이었다.

이 들개족의 눈부신 발전은 그렇게 인간 포로들의 힘으로 이루어진 것이었다.

그리고 인간족으로부터 얻게 된 또 하나의 전리품은 바로 하커 같은 혼혈아들이었다.

커우는 인간과 들개족 사이에서 혼혈인 아이들이 태어날 줄은 상상도 못했었다.

애초에 인간의 여자를 잡아온 것은 단순한 이유였다. 그 목적은 원래 쾌락의 용도였지 다른 것은 없었다. 노예로도 쓰이고 있었지만 그건 나중 일이었다.

들개족은 혼혈로 태어난 아이들을 어떻게 할까 고심했다. 들개족과 인간족을 반반씩 닮은 아이들은 처치 곤란의 애물단지였다.

대부분의 들개족은 혼혈 아이가 태어나면 그 자리에서 죽여 버렸다. 하지만 몇몇 생각있고 마음 착한 들개족의 남자들은 혼혈 자식을 죽이지 않고 그 어미로 하여금 키우게 내버려 두었다. 곧 그 아이들이 자라면서 아주 우수한 능력을 가졌음을 알게 되었다. 그 아이들은 인간족의 영특함과 들개족의 강인함을 동시에 지니고 있었던 것이다.

당시의 지도자인 커우도 혼혈 아들을 하나 얻게 되었다.

커우는 고민에 빠졌다. 우수한 혼혈 아들의 능력에 두려움과 함께 무한한 이용 가치를 느끼고 있었기 때문이다.

결국 그는 혼혈인 둘째 아들을 죽이지 않았고 오히려 교육을 시키기 시작했다. 철저한 들개족의 자식으로 말이다.

그에게는 원래 아들이 하나 있었지만 그의 나이 오십이 넘어서 차남을 얻게 되었는데 장남과 차남은 무려 스무 살의 차이가 났다. 장남의 이름은 '푸치' 였고 혼혈인 차남은 '하커' 라고 이름 지었다.

그는 곧 들개족 마을에 상주하는 인간에 대한 정책을 우호적으로 돌렸다. 그들의 처우를 개선하였고 이유없이 인간이나 혼혈아를 학대하거나 구타 또는 죽이는 것을 강력하게 금지시켰다. 인간의 감금 상태를 해제하고 마을의 울타리 내에서만은 자유롭게 돌아다닐 수 있도록 허락했다. 물론 완전히 귀화 의사를 밝힌 인간에 한해서였다.

곧 커우의 노력은 커다란 결실을 맺기 시작해서 혼혈의 자식들은 들개족에게 엄청난 이득을 주기 시작했다. 그들은 인간의 기술을 배울 수 있을 정도로 머리가 뛰어났던 것이다.

그 당시의 들개족은 불을 잘 다루지 못해 인간의 포로들이 만들어 주는 철에 의지할 수밖에 없었는데 어느 정도 자라난 혼혈아들은 제어미가 항상 사용하기 때문인지 불을 두려워하지 않았을 뿐만 아니라 그 기술을 그대로 모방하여 재현하기 시작했다.

더 이상 포로로 잡아온 인간 기술자들이 필요없을 정도로 그들의 학습 능력은 뛰어났다.

커우가 혼혈아를 아끼고 사랑하게 된 것은 당연한 결과였다. 따라서 점차 혼혈아들은 들개 부족을 이끄는 중심으로 다가가기 시작했던 것이다.

'……'

하커는 분노에 찬 얼굴로 부르르 떨고 있었다.

그 모습을 흘낏 바라본 푸치 장군이 부관들에게 명령했다.

"시간이 없다. 지금부터 이곳의 지휘는 내가 한다. 어서 포로들을 이동시켜!"

"형님, 이곳을 점령한 것은 접니다. 그리고 병사들도 제 병사입니다!"

"나도 알고 있어. 그러니 이제는 좀 쉬어야지. 게다가 너의 감상주의적 생각을 가지고는 더 이상 전투하는 것은 무리일 것이다."

잠시 말을 멈춘 푸치는 주위를 둘러보며 다시 입을 열었다.

"더군다나 너의 작전은 내 마음에 들지 않아. 정면 대결도 아니고 고작 적을 속여서 승리를 훔쳐 낸 것이 아니냐?"

"그렇지 않았으면 이번 승리는 없었습니다."

"그럴까? 너는 천성이 나약해서 그런 방식이 아니고는 승리를 얻어 낼 수 없는 거다."

"좋습니다. 그럼 포로들은 제가 데려가겠습니다. 형님이 데리고 있어봐야 또 강간밖에 더 하겠습니까?"

"그건 안 되지. 포로를 그 먼 곳까지 이동시킬 수는 없어. 도주의 위험이 있거든. 게다가 이 포로들은 너의 개인 재산이 아니다. 이번 전쟁의 공로자에게 나누어 줄 부족의 재산이야. 넌 네 친위대만 데리고 왕궁으로 돌아가라. 부대와 성과 포로는 모두 내 지휘 아래 접수한다."

"아버님의 생각입니까?"

"아니, 내 생각이야, 이 푸치의!"

힘주어 말한 푸치는 오른손을 들어 하커의 얼굴 앞에 세웠다. 더 이상 말하지 말라는 의미였다. 들어 올린 그의 손에는 괴상한 문양이 그려진 푸른색 봉투가 쥐어져 있었다.

"잠깐! 한마디만 더 하겠습니다."

"뭐냐?"

푸치는 짜증이 난다는 표정이었지만 말을 막지는 않았다.

"어차피 포로들을 수훈자들에게 나누어 주시겠지요?"

"물론이지."

하커가 아직도 옆에 서 있는 퍼쿵 모자를 돌아보았다.

"그렇다면 이번 승리의 제일공로자인 저에게 이 여인과 아이를 주십시오."

하커의 말을 듣더니 푸치가 크게 웃었다.

"크하하하! 고작 그 얘기를 하려던 거냐? 좋아, 마음대로 골라 가져

라. 너는 그럴 자격이 있다. 자, 시간은 충분히 줄 테니 골라봐라."

"이 두 사람이면 됩니다."

"흥! 괜찮은 물건도 많은데… 부관, 이 두 사람을 제외한 포로들을 데려가라!"

푸치는 명령을 내리고 등을 돌려 버렸다.

"옛!"

그의 명령을 받은 부관들이 신속하게 움직이기 시작했다.

하커는 아무 말도 못하고 멀어져 가는 푸치의 뒷모습만 바라보고 있었다.

하커는 어려서부터 매우 총명했다. 게다가 어찌 된 일인지 덩치도 크고 힘도 웬만한 들개 원주민보다 세서 자라면서 뛰어난 검사로 이름을 날렸다. 게다가 온화한 성품을 가지고 있어서 커우의 사랑을 독차지하게 되었다.

반면 그의 큰아들 푸치는 커다란 덩치에 매우 용맹한 용사이긴 했지만 성정이 사납고 욕심이 많았다.

커우는 그러한 큰아들을 못마땅하게 여기고 작은 아들과 비교하는 일이 많았다.

따라서 푸치는 동생인 하커를 어려서부터 시기하고 왕위를 빼앗길까 봐 고심하고 있었다.

졸지에 공터에는 하커와 그의 직속 부관들, 그리고 퍼쿵 모자만이 남았다. 나머지 포로들은 모두 어디론가 이동했고 이제 곳곳에 경계를 서는 들개족의 병사들과 부서진 성문을 수리하고 시체를 치우는 병사들이 바쁘게 뛰어다닐 뿐이었다.

퍼쿵의 엄마는 아직 떨림은 멎지 않았지만 아까만큼 무섭지는 않았
다. 두 장군의 대화를 듣고 자신을 선택한 자의 성품을 대충 짐작한 탓
이었다.

"이름이 뭡니까?"

"히, 히로코."

"아직도 떨고 있군요. 그럴 만도 하지요."

뜻밖에 하커는 계속 존댓말을 하고 있었다. 그녀는 말을 거는 하커
의 얼굴을 바라보았다. 인간을 닮은 그의 얼굴을……

'반은 인간인 들개족의 장군이라니……'

퍼쿵의 엄마는 들개족의 모습이 점차 인간을 닮아가는 이유를 어렴
풋이 짐작할 것 같았다. 그러고 보니 뛰어다니는 들개족 괴물들 사이
에 털보가 아닌 자들이 간간이 뒤섞여 있는 것을 볼 수 있었다.

"따라오시지요. 여기는 위험하니 제 처소로 갑시다."

하커 장군이 돌아서자 그의 직속 부관인 한 장교가 말했다.

"장군, 이대로 물러서시는 겁니까?"

부관의 목소리에는 분이 서려 있었다.

"어쩔 수 없네. 푸치 장군은 나보다 상관이 아닌가? 이미 내 지휘권
을 가져갔어."

"하지만 이 성을 점령한 것은 모두 하커 장군의 공입니다!"

"아까 보지 못했나? 푸치 장군의 손에 들려 있던 공문서 말일세. 그
봉투에 커우의 문양이 찍혀져 있었어. 왕의 공문서를 들고 와서 내게
지휘권을 달라고 했다. 그러면 끝난 거야."

"그러나 지휘권을 가져가는 것은 왕의 뜻이 아니라 푸치 장군 자신
의 뜻이라고 했지 않습니까?"

"애초에 형님과 나의 작전은 상반된 것이었다. 그는 적을 정면으로 돌파하려 했고 나는 적의 주력군을 유인한 다음 비어 있는 성을 먼저 공략하는 쪽을 택했지. 그리고 아버님은 내 손을 들어주었어. 화가 난 형님은 내가 공격에 들어간 후 아버님에게 조건을 걸었겠지. 성을 공략한 후 지휘권을 넘겨달라는……."

"그, 그런 말도 안 되는……."

부관의 말에 하커는 다시 덧붙였다.

"아버님은 이미 늙었다. 왕이라고 해도 실질적인 힘이 없어. 현재 우리 군의 주력은 푸치 장군의 부대다. 아버님은 거절할 수 없었던 거야. 거절하면 형님은 자신의 군대를 이끌고 쿠데타를 일으키거나 떠나버렸을 테니까."

말을 마치고 하커는 걸음을 옮겼다. 그리고 부관들은 침통한 표정으로 퍼쿵 모자를 이끌며 뒤를 따랐다.

원칙대로 하커가 지휘권을 가지고 있었더라면 그들은 점령지인 인간의 성에 그대로 머물러 있을 것이었지만 지휘권을 푸치의 부대에게 넘겨주었기 때문에 떠나야만 했다. 그는 즉시 제 친위대를 이끌고 왕궁을 향해 출발했다.

다른 들개족에게는 히로코와 퍼쿵이 단지 포로거나 노리개일 뿐이었지만 지휘관인 하커에게는 그렇지만은 않은 모양이었다. 그는 먼 길을 걸어야 할 포로 모자를 염려해 신발까지 구해주었던 것이다.

게다가 식사를 할 때도 꼬박꼬박 챙겨서 먹였고 부하들에게 일체의 학대나 모욕을 주지 않도록 명령했으며 심지어 반말도 못하게 했다. 다행스럽게도 그의 부하들은 하커를 잘 따르고 있었다. 가만히 살펴보니 하커의 부관과 친위대는 반수 이상이 반쪽 들개족이었다.

반나절을 걸어 한낮이 되자 그들은 행군을 멈추고 점심을 먹었다. 한구석에서 그들이 나누어 준 음식을 먹으며 퍼쿵이 속삭였다.

"엄마, 우린 어떻게 되는 거야?"

"글쎄, 죽이지는 않을 것 같아. 퍼쿵, 엄마 말 잘 들어. 들개족이 사람들을 잡아간 것은 어제오늘의 일이 아니야. 난 그들이 모두 죽었다고 생각했었는데 아까 말을 들어보니 죽이지는 않는 모양이다. 특히 여자는."

"남자도 있었잖아?"

"아까 젊은 남자들을 다 죽이는 거 보지 못했어?"

"봤어."

"너는 남자니까 더 조심해야 해. 절대로 저들의 눈 밖에 나면 안 된다. 죽지만 않는다면 언젠가 도망갈 수 있을 거야."

두 사람은 행여 들개족이 들을세라 주위를 두리번거리며 귓속말을 주고받았다.

그때였다. 바로 뒤에서 한 병사의 목소리가 들려왔다.

"포로가 서로 얘기하는 것은 금지되어 있습니다."

두 사람은 소스라치게 놀라며 입을 다물었다. 그들은 들개족의 청각이 얼마나 발달해 있는지 몰랐던 것이다.

놀라는 그들의 머리 위로 하커 장군의 목소리가 들렸다.

"언젠가 도망갈 거라면 지금 가십시오. 막지는 않겠습니다. 그러나 일단은 제 처소로 가시는 게 나을 겁니다. 여기서 도망쳐 봐야 산짐승의 밥이 됩니다. 아니면 푸치 장군의 정찰대에게 다시 잡히거나."

하커의 말에 부관들과 친위대가 모두 와 하고 웃음을 터뜨렸다. 잔

뚝 겁을 먹은 모자는 그 웃음소리에 몸을 움츠렸다.

"게다가 인간족은 이제 근처에 없습니다. 그들은 아주 멀리 도망가 버려서 만날 가능성이 없어요. 여자와 아기 둘이서 그들을 찾아 먼 길을 떠난다는 것은 죽으러 가는 것과 똑같지요. 그러니 도망은 저 아이가 좀 큰 다음에 가십시오."

하커의 마지막 말에 또 모두가 와 하고 박장대소를 했다.

그 뒤 히로코와 퍼쿵은 더 이상 아무 대화도 하지 못했다.

밤이 되었다. 들개족의 본거지는 상당히 멀리 떨어진 산속에 있었다. 히로코는 죽을 지경이었다. 들개족들은 체력이 엄청나게 좋아서 지치지도 않는 모양이었다. 그러나 히로코는 전날 낮부터 이튿날 새벽까지 한숨도 자지 못하고 백여 명의 들개 아래 깔려 괴롭힘을 당한 데다가 오늘은 오전부터 내처 걸었으니 견딜 수가 없었다. 다행히 어린 퍼쿵은 한 들개 병사가 업고 걸었다. 업힌 채 내내 잠을 잔 덕분에 밤이 되자 퍼쿵은 정신이 또렷해졌다.

"엄마, 많이 아파? 엄마?"

몹시 힘겨워 보이는 엄마에게 말을 걸었다.

"으음, 괜찮아, 퍼쿵. 좀 쉬면 나을 거야."

히로코는 아직 아무것도 입지 못한 맨몸에 하커 장군의 망토와 신발만 신고 있었다. 그녀가 휘청거릴 때마다 그녀가 뒤집어쓴 피와 정액 냄새가 역했다.

옆에서 부축하고 걷던 들개 병사가 코를 막더니 말했다.

"오우, 좀 씻어야 되겠네, 이 아줌마."

그 말에 히로코의 얼굴이 새빨개졌다. 아무리 포로이고 목숨이 왔다

갔다 하는 상황이었지만 수치스러운 기분이 드는 것은 어쩔 수 없었다.
그러자 하커 장군이 다가왔다.

“그렇게 심한가?”

“앗, 아닙니다, 장군님. 괜찮습니다.”

“아니야, 심한 냄새가 날 수밖에 없지. 온몸에 피와 정액을 뒤집어썼으니. 자넨 저리 가게. 내가 부축을 하지.”

“아닙니다. 제가 부축하겠습니다.”

하커 장군의 말에 병사는 쩔쩔매며 어쩔 줄 몰라 했다. 그럴 수밖에 없는 것이 하커 장군은 왕인 커우의 둘째 아들로 부족 서열 3위의 권력자였던 것이다. 그런 왕자의 신분으로 직접 포로를 업고 가겠다니 병사가 당황할 수밖에 없었다.

그러나 하커는 물러가지 않고 담담히 병사에게 질문을 했다.

“이 여자가 왜 이렇게 온몸에 피를 뒤집어썼나?”

“……?”

병사는 무슨 의도의 질문인지 잘 모르는 것 같았다. 그래서 대답을 못하고 있었다.

“잘 생각해 봐.”

“그야 전쟁을 했고 그래서…….”

하커는 그에게 다시 물었다.

“자네의 어머니는 누구지?”

“아……!”

병사는 그제야 탄식을 하며 고개를 떨어뜨렸다. 그 병사 역시 토종 들개족이 아니었다. 하커 장군처럼 인간을 많이 닮은 반쪽 들개족이었던 것이다.

하커의 말이 계속 이어졌다.

"이 여자는 군인이 아니다. 전쟁은 남자들이 했고 이 여자는 어젯밤 우리에게 강간을 당하면서 동족의 피에 몸을 굴렸지. 그래서 온몸에 원수의 정액과 피를 뒤집어쓰게 된 거다."

"죄송합니다. 미처 거기까지는……."

"그리고 그들이 피를 흘린 것은 우리가 침략했기 때문이다. 자네와 내가 그들의 피를 받아 이 여자에게 뒤집어씌운 거야. 어쩌면 머지않아 이 여자가 자네나 나 같은 혼혈아를 낳을지도 모르지. 옛날에 우리의 어머니가 그랬던 것처럼."

하커의 말에 모든 친위대와 부관들이 침묵했다. 그들 중 반수 이상이 똑같은 어머니를 가지고 있었던 것이다.

히로코는 멍한 눈으로 하커를 바라보고 있었다. 그녀의 눈에 슬며시 눈물이 고이더니 두 줄기 눈물이 땟국물을 만들며 뺨을 타고 흘러내렸다.

어린 퍼쿵도 뭔지 모를 감상에 젖어 엄마와 하커를 번갈아 바라보았다. 엄마의 눈물에 전염이라도 됐는지 퍼쿵도 조용히 눈물을 흘렸다. 그 눈물 속에 무엇인가 알 수 없는 감정이 소리없이 녹아내리는 듯했다.

그날 밤 히로코는 하커 장군에게 업혀서 들개족의 왕궁으로 들어왔다. 하커의 음성에는 조용하면서도 거역할 수 없는 힘이 들어 있었다. 그래서 병사들은 결국 하커가 히로코를 업는 것을 말리지 못했다.

하커는 히로코와 퍼쿵을 포로들을 수용하는 감옥으로 보내지 않았다. 대신 자신의 거처에 두 사람을 데려다놓았다.

"먼저 목욕부터 하십시오. 그러고 나면 입을 옷과 음식을 준비해 놓겠소."

그의 방 한 귀퉁이에 물이 빠지도록 된 장소가 있었고 거기에 두 사람이 들어가고도 남을 만큼 커다란 물통이 하나 놓여져 있었다. 그리고 그 안에 뜨거운 물이 가득 들어 있었다.

하커가 나가자 그녀는 겁나는 눈으로 주변을 둘러보았다. 방 안에는 아무도 없었다. 하커의 것으로 보이는 커다란 침상이 있었고 그 위에는 잘 손질된 모피가 깔려 있었다. 그리고 책상과 수많은 책이 가지런히 꽂혀 있는 책꽂이와 집필 도구들, 그리고 침상과 책상 사이에는 크기가 다른 여러 종류의 칼이 잘 정돈된 채 걸려 있었다.

넓은 방의 한구석에 놓여 있는 물통으로 그녀가 걸어갔다. 그녀는 걸치고 있던 하커의 붉은 망토를 벗었다. 피딱지와 진흙이 범벅되어 더러워진 그녀의 나신이 드러났다.

이윽고 아들의 옷을 벗긴 그녀는 여전히 두려운 눈빛으로 주위를 살피며 바가지로 물을 떠서 퍼쿵에게 부었다. 이윽고 자신의 몸에도 물을 붓던 그녀는 곧 인상을 찡그리며 몸을 구부렸다. 그녀의 손이 자신도 모르게 제 음부로 향했다.

"으윽……!"

"엄마, 많이 아파? 어제 그놈들이 많이 때렸지?"

퍼쿵이 걱정스레 물었다. 그녀는 몹시 괴로운 표정이었다. 백여 명이 넘는 들개족에게 밤새도록 강간을 당했으니 몸이 정상일 수 없었다.

그녀의 음부는 벌겋게 충혈되다 못해 퉁퉁 부어 있었고 그 위에 뜨거운 물을 붓자 굳어 있던 피딱지가 녹아 떨어지며 여기저기에서 피가 배어 나왔다.

“으응, 괜찮아. 곧 나을 거야.”

그러나 그녀의 말과는 달리 표정은 무척 괴로워하고 있었다.

상처는 그것뿐이 아니었다. 온몸에 긁히고 찢어진 상처가 즐비했다. 온몸에서 크고 작은 핏자국이 모습을 드러내고 있었다.

그 시간, 하커는 왕과 만나고 있었다.

“아버님, 저 돌아왔습니다.”

“그래, 고생했다. 승리를 축하하러 가지 못해서 미안하구나.”

“아닙니다. 몸은 좀 어떠십니까?”

“견딜 만하다.”

누워 있는 것은 커우, 들개족의 왕이었다. 그에게서는 이제 당당하던 예전의 모습은 찾아볼 수 없었다. 다만 죽음을 기다리는 쪼글쪼글한 늙은 들개족의 모습일 뿐이었다.

“네 형은 만나봤느냐?”

“예, 지휘권을 넘겨주었습니다.”

“미안하구나. 내가 승인을 해주었다.”

“알고 있습니다. 그런 것은 괜찮습니다. 다만……”

“뭐냐? 말해 봐라.”

“형님은 잔혹합니다. 민간인 포로들을 마치 짐승처럼 다루더군요. 아니, 짐승도 그렇게 다루지는 않을 겁니다. 함부로 죽이는 것은 말할 것도 없고 강간하고 고문하고……”

“네가 무슨 말을 하려는지 알고 있다.”

“아버님……”

“그래.”

“이번 전쟁이 꼭 필요한 것이었습니까? 인간족을 꼭 몰아내야만 했습니까?”

“곰과 호랑이가 한 울타리 안에서 살 수는 없는 거다.”

“하지만 저들이 없었다면 현재의 우리도 없었습니다. 아버님도 잘 아시지 않습니까?”

“그래, 지금처럼 발전하지는 못했겠지. 하지만 네 형은 그렇게 생각하지 않더구나.”

“형님이 왕이 되면 전 이곳을 떠나겠습니다.”

“네가 왕이 되면 네 형은 너를 죽이려 하겠지.”

두 부자는 잠시 말이 없었다. 한참의 시간이 흐른 후 하커가 다시 입을 열었다.

“들개족과 인간족은 협력하며 살 수 있습니다. 결혼도 가능하고요. 전 적어도 같이 사는 세상을 만들고 싶을 뿐입니다.”

“나도 그랬었다. 애초에 침략을 시작한 것은 그들이었지만 어느 순간부터 그들을 용서하고 타협하려고 했었다. 그러나 그것은 너와 나의 생각일 뿐이야. 인간들은 우리와 함께 살 생각을 절대로 하지 않아. 그들에게 우리는 짐승이고 괴물일 뿐이다.”

“이곳에는 이미 우리 들개족과 부부가 되어 사는 인간 여자들이 많이 있습니다. 그들처럼 다른 인간족도 점차 설득할 수 있을 겁니다.”

하커는 끈질기게 커우를 설득했다. 그러나 커우 역시 만만치 않았다.

“만일 인간족이 아닌 다른 들개족이 우리 영토에 들어왔더라도 우리는 그들을 용서하지 않았을 것이다. 우리에게 완전히 복속시키든지 아니면 멸망시키든지 둘 중의 하나!”

“제가 이번 전투를 지원한 이유는 서로간에 피해를 최소로 줄이고자 함이었습니다. 결코 그들의 멸망을⋯⋯.”

커우가 하커의 말을 막았다.

“그만! 나도 안다. 네가 도주하는 인간족을 뒤쫓지 않았다는 것도⋯⋯. 네 형이라면 정면으로 적을 치고 들어가서 한 사람도 남기지 않고 다 죽였겠지. 도주하도록 놔두지도 않았을 테고.”

커우의 말에 하커가 당황하는 빛이 역력했다.

“그, 그걸 어떻게⋯⋯.”

“나라도 그렇게 했을 것이기 때문이야. 하지만 네 형한테는 그런 말 하지 말아야 할 것이다. 내 말 알겠느냐?”

“예⋯⋯.”

히로코는 상처에 손이 닿을 때마다 고통스러운 듯 얼굴을 찌푸리면서도 정성껏 몸을 씻었다. 뜨거운 물이 몸과 함께 마음까지 풀어지게 하고 있었다.

몸이 녹고 어느 정도 진정이 되자 살해당한 가족과 동족들이 떠올랐다. 줄지에 멸망해 버린 부족과 비참한 자신들의 신세도⋯⋯. 눈물이 쉴 새 없이 그녀의 뺨을 타고 흘렀다. 그녀는 이를 악물고 몸을 씻었다. 그리고 퍼쿵을 씻기는데 뒤에서 문을 여는 소리가 들렸다.

하커가 직접 옷과 음식이 놓여진 작은 수레를 밀고 들어왔다. 히로코는 흠칫 놀라며 몸을 가렸지만 곧 떨리는 손을 내렸다. 이제 와서 몸을 가린 듯 아무 의미가 없음을 깨달은 탓이었다. 간밤에 당한 일을 생각하면⋯⋯.

오히려 아들과 제 목숨을 부지하기 위해서라면 어떤 일이라도 감수

해야 했다. 아니, 무슨 일이 있어도 저 앞에 있는 하커라는 자에게 붙어 목숨을 의지해야 한다는 애처로운 계산이 가련한 여인의 머리를 가득 채우고 있었던 것이다.

그러나 몸의 떨림까지 숨길 수는 없었다.

"……."

"겁내지 마십시오. 저는 옷과 음식을 가져왔을 뿐입니다."

"고, 고, 고맙습니다. 이… 은혜를 어떻게……."

퍼쿵은 아직도 적대감이 가득한 눈으로 하커를 쏘아보고 있었다.

"아니, 그런 말을 할 필요는 없습니다. 오히려 저는 당신들의 인생을 망친 원수니까요. 그러나 제가 당신에게 바라는 것은 아무것도 없으니 겁내지 마시고 어서 씻고 식사를 하세요."

"……."

히로코는 덜덜 떨며 퍼쿵을 씻겼다. 그리고 두 사람이 목욕을 마치자 하커는 적당한 크기의 옷을 내주었다.

"이것은 제 어머니가 입던 옷입니다. 이미 짐작했겠지만 저의 어머니도 당신과 같은 인간이었습니다. 오래전에 죽었죠."

"……."

그가 건네준 옷을 입으며 오만 가지 생각이 히로코의 머리 속에 스쳐 갔지만 아무 말도 할 수 없었다. 아니, 그녀가 말을 못한 것은 함부로 말을 해도 되는지 확신할 수가 없기 때문이었다.

"자세한 것은 차차 아시게 될 겁니다. 서두르실 필요는 없습니다. 어서 이리로……."

하커어게 이끌려 음식이 차려진 탁자로 옮겨 앉은 퍼쿵 모자는 음식에 손을 대지 못했다. 방금 죽음을 목전에 두었던 사람이 자신을 죽일 수도 살릴 수도 있는 자와 함께 앉아서 음식을 먹는다는 것은 어려운 일이었다.

눈치만 살피던 두 사람은 하커가 재차 여러 번 권한 뒤에야 겨우 음식을 먹기 시작했다. 아직 식사를 하지 않은 하커도 함께 먹었다.

음식은 인간의 마을에서 먹던 것과 크게 다르지 않았다. 다만 이들은 육식만 하는지 야채가 없었다.

"드시면서 제 말을 잘 들으십시오. 앞으로 당신과 아이가 살아가는 데 반드시 필요한 말이니까 잊지 말아야 할 것입니다."

그는 낮은 목소리로 조근조근 말을 이었다.

"당신과 함께 잡힌 포로들은 모두 들개족의 군인들에게 나누어 주게 됩니다. 그들의 재산이 되지요. 그리고 원치는 않겠지만 그들의 밤 노리개가 될 겁니다. 매일 들개 가족이나 친구들이 서로 바꾸어가며 강간을 하게 되는 겁니다."

하커가 거기까지 얘기했을 때 히로코의 몸은 다시 떨리기 시작했다. 걷잡을 수 없이 몸이 떨려서 감추려고 해도 소용이 없었다.

"그리고 저런 사내아이들은 노예로 팔립니다. 죽도록 힘든 노동을 해야 겨우 밥을 얻어먹을 수 있죠. 이유없이 매도 많이 맞을 거구요. 물론 여자들도 힘든 노동에 시달리는 것은 마찬가집니다. 그러니 당신이나 이 아이나… 아, 아이의 이름이 뭐지요?"

하커는 아이의 이름을 물으며 잠깐 말을 멈추었다.

"이 아이의 이름은 퍼.쿵. 입니다."

히로코는 떨리는, 그러나 또박또박한 발음으로 대답했다. 앞으로 자신이 취해야 할 행동거지에 대해 거의 확실한 지표가 세워진 것이었다.

"그래요. 당신과 퍼쿵은 앞으로 살면서 절대로 들개족에게 거슬리는 행동을 해서는 안 됩니다. 매를 맞거나 심한 경우 죽임을 당하는 수도 있으니까요. 아무리 억울한 일을 당해도 대들면 안 됩니다. 그래야 살아남을 수 있어요."

"예."

"그리고 다행히 제가 아직 결혼하지 않아서 우리 집에는 들개족 여자가 없는데 들개족 여자들은 인간 여자들을 무척 싫어합니다. 앞으로 밖에서 들개족 여자들이 가끔 시비를 걸 겁니다. 절대로 대들지 마십시오. 몰매 맞아 죽습니다."

"예."

히로코는 이제 짤막하게나마 하커의 질문이나 당부에 대답을 하고 있었다. 그것은 복종의 의미였다. 살아남기 위해서, 자신과 아들의 목숨을 부지하기 위해서 내린 그녀의 선택이었다.

하커의 얘기는 그 뒤로도 한참이나 계속되었다. 이곳에 잡혀온 인간들이 어떻게 사는지에 관한 얘기였다. 한참을 듣던 히로코가 떨리는 목소리로 입을 열었다.

"저, 저희들은 다른 곳으로 팔리게 되나요?"

그녀의 질문에 하커는 잠시 그녀의 눈을 들여다보며 말이 없었다. 그러나 그의 눈은 따뜻한 빛을 내보이고 있었다.

"걱정 마십시오. 당신과 아이는 제게 할당되었습니다. 정식으로 제 재산이 되었지요. 그러니 다른 곳에 가는 일은 없습니다."

히로코는 비로소 안심이 되었다. 적어도 앞에 앉아 있는 사람은 다른 들개족과는 다르다는 것이 느껴졌다.

그녀는 식탁에서 일어나 하커의 앞으로 걸어가더니 다짜고짜 마루바닥에 머리를 대며 조아렸다.

“무슨 일이든지 다 하겠어요. 우리를 죽이거나 팔지 말아주세요.”

그녀의 급작스런 행동에 잠시 슬픈 표정을 짓던 하커는 가만히 몸을 구부려 그녀의 손을 잡고 일으켜 세웠다. 그녀는 그가 하는 대로 가만히 따르고 있었다.

“일어나시죠. 저는 당신과 아이를 죽이지 않아요. 팔지도 않고요. 그리고 함부로 돌아다니거나 금지된 행동을 하지 않는다면 아무도 건드리지 않을 겁니다. 이곳에 내 재산에 손댈 수 있는 자는 없어요. 왕과 푸치 장군 이외에는.”

하커는 두 사람에게 몇 가지 주의 사항을 일러주었다. 함부로 말을 하지 말 것, 자신에게 특별한 대우, 즉 다른 노예들과 다른 대우를 받는 것을 눈치 채지 못하게 할 것, 도망치려고 하지 말 것 등이었다. 마지막으로 그는 못을 박았다.

“정 도망치고 싶거든 미리 내게 말을 하세요. 그러면 내가 직접 우리의 영역 밖으로 데리고 나가주겠습니다. 하지만 절대로 두 사람이 단독 행동은 하지 마십시오. 잡히면 죽게 됩니다. 여태까지 살아서 도망을 나간 사람은 한 명도 없었다는 것도 잊지 마시고요.”

그날 이후 히로코와 퍼쿵은 하커 장군의 거처에서 살게 되었다. 약속대로 하커는 두 사람을 보호해 주었다. 아무도 두 사람을 건드리지 못했다.

히로코는 열심히 일했다. 청소와 요리와 빨래, 잔심부름 같은 허드렛일을 한 치의 부족함이 없도록 했다. 그리고 그런 그녀로 인해 하커도 만족하고 있는 것 같았다.

그녀는 스물둘의 아름다운 여자였다. 마르고 호리호리한 체격에 키

도 컸다. 들개족의 눈에도 아름답게 보일지는 모르겠지만 인간으로서
는 상당한 미인이었다.

들개에게 점령당하던 날 이후로 그녀는 한 번도 강간을 당하지 않았
다. 모두가 인간 여자를 보면 침을 흘렸지만 하커의 재산에는 손을 대
지 못했던 것이다.

하커 역시 그녀에게 손대지 않았다. 그녀는 다른 들개족에게 윤간을
당하지 않는 것이 얼마나 다행스러운지 몰랐다. 하지만 그녀는 하커가
손을 내밀면 주저없이 그와 동침하리라 마음을 먹었다. 그것이 자신과
아들을 살리는 길이라고 굳게 믿고 있었다.

그의 심기에 거슬리는 행동을 한다는 것 자체가 그녀에게는 공포였
다. 만일 그가 마음이 변한다거나 그들 모자를 내버리는 일이 생길까
봐 언제나 가슴을 졸이며 살고 있었다.

퍼쿵은 하커의 잔심부름을 도맡아서 했다. 그의 병장기 손질부터 옷
과 신발을 닦고 나무를 하거나 짐을 나르는 등 바삐 뛰어다녔고 나머
지 대부분의 시간은 엄마의 일을 도우며 지냈다.

하커는 바쁜 일과로 자주 집을 비웠지만 가끔씩 돌아오면 퍼쿵에게
글을 가르쳐 주었다. 마치 아버지가 아들에게 하듯 자상하게 많은 것
을 가르쳐 주는 것이었다.

퍼쿵은 남달리 체력이 좋은 아이였다. 또래의 아이들에 비해 뼈가
굵고 강건했다. 오히려 인간의 마을에서 살 때보다 더 좋은 환경에 더
좋은 음식을 먹을 수 있었기 때문에 무럭무럭 자랐고 키도 부쩍부쩍
컸다.

어느새 해가 지나고 다시 한 해가 지났다. 왕궁은 이 년 전 점령한 인

간의 성으로 옮겨졌고 들개족의 두 거대 세력인 푸치와 하커의 거처도 성안으로 옮겼다.

욕심이 많은 푸치는 인간의 왕이 살던 크고 화려한 건물을 자신의 집으로 삼았지만 검소한 하커는 히로코와 퍼쿵이 살던 작은 집을 제 집으로 삼았다. 두 사람을 위한 배려였다. 그래서 퍼쿵 모자는 예전처럼 자신의 고향집에서 살고 있었다.

일곱 살이 된 퍼쿵은 글도 깨우쳤고 일도 많이 익숙해져 있었다. 밖에서는 전혀 티를 내지 않았기 때문에 남들이 보기에는 여전히 히로코와 퍼쿵은 노예일 뿐이었지만 자신의 보금자리 안에서만큼은 과거의 아픔을 잊어갈 정도로 편안한 생활을 하고 있었다. 만일 누가 본다면 하커와 히로코는 마치 연인처럼 다정하게 보였을 것이다.

아무도 모르게 그들 세 사람은 마치 단란한 가족처럼 살고 있었던 것이다.

곧 정오가 될 것이었다. 장작을 쌓아놓은 창고에서 적당히 마른나무를 고른 퍼쿵이 급히 창고를 빠져나왔다.

"어이, 꼬마. 이리 와봐!"

장작을 한 아름 들고 달려가던 퍼쿵이 멈춰 서서 뒤를 돌아보았다. 한 무리의 들개족 남자들이 손짓하고 있었다.

"예?"

"이리 오란 말이다."

퍼쿵은 잠시 멈칫거리다가 주저하면서 그쪽으로 걸어갔다. 아직 성인이 되지 않은 소년들이었다.

"이 자식이!"

“오라면 바로 올 것이지 왜 이렇게 느려?”

퍽!

다짜고짜 발길질이 날아왔다. 퍼쿵은 안고 있던 장작을 바닥에 쏟으며 길에 나뒹굴었고 그 위로 연거푸 거친 발이 날아왔다.

코피가 나고 입술이 터졌지만 한동안 폭행은 멈추지 않고 계속되었다.

“그만 해라.”

뒤쪽에서 누군가 소리쳤고 그제야 모두의 구타가 멎었다.

“저런. 많이 다쳤구나.”

소리를 지른 자로 보이는 소년은 커다란 덩치에 사나운 인상이었다. 그가 퍼쿵을 일으키더니 옷에 묻은 흙을 털어주었다. 퍼쿵은 얼른 일어서서 몸의 먼지를 털며 말했다.

“괜찮습니다. 아무렇지도 않아요.”

공손한 태도로 고개를 숙인 퍼쿵에게 그가 말했다.

“어디로 가는 길이었냐?”

“주인 나리가 왕궁으로 가시기 전에 밥을 지어드리려고 나무를 해가는 중이었습니다.”

“그래? 네 주인이 누군데?”

“하커 장군님이 제 주인이십니다.”

그러자 소년은 놀랐다는 듯이 눈을 크게 뜨며 말했다.

“오~ 그럼 네가 바로 하커 장군의 노예인 퍼쿵이로구나.”

“예.”

퍼쿵은 의아한 눈으로 말하는 소년을 올려다보았다. 자신을 알아본 이 들개 소년은 어딘지 모르게 낯이 익었다. 주위에서 구타를 하던 소년들이 킥킥거리며 웃는 소리가 들렸다.

"그래, 하커 장군이 왕궁으로 언제 가시는데?"

"점심을 드시고 가신다고 하셨습니다."

퍼쿵은 작지만 또렷한 목소리로 대답했다.

"언제 돌아오시지?"

"예?"

이상한 생각이 들었다. 어딘가 낯이 익은 소년이 주인의 행보를 묻고 있다니……. 주위에는 같은 패거리로 보이는 소년들이 킥킥거리고.

퍼쿵의 대답이 늦어지자 그가 품 안에서 엿을 하나 꺼내더니 퍼쿵의 입에 넣어주었다.

"자, 이것 먹어라. 그리고 네 주인 나리가 왕궁으로 가시면 다시 네 엄마와 함께 이곳에 오너라. 그러면 내가 중요한 것을 알려주마."

"예?"

의심스런 눈초리로 올려다보는 퍼쿵에게 그가 말했다.

"네 주인이 너를 다른 곳에 팔려고 한단 말이야. 엄마와 같이 오면 팔려가지 않을 방도를 알려주겠단 말이다."

퍼쿵은 가슴이 철렁 내려앉는 것 같았다.

'주인 나리가 나를 다른 곳에 팔려고 하다니……'

믿을 수가 없었지만 너무나 놀란 퍼쿵은 흩어진 장작을 모아 들고 다시 집으로 달렸다.

달려가는 그의 뒤로 소년이 덧붙였다.

"아무에게도 말하면 안 돼. 그러면 너는 팔려간다."

퍼쿵은 내내 조마조마했다. 엄마는 바삐 음식을 준비하고 있었고 하커는 왕궁으로 들어갈 채비를 끝내고 식탁에 앉아 있었다.

“왜 그러니, 퍼쿵? 무슨 일 있어?”

안절부절못하는 퍼쿵을 보고 엄마가 물었다.

“아, 아니, 아무것도.”

퍼쿵은 말을 하지 못했다. 말하면 팔려가게 된다고 했기 때문이었다. 일곱 살의 퍼쿵은 엄마와 헤어지게 될까 봐 전전긍긍하고 있었다. 준비된 음식을 나르면서 하커의 눈치를 살폈지만 그의 표정에서는 아무것도 읽을 수가 없었다. 하커는 평상시와 다름없이 부드러운 표정으로 미소를 지어 보였다.

식사는 곧 끝났고 하커는 마중 나온 부관들과 함께 집을 나섰다. 지금이라도 하커에게 물어볼까 망설였지만 끝내 묻지 못했다. 만약 정말 팔아버린다는 대답이 나올까 두려웠기 때문이었다.

하커는 왕궁으로 들어갔고 이제 밤이 늦어서야 돌아올 것이었다. 엄마는 음식 접시들을 치우고 이제 하커의 옷을 손질하고 있었다.

“엄마.”

“응?”

“저기… 저…….”

“무슨 일이니? 아까부터 무슨 할 말이 있는 모양인데 고민하지 말고 말해 봐.”

“저… 엄마, 나 다른 곳에 팔려가게 될까?”

느닷없는 퍼쿵의 말에 히로코는 흠칫 놀라며 몸을 일으키더니 퍼쿵을 바라보았다.

“그게 무슨 말이야? 누가 그래?”

“그, 그게…….”

히로코는 목소리를 한껏 낮추어서, 그러나 힘이 들어간 목소리로 물었다.

"어서 말해 봐. 누가 그래?"

팔려간다는 말은 그 두 사람에게는 죽는다는 것 이상으로 무서운 말이었다. 그래서 히로코의 음성은 본능적으로 작아졌다. 남이 듣는다는 것, 아니, 입 밖으로 낸다는 것 자체가 공포였기 때문이었다.

퍼쿵의 눈에서는 그제야 훌쩍거리며 눈물이 흘렀다. 물론 우는 소리는 내지 않았다. 이미 그들은 소리 죽여 우는 것에 익숙해져 있었다. 하커가 제 가족처럼 잘 대해주었지만 원수의 틈바구니에서 목숨을 내놓고 사는 그들은 공포에 익숙해질 수밖에 없었고 함부로 소리 내어 울 수도 없었다.

"아까 장작을 가지러 창고에 갔을 때 어떤 사람들이 그랬어. 주인 나리가 나를 팔아버리려 한다고. 엄마와 함께 오면 팔려가지 않게 해준다고 했어."

울먹이며 얘기하는 퍼쿵의 말에 히로코는 한동안 말없이 생각에 잠겨 있었다. 흔들리고 있는 그녀의 눈이 불안에 떨고 있었다.

"믿을 수 없구나. 하커 나리가 너를 팔아버리려 하다니. 그분이 우리에게 얼마나 잘해주시는데."

"하지만 그 사람이 그렇게 말했단 말야. 지금 창고에서 기다리고 있을 거야."

히로코는 곰곰이 생각했다. 하커 장군에게는 달리 노예가 없었다. 부하들이 있긴 했지만 그들은 잡일을 하는 노예가 아니었다. 수족처럼 집안일을 하는 히로코나 굳이 일 잘하고 말 잘 듣는 퍼쿵을 팔아버릴 일은 없을 것 같았다.

그 즈음 한참 떨어진 곳에 있는 창고에서는 들개족 소년들이 키득거리며 잡담을 하고 있었다.

"올까?"

"오겠지."

"안 오면?"

"그럼 마는 거지 뭐."

그러자 아까 엿을 준 소년이 불쑥 말했다.

"하커의 여자 노예가 그렇게 예쁘다고 소문이 났던데 먹어봤다는 사람은 하나도 없어."

그의 말에 다른 소년이 말했다.

"하지단 하커 장군의 노예를 건드리면 무사할 수 없을 텐데……."

"겁나냐?"

"겁나지, 그럼 아니냐? 그는 부족 서열 3위야. 곧 왕이 죽으면 그가 왕이 될 수도 있다구."

엿을 준 소년이 불쑥 말했다.

"시끄러워. 그는 왕이 될 수 없어. 왕은 내 아버지가 된다."

"터치, 네 아버지가 왕이 되어도 그는 서열 2위야."

"걱정 가. 내 아버지가 왕이 되면 아버지는 그를 죽여 버릴 거야."

그의 말에 모두들 믿을 수 없다는 듯이 터치라는 소년을 바라보고 있었다.

"그러니 그의 재산도 모두 우리 가문의 재산이 되는 거야."

"하지단 네 작은아버지잖아?"

터치라는 소년은 콧방귀를 뀌었다.

"작은아버지라고? 그는 혼혈아야. 반쪽 들개라고. 난 그를 작은아버지라고 생각해 본 적 없어. 난 오늘 그 여자 노예를 따먹을 거다."

"하지만……."

"걱정 마. 하커는 날 못 건드려. 난 푸치 장군의 아들이라구."

다른 소년들은 겁이 나는지 동조하지 못하고 있었다. 터치가 중얼거리는 소리를 들으며 불안한 눈만 굴릴 뿐이었다.

"나는 마음에 드는 여자는 먹어야 직성이 풀려."

히로코는 결론을 내렸다. 누군가 자신의 몸을 노리고 있다고. 이곳에 온 지 이 년이 지났지만 아직 그녀는 아무와도 성교를 하지 않았다. 다른 여자 노예들은 수시로 여러 사람의 노리개가 되어 이미 아기를 낳은 사람도 있었다. 그러나 자신은 아무와도, 심지어 주인인 하커와도 잠을 자지 않았다.

결론을 내린 히로코는 퍼쿵에게 속삭였다.

"이건 음모야. 누군가 엄마를 유인해 내려고 너에게 거짓말을 한 걸 거야. 하커 장군의 처소에 들어올 수가 없으니까 나를 밖으로 끌어내려는 거야."

"하지만 엄마도 언젠가 밖에 나갈 수밖에 없잖아. 그럼 그때는 어떡해?"

"저녁에 나리가 돌아오시면 엄마가 상의해 볼게. 너도 오늘은 밖에 나가지 말아라."

하커의 인품을 굳게 믿고 있던 히로코는 아무래도 퍼쿵이 듣고 온 말을 믿을 수 없었다.

"알았어."

　모자는 문을 굳게 걸어 잠근 뒤 두려움에 떨며 시간을 보냈다. 평소에는 그렇게도 빨리 지나가던 시간이 왜 그리도 느린지 알 수 없었다. 불안하여 일도 손에 잡히지 않았다.

　어느덧 해가 서산에 걸리고 주변이 어두워지기 시작했다. 이제 몇 시간만 더 기다리면 주인이 돌아올 것이다.

　"엄마, 불 안 켜?"

　"아, 깜박했네."

　히로코는 등잔에 불을 붙였다. 서너 개의 등잔에 불이 붙자 어둡던 방이 환하게 밝아졌다. 불빛이 어둠과 함께 불안을 몰아간 듯 조금 진정이 되었다.

　"아, 저녁을 지어야 하는데……."

　히로코는 약간 고민이 되었다. 나무를 쌓아놓은 창고는 약 오십 미터쯤 떨어져 있었다. 퍼쿵의 말에 의하면 그들은 나무 창고에 있다고 했다.

　뒤를 돌아보니 낮에 쓰다 남은 나무가 조금 남아 있었다.

　'저걸로는 좀 모자란데… 게다가 고기를 가지러 가려면 밖으로 나가야 한다.'

　창에 붙어서 밖을 내다보았다. 이미 어두워져서 잘 보이지 않았지만 아무도 없는 것 같았다. 현관으로 가 문틈에 귀를 대보았다. 바람 소리 외에는 들리지 않았다.

　'아직까지 기다리고 있지는 않겠지.'

　그녀는 스스로 안심을 시키며 문의 빗장을 열었다.

　그녀가 막 밖으로 나가려는 순간 몇 개의 손이 우악스럽게 그녀의 입을 막으며 밀고 들어왔다.

“꺄악!”

그러나 그 뒤 그녀는 한마디도 내뱉지 못했다. 대신 그녀의 입에서는 바람이 빠지는 듯한 숨소리만 겨우 나왔다.

“욱.”

누군가 그녀의 배에 주먹을 질러넣었기 때문이었다.

“엄마!”

달려들던 퍼쿵도 발길질 한 방에 방구석으로 날아가 처박혔다. 그리고 정신을 잃었는지 아무 소리도 나지 않았다.

뒤이어 들려오는 거친 목소리였다.

“입 다물고 시키는 대로 해. 안 그러면 너와 네 아들은 다 죽는다.”

모로 누운 채 새우처럼 웅크리고 있는 히로코의 치마는 벌써 들추어지고 있는 중이었다.

치마를 끌어내리느라 안간힘을 쓰는 히로코의 주위를 예닐곱 명의 그림자가 에워싸고 있었다.

“요년 봐라? 노예 주제에 반항을 해?”

“하커가 아주 잘 대해준 모양이지? 자존심이 남아 있는 걸 보니. 낄낄낄.”

“야, 놔둬 봐. 재미있는데? 고기도 살아 있는 고기가 맛있잖아?”

“비켜. 그까짓 옷 찢어버리면 그만이지. 시간없어. 하커가 돌아온단 말야.”

다른 소년들을 헤치고 달려든 것은 터치였다. 터치는 다짜고짜 히로코의 옷을 찢어내기 시작했다.

히로코는 옷을 찢으며 달려드는 소년을 필사적으로 밀어냈다. 여자의 저항이 의외로 완강하자 터치는 다시 주먹으로 그녀의 복부를 내려쳤다. 그리고 여자는 축 늘어져 버렸다.

"헤헤, 네 까짓 게 반항해 봐야 소용없단 말이다. 한 방이면 끝나는 것이."

축 늘어졌던 그녀가 다시 꿈틀거리며 벗겨지는 제 옷자락을 잡았다. 그러자 타치가 그녀의 귀에 대고 말했다.

"다시 말하는데 말을 안 들으면 너와 네 아들을 죽이겠어. 내게 그런 것은 일도 아니지."

그 말을 끝으로 히로코의 손이 바닥에 떨어졌다. 그녀의 눈에서 눈물이 봇물 터진 듯 쏟아져 나오고 있었다.

히로코는 생각했다.

'그래, 내가 반항해 봤자 소용없지. 어차피 성이 함락될 때 나는 이미 죽은걸. 왜 바보같이 반항을 하고 있었을까……'

어느새 히로코는 알몸이 되어 있었다. 그리고 그녀의 몸에는 소년의 시뻘건 성기가 들어오고 있었다.

그녀의 몸은 움찔움찔 소년들의 움직임에 따라 흔들렸다. 한 명이 일어서면 또 한 명이 올라왔고 다시 또 한 명이 올라왔다.

일곱 명의 소년들이 다 지나가고 나서야 그녀의 몸은 흔들림을 멈추었다.

"기가 막히는군."

"죽여주는데?"

모든 소년이 그녀를 범하고 나서도 그들은 죽은 듯 바닥에 널브러져 있는 히로코의 알몸을 주물럭거리며 낄낄거리고 있었다.

"이런 걸 여태 하커 혼자서 먹었단 말야? 매일매일 말이지?"

"자식, 결혼하지 않는 이유를 알 것 같군."

“남 주긴 아까운 맛이야.”

그제야 겨우 정신이 든 퍼쿵이 히로코를 둘러싸고 낄낄거리는 들개 소년들을 향해 기어가기 시작했다.

“엄마…….”

소년들의 눈이 퍼쿵에게 향했다.

기어가는 퍼쿵의 눈에 소년들이 아직도 제 엄마의 알몸을 더듬고 있는 모습이 보였다.

“어? 저 자식 깨어났네?”

“야, 너도 네 엄마가 벗은 것을 보니 그게 생각나냐?”

“낄낄낄, 한번 해보라고 그래.”

“그래, 재밌겠다.”

몇 명의 소년이 퍼쿵을 끌고 가더니 퍼쿵의 얼굴을 쓰러져 있는 여인의 가랑이 사이에다 쑤셔 넣고 눌러댔다.

낄낄거리는 그들에게 터치가 말했다.

“그만 가자. 하커가 올 시간이 됐어.”

“그래. 문제 일으켜서 좋을 건 없지.”

문을 나서던 터치가 돌아서더니 히로코에게 말했다.

“명심해라. 오늘 있었던 일 하커에게 말하지 말아라. 말하면 너희는 둘 다 쥐도 새도 모르게 죽는다.”

히로코는 꿈결처럼 그 소리를 들었다. 이미 정신이 반쯤 나가 있었다. 다만 퍼쿵의 눈이 활활 타오르고 있었다.

증오로 타오르는 눈으로 그들을 노려보는 퍼쿵은 이미 이 년 전의 퍼쿵이 아니었다. 이제 퍼쿵은 방금 전 그들이 엄마에게 한 행동이 무엇인지 알고 있었다.

퍼쿵의 눈에는 살기가 잔뜩 서려 있었다.

멈칫하며 그 눈을 바라보던 터치가 잠시 생각하더니 결심한 듯 덧붙였다.

"난 푸치 장군의 아들이다. 이 일이 알려진다고 해도 하커는 날 어쩔 수 없어. 만약 문제 삼는다면 나 대신 하커가 죽게 되겠지. 네 주인이 죽는 것을 원하지 않는다면 비밀을 지키는 게 좋을 거야. 머리가 있다면 무슨 뜻인지 알겠지?"

쾅!

그 말을 끝으로 문이 닫혔다.

퍼쿵은 그제야 엿을 주던 소년의 낯이 익었던 이유를 깨달았다. 그 소년은 푸치 장군을 쏙 빼닮아 있었던 것이다. 하커가 나가기 전에 미리 얘기하지 않았던 것이 뼈저리게 후회가 되었지만 이미 끝난 일이었다.

히로코는 한참의 시간이 지난 후에야 몸을 일으켰다. 그녀의 알몸은 소년들의 침과 정액으로 범벅이 되어 있었다.

"엄마, 괜찮아? 엄마!"

히로코는 아들을 부둥켜안고 소리없이 오열하기 시작했다. 그렇게 한참을 울고 난 뒤에야 그녀의 입이 열렸다.

"퍼쿵, 방금 있었던 일 아무에게도 얘기하면 안 된다. 절대로!"

"하지만 나리가 반드시 복수해 주실 거야. 하커 나리는 왕이 될지도 모르잖아?"

"아니야, 얘기하면 안 돼. 만약 그분이 알게 되더라도 누가 그랬는지는 비밀이야. 내 말 알겠니?"

퍼쿵은 대답하지 않았다. 왜 말하면 안 되는지 이해할 수 없었다. 하커는 부하도 많고 힘도 센 장군인데. 나중에 왕이 될지도 모르는데…….

퍼쿵이 수긍하지 않자 히로코가 다시 말했다.

"푸치 장군과 싸운다면 하커 장군은 죽게 된단다. 그분이 죽으면 우리도 죽어. 그러니 그분이 죽는 걸 원치 않는다면 절대로 누가 그랬는지 말하면 안 되는 거야. 엄마 말 알겠어?"

퍼쿵은 고개를 끄덕였다. 이해할 수는 없었지만 엄마의 눈이 너무 진지하고 무서워서 그 말대로 하기로 한 것이다.

히로코는 그제야 천천히 일어나 밖으로 나가더니 물을 길어 몸을 씻었다. 구석구석 아주 정성 들여서. 그리고 퍼쿵의 얼굴에 난 얼룩 자국도 닦아주었다. 그리고 옷을 갈아입은 후에는 그녀의 동작이 매우 빨라졌다.

바닥에 널브러져 있는 찢어진 옷들과 흙을 치우고 정액을 닦아냈다. 퍼쿵도 엄마의 지시대로 서둘러 장작을 피우고 청소를 돕고 요리를 했다. 마치 아무 일도 없었다는 듯이…….

몇 시간이 지나자 부관들과 함께 하커가 돌아왔다. 히로코와 퍼쿵은 서둘러 그들의 식탁을 차렸다. 두 사람 다 고개를 푹 숙이고 바삐 움직였다. 눈을 마주치지 않기 위해서였다.

잠시 퍼쿵 모자의 달라진 행동을 주시하던 하커는 곧 부관들과 식탁에 앉아서 식사를 시작했다. 그들은 왕궁에서 있었던 일과 회의에 대해서 토론을 했다. 진지한 대화가 오고 갔고, 밤이 깊어지자 부관들은 모두 돌아갔다.

하커는 멀찌감치 떨어져 있는 의자에서 묵묵히 앉아 있는 모자를 바라보았다. 그 역시 말이 없었다. 그는 가만히 일어나더니 집 안을 여기 저기 걸어다녔다. 문을 만져 보고 바닥을 살펴보고 쓰레기통까지 살펴 보는 것이었다.

퍼쿵과 히로코는 조심스럽게 가슴을 졸이며 그의 행동을 엿보고 있 었다. 그리고 마침내 그가 걸어왔다.

"뭐 필요하신 거라도……?"

히로코가 허둥지둥 일어나며 물었다. 여전히 고개를 숙인 채로.

하커는 가만히 고개를 젓더니 그녀의 두 손을 잡았다.

그는 그대로 손을 잡은 채 한참 동안 히로코의 얼굴과 몸을 이리저 리 들여다보았다. 코를 쿵쿵거리며 냄새도 맡아보았다. 히로코의 고개 는 점점 더 수그러들었다.

"무슨 하실 말씀이라도 있으세요?"

히로코의 목소리는 다 죽어 들어가고 있었다. 하커는 고개를 젓더니 그녀의 손을 놓고 퍼쿵을 안아 들었다. 금세 퍼쿵은 높이 들어 올려져 하커의 얼굴 바로 앞에 퍼쿵의 얼굴이 놓였다.

퍼쿵은 갈등하고 있었다. 엄마가 아무 말도 하지 말랬는데 막상 하 커와 눈을 마주치고 있으니 아까 있었던 일을 모조리 쏟아 붓고 싶었 다. 그러나 옆에서 불안한 얼굴로 바라보는 엄마의 시선을 느끼고 맘 을 다잡았다. 눈물이 나려는 것을 억지로 참고 있었다.

잠시 후 하커가 퍼쿵을 내려놓더니 미소를 지으며 말했다.

"퍼쿵. 오늘은 너 혼자 자거라. 나는 네 엄마와 할 얘기가 좀 있단 다."

"예."

퍼쿵은 대답을 하고 방으로 갔다. 하커가 하는 말에는 절대 복종이었다. 바로 엄마와 퍼쿵의 굳은 약속이었다.

　…….

　그날 이후로 퍼쿵은 혼자 자게 되었다. 그리고 다음날부터 하커 장군의 집에는 항상 여러 명의 병사들이 경비를 섰다. 왕궁이나 푸치 장군의 집처럼 말이다.

　…….

　그리고 정확히 일주일 뒤 엄마는 귀화를 했고 다시 일주일 뒤 하커 장군과 정식으로 결혼식을 올렸다.

제8장 전운

어둠 속에 앉은 세 사람은 거의 움직이지 않았다. 그리고 마치 한겨울의 바람 소리처럼 낮은 퍼쿵의 목소리가 그들 주위를 둘러싸고 계속해서 이어지고 있었다.

"그 뒤로 저는 그 사람의 양자가 되었습니다. 왕인 커우와 푸치 장군의 반대가 심했지만 하커 장군은 꿈쩍도 하지 않았죠. 물론 누구도 함부로 저와 어머니를 건드리지 못하게 되었고요."

샤링이 말했다.

"짐작은 했었다만 퍼쿵 너는 역시 우리 부족이었구나."

"예, 저는 이 부족 출신이에요. 이십 년 전 전쟁도 같이 겪었고요. 그때 빠져나가지 못한 사람들 중 한 명이죠."

카르티가 퍼쿵의 표정을 살피며 물었다.

"그럼 이곳에 네 친척이 있을지도 모르겠는걸? 왜 여태 그들을 찾아

보지 않았니?"

"제 가족은 이미 다 죽었어요. 어머니도 이미 돌아가셨고 할머니는 늙었다는 이유로 잡혔던 그날 살해당했죠. 그리고 함께 잡힌 고모들이 있었는데 아마 지금쯤은 죽었을 거예요. 하커를 따라간 이후로 한 번도 보지도 듣지도 못했으니까요."

카르티가 또 말했다.

"하지만 아버지는 살아 계실지도 몰라."

"제 아버지는 하커입니다. 전 그렇게 생각해요. 그분은 들개족이지만 인간보다 더 인간적으로 우리 모자를 보살펴 주었어요. 그리고 모든 인간 포로들을 불쌍히 여기고 학대하지 않았어요. 남몰래 먹을 것을 나누어 주기도 했지요. 인간족과의 전쟁도 원하지 않았고요. 결국 그 때문에 죽임을 당했지만……."

"내가 한번 수소문해 보마. 네 어머니의 이름이 '히로코' 라고 했지? 네 친아버지가 살아 있다면 찾을 수 있을 거야."

그러자 퍼쿵이 고개를 저었다.

"아니, 그러실 필요 없습니다. 만약 만나게 되더라도 마음만 아플 겁니다. 그분에게 할머니와 어머니, 고모들이 당한 얘기를 전하고 싶지 않아요. 차라리 이십 년 전 그날 모두 죽었다고 생각하는 것이 더 나을 것 같군요. 게다가 이미 새 가정을 가지고 있을지도 모르니까요."

샤링이 말했다.

"전쟁에 패해 그곳을 떠난 후 결혼 제도는 없어졌단다. 이제 이곳에 가정이란 건 없어. 여기는 자유혼 제도니까."

"그래도 싫습니다. 유코와 보보의 가족이나 한번 찾아봐 주십시오."

퍼쿵이 친아버지를 찾지 않는 것에는 또 하나의 이유가 있었다. 바로 제 동생인 피코 때문이었다.

퍼쿵이 맘속으로 되뇌었다.

'그래요. 피코는 내 친동생입니다. 하지만 내 친부가 있다면 받아들이기 힘들겠지요.'

바로 그때였다. 누군가 현관문을 요란하게 두드리며 소리치고 있었다.

쾅쾅쾅쾅! 쾅쾅쾅!

"카르티 장군님, 장군님 안에 계십니까? 급보입니다!"

세 사람은 깜짝 놀라며 현관을 바라보았다. 카르티는 급히 일어나 현관을 열었다.

밖에는 두 명의 병사가 숨을 헐떡이며 서 있었다.

"무슨 일이냐?"

병사들은 숨을 고르며 말했다.

"급히 서쪽 성문으로 오시라는 쿠르 장군의 명령입니다. 적으로 보이는 자들이 나타났습니다."

그 말에 카르티가 몸을 경직시켰다.

"뭐야?"

그는 곧 탁자로 돌아와 풀어놓았던 갑옷을 걸치고 검과 투구를 들었다.

"아버지, 전 가봐야겠습니다. 퍼쿵, 나머지 이야기는 나중에 하자."

"그래, 형. 몸조심해."

"그럼……."

카르티는 병사들과 함께 달려갔다. 어둠 속으로 사라지는 아들을 바라보던 샤링이 가만히 문을 닫았다.

"휴~ 올 것이 온 모양이구만."

“들개족이 쳐들어온 것일까요?”

“글쎄, 알 수 없지. 어디 우리의 적이 들개족뿐이어야 말이지.”

“그럼 그동안 다른 적들과도 싸운 적이 있습니까?”

“자네는 잘 모르겠지만 한 달 전 커우의 들개족과 만난 것은 꼭 이십 년 만이었어. 그때 패한 이후 우리 부족은 남아 있는 사람들을 이끌고 강을 따라 이동했지. 뭐, 이동이라기보다는 정신없이 도망쳐 온 거지만.”

“얘기는 들었습니다.”

“그래, 자네도 기억한다고 했지? 적에게 포위된 성에서 수비대가 여자와 아이들을 데리고 빠져나왔잖아? 그 수비대 중에 나와 카르티도 섞여 있었지. 난 거기서 한 다리를 잃었네.”

샤링이 자신의 의족을 들어 보여주었다.

“나중에 살아남은 사람을 합쳐 보니 남자가 이백여 명에 여자와 아이들이 사백여 명쯤 되더군. 나머진 다 죽었거나 포로가 되었겠지.”

잠시 말을 멈춘 샤링이 두 사람의 잔에 차를 따랐다. 밖에서는 군인들의 발소리가 요란하게 들려왔다. 그리고 그들의 소리가 다시 멀어졌다. 샤링은 밖의 소리에 귀를 기울이다가 말했다.

“아직 심각한 상태는 아닌 모양이군. 대피 명령이 떨어지지 않는 것을 보니…….”

“적이 또 있습니까?”

퍼쿵은 샤링의 말이 길어지자 답답했는지 좀 전의 질문을 되풀이했다.

“그래. 도망오기 시작해서 이곳에 정착해 성을 쌓을 때까지 우리는 이 년 가까이 걸렸네. 무슨 말인지 이해하겠나?”

“글쎄요? 왜 그렇게 오래 걸렸죠?”

퍼쿵은 잘 이해가 가지 않았다. 커우의 성이 있는 곳에서 지금 이곳까지는 천천히 볼일 다 보며 이동해도 보름이 걸리지 않는 거리였다. 빨리 이동하면 일주일이면 족했다. 그런데 이 년이라니…….

"그 이 년 동안 우리는 수많은 종족들과 만났고 싸우거나 타협하면서 전전하고 다녔단 말이네."

"그럼 그렇게 많은 종족이 이 지역에 있단 말입니까?"

"자네 같은 떠돌이 사냥꾼이 왜 그것을 모르고 있지? 난 그게 더 이해가 가지 않는데?"

퍼쿵은 알 수 없다는 듯이 고개를 갸우뚱하며 잠시 그 이유를 생각해 보았다.

샤링의 말이 이어졌다.

"이 근처에는 수많은 다른 종족이 살고 있어. 그리 크지는 않지만 하여튼 종류는 다양하네. 그들 중에는 순하고 사교적인 것들도 있지만 대부분은 자신의 영역으로 다른 무리가 들어오는 것을 아주 싫어하지. 그래서 우리는 정착하는 데 이 년이 걸렸던 거야. 엄청나게 많이 싸웠지."

퍼쿵은 생각해 보았다. 왜 자신이 다른 종족을 보지 못했는지. 그리고 물었다.

"대부분의 종족은 어떤 지역에 살고 있습니까?"

"그야 물론 물이 가깝고 땅이 기름진 평야를 좋아하지. 때로는 산악을 차지한 종족도 있는데 그런 것들은 대부분 수가 적고 힘이 약해서 우리를 건드리지 않았어. 아무리 도망치는 중이라고 해도 인간족은 대규모인 데다가 제법 군사력도 강했으니까."

퍼쿵은 고개를 끄덕였다. 자신이 왜 다른 종족을 보지 못했는지 알 것만 같았다.

자신은 도망을 나온 이후로 평야나 강가를 다닌 적이 없었던 것이다. 들개족의 추격을 피해 깊은 산속이나 골짜기만 골라가며 거의 밤에만 돌아다녔고 간혹 사람이라고 생각되는 종족을 보게 되면 무조건 숨어버렸었다.

그가 처음 대규모 부족 앞에 모습을 나타낸 것이 바로 이 인간의 부족이었다. 그것도 이 무리가 바로 자신의 동족임을 확인했기 때문이었다.

그 뒤로도 커우의 성이 있는 서쪽 방향으로는 한 번도 가지 않았고 신의 산이 있다는, 그래서 아무도 올라가서는 안 된다고 알려진 동쪽 깊은 산속에 둥지를 튼 채 십 년을 살았으니 평지나 강가에 분포하는 종족들을 만날 수 없었던 것이다.

가끔 다른 종족을 본 적은 있었지만 그것은 많아야 열 명 안팎의 작은 무리들이었을 뿐이지 그들의 마을은 본 적이 없었다.

샤링이 말했다.

"아무래도 머지않아 전투가 벌어질 것 같아. 자네는 아이들을 데리고 곧 여기를 떠나는 것이 좋겠네. 괜히 전쟁에 휘말릴 필요는 없어. 저 아이들에게도 그렇고."

"글쎄요. 그게 좋을 것 같군요. 저 아이들을 위험에 처하게 할 수는 없으니……."

"말이 나온 김에 준비를 하세."

"활은 몰라도 보보라는 아이가 사용할 만한 칼은 구해줄 수 있어. 우리 집에도 여러 개의 검이 있으니까."

"적당한 걸로 하나 주십시오. 활은 대충 저희가 만들어 쓰겠습니다."

퍼쿵은 곧 이곳을 떠나야겠다고 생각했다. 피코나 그밖의 아이들을 전쟁에 휘말리게 할 수는 없었다. 그리고 그것은 자신에게도 끔찍한 일이었다. 어린 시절의 생생한 기억은 아직도 그에게는 아련한 공포로 떠올려지고 있었다.

"제가 떠나도 서운하지 않으시겠어요?"

"무슨 소리야. 이미 자네는 우리 부족이 아니야. 자네가 있다고 해서 전쟁에 도움이 되는 것도 아니지 않나? 그런 생각할 정신 있다면 동생들 먼저 챙기게. 지켜야 할 가족이 있으니 목숨을 걸고 지켜야지."

"예."

퍼쿵은 샤링이 그렇게 얘기해 주는 것이 고마웠다.

그리고 생각했다.

'그래, 만일 전투에 휘말리면 피코는 끝까지 싸우다가 죽겠지. 유코는 전에 동족들이 당한 것처럼 들개족에게……. 그렇게 만들 수는 없어.'

그때였다. 북소리가 들리며 밖이 무척 소란스러워졌다.

둥둥둥둥! 둥둥둥둥!

"모두 대피소로! 어서! 습격이다. 모두 대피소로 들어가!"

병사들이 뛰어다니며 대피 명령을 전하고 있었다. 샤링과 퍼쿵의 눈이 마주쳤다.

샤링이 말했다.

"이미 늦은 것 같군. 적의 공격이 시작된 모양이야. 어서 아이들을 깨우세."

"그러죠."

두 사람은 서둘러 이층으로 뛰어올라 갔다. 어둠 속에서 깊이 잠들어 있는 동생들을 깨우느라 한바탕 소란이 벌어졌다.

가장 먼저 일어난 피코가 물었다.

"무슨 일이야, 퍼쿵?"

"어서 아이들을 챙겨. 적이 습격해 왔어."

“적?”

“어서 대피소로 들어가야 해.”

마을은 암흑 세상이었다. 이미 적의 공격이 시작되었기 때문에 일체의 불을 켜지 못하도록 되어 있었다.

아이들은 술을 먹고 잠이 들었기 때문인지 일어나서도 바로 정신을 못 차리고 허둥댔다.

겨우 모두 챙겨서 집 밖으로 나서니 이미 부녀자들이 대피소로 들어가는 행렬이 길게 늘어서 있었는데 그들의 동작은 무척 절도있고 신속했다. 게다가 한 사람도 말을 하지 않고 있었기 때문에 성안에는 낮은 발자국 소리 외에는 들리지 않았다.

들려오는 소리라고는 멀리 성 바깥 쪽에서 들려오는 고함과 비명 소리, 그리고 병장기가 부딪치는 소리뿐이었다.

얼마나 훈련이 잘 되어 있는지 알 수 있었다. 수많은 전쟁을 겪지 않은 부족이라면 결코 이루어질 수 없는 신속한 대응이었다.

샤링은 퍼쿵과 아이들을 한쪽으로 데려갔다. 그곳에는 대피하는 부녀자들을 인솔하는 병사가 있었는데 샤링이 그에게 뭐라고 설명을 하는 모습이 보였다.

돌아온 샤링이 아주 낮은 목소리로 퍼쿵 일행을 안내했다.

“자, 이쪽에 줄을 서게. 어서.”

“병사에게 뭐라고 하셨습니까?”

“자네들은 다른 부족에서 온 장사꾼들이라고 했네. 그렇지 않으면 자네 같은 장정이 대피소로 들어갈 수는 없으니까.”

그 많은 사람이 모두 사라지는 데는 그리 오랜 시간이 걸리지 않았다. 부족민 모두에게 지정된 자리가 있는 듯 순식간에 제자리를 찾아

들어갔으니까 말이다. 그 모습에 퍼쿵 일행은 무척 감탄하고 있었다.

모든 브녀자가 지하에 있는 대피소로 들어가자 문이 굳게 닫혔다. 퍼쿵 일형이 자리한 곳에는 이미 십여 명의 사람들이 들어와 있었다. 어둠 속이라 잘 분간이 가지는 않았지만 그들의 말투와 냄새로 보아 인간족이 아닌 자들만 따로 모여 있는 것 같았다. 타 종족의 장사꾼들인 모양이었다.

어둠 속에서 치요의 모습이 희미하게 보였다. 마족은 자체적으로 약간의 발광을 하고 있기 때문이었다.

우레를 안고 있는 유코가 퍼쿵에게 물었다.

"무슨 일이에요, 오빠?"

"전쟁이 시작되었나 봐."

"무서워요."

"괜찮을 거야. 너무 걱정 마."

여기저기서 장사꾼들이 푸념하는 소리가 들렸다. 그들은 때를 잘못 택해 이곳에 들어왔다고 투덜거리고 있었다.

밖에서 무슨 일이 일어나는지는 잘 알 수 없었다. 가끔 땅을 진동하는 소리가 들려왔고 비명 소리도 들려오고 있었다.

보보가 물었다.

"형, 어제 말했던 들개족이란 종족이 쳐들어온 거예요?"

"아직 잘 모르겠다. 느닷없이 시작되었으니까."

치요와 피코는 아무 말도 없이 잠자코 있었다. 그렇게 불안한 시간이 지나갔다. 투덜대던 사람들 중에는 잠이 든 사람도 있었다. 얼마의 시간이 지났는지 모르는 가운데 대피소의 문이 열리는 소리가 났다. 날이 새려는지 열린 문으로 푸른 빛이 새어 들어오고 있었다.

그리고 누군가 급히 달려오더니 퍼쿵을 찾는 소리가 들렸다.

"이중에 퍼쿵이라는 사람이 있소?"

"접니다. 왜 그러시죠?"

말을 거는 자는 병사였다.

"카르티 장군께서 잠시 보자고 하십니다. 함께 가주셔야 되겠소."

"그러지요."

퍼쿵이 따라나서려고 하자 피코가 말했다.

"쿵, 우리도 함께 가자. 이런 난리통에 헤어지면 다신 못 만날지도 모르는데."

"글쎄, 밖은 위험할 텐데."

"우리도 내 한 몸은 다 지킬 수 있어. 죽어도 함께 죽어야지."

피코가 고집을 부렸다. 상황이 상황인지라 퍼쿵과 헤어지게 될까 봐 염려가 되는 모양이었다.

치요도 가세하고 나섰다.

"그래, 퍼쿵. 여차하면 내가 진을 만들 테니까 위험하진 않을 거야."

치요의 말에는 일리가 있었다. 오히려 그 편이 더 안전할지도 모르겠다는 생각도 들었다.

"내 일행과 함께 가도 되겠소?"

"일단은 전투가 중단된 상황이니 당장 위험하진 않소. 마음대로 하시오."

퍼쿵과 그 일행은 대피소 밖으로 병사를 따라 나갔다. 그는 나가면서 일행들, 특히 유코에게 주의를 주었다.

"피코와 치요는 이미 알고 있겠지만 유코와 보보는 내 말을 잘 들어라. 마법을 사용한다는 것을 절대로 말하면 안 된다. 지금 이 마을은 무척 곤경에 처해 있는 데다 신경이 곤두서 있으니까. 만일 마법사가 있다는 것을 알게 되면 무슨 일을 당할지 몰라. 전쟁에 투입해서 선두에 서게 할 거야."

유코는 겁을 잔뜩 먹은 채 퍼쿵의 입만 바라보고 있었다.

"난 너희들을 이 전쟁에 휘말리게 하고 싶지 않아. 잘못하면 죽을 수도 있으니까. 내 말 무슨 뜻인지 알겠지?"

평소 겁이 많던 보보는 왠지 침착한 상태를 유지하고 있었다. 보보가 차분한 목소리로 대답했다.

"알겠어요. 걱정 마세요."

보보는 걸으면서 주위를 둘러보았다. 이곳에 아이들의 가족이 있을지도 모른다던 퍼쿵의 생각과는 달리 마을은 전혀 낯이 익지 않았다. 그러나 전쟁을 맞아 잔뜩 긴장된 분위기만은 어쩐지 익숙하게 느껴지고 있었다.

성벽에는 간밤의 싸움의 흔적이 꽤 있었다. 피를 흘리며 쓰러져 있는 사람들이 많이 있었고 군데군데 시체로 보이는 것도 있었는데 그 처참한 모습이 어디선가 본 듯한 느낌을 주는 것이었다. 지금 보보는 무엇인가 머리 속에 안개처럼 잔뜩 끼어 있는 것 같은 느낌을 받고 있었다. 생각이 날 듯 말 듯한.

보보가 유코를 바라보았다. 그녀의 표정도 역시 매우 복잡해 보였다. 두 사람은 몇 달 전 함께 동굴에서 깨어났고 둘 다 기억을 잃었다. 그러니 아무래도 같은 과거를 가지고 있을 가능성이 많았는데, 아니나 다를까 유코 역시 무서워서 떨고 있기는 했지만 고개를 갸우뚱거리고 있었다.

보보가 유코에게 물었다.

"뭐, 기억나는 거라도 있니? 난 왠지 이 상황이 낯설지 않은 데……."

유코가 돌아보며 말했다.

"나도 그래. 저기 쓰러져 있는 사람들과 부서진 잔해들, 어디선가 본 적이 있는 것 같아."

치요가 두 아이의 대화를 듣더니 물었다.

"어디선가 본 적이 있다고? 그럼 너희는 역시 이곳 출신인가 보다."

그 얘기에 보보와 유코가 고개를 저었다.

"아니, 분위기가 그렇다는 거지 이곳은 난생처음 보는 곳이야. 전혀 낯이 익지 않아."

피코가 말했다.

"그렇다고 해도 기억을 잃었으니 확신할 수는 없잖아?"

보보가 머리를 긁적였다.

"글쎄, 좀 더 살펴보며 기억을 더듬어봐야지."

갑자기 치요가 주위를 살피며 소리쳤다.

"어? 우레 어디 갔지? 유코, 우레 못 봤어?"

"응? 아까 대피소에 있을 때만 해도 같이 있었는데? 언제 사라진 거지?"

"이 녀석이 또……. 하여튼 이놈은 수컷으로 돌아오면 안 돼. 찾기만 하면 다시 암컷으로 만들어놓아야지."

그러자 유코가 소리쳤다.

"아예 잘라 버리자! 아무 데나 휘두르는 그놈의 고추!"

그러자 치요와 퍼쿵과 보보, 그리고 앞서 가던 병사가 놀란 표정으로 각자 제 앞을 가렸고 유코는 제 입을 가렸다.

아이들은 성벽 위에 만들어진 한 막사로 안내되었다. 그곳에는 카르티와 몇 명의 군인들이 더 있었다.

"어서 와, 퍼쿵. 동생들도 함께 왔구나? 여긴 위험한데……."

"괜찮아, 형. 이 아이들은 생각보다 강해."

"그래, 널 부른 것은 다름이 아니라 들개족에 대해서 상의를 좀 해야 할 것 같아서."

"상의? 무슨?"

"모두 나가 있어. 내가 부를 때까지 아무도 들어오지 말 것."

병사들을 모두 내보낸 카르티는 간밤의 상황을 설명해 주었다. 간밤에는 중대 병력의 들개족이 습격해 왔었다고 했다. 그들은 세 겹으로 둘러쳐진 목책과 저지선을 뚫고 성벽까지 육박해 왔고 몇 명의 병사를 산채로 끌고 돌아갔다는 것이다.

"우리의 전력에 대해 알아보기 위해서 벌인 탐색전이었던 것 같아. 그 전투로 우리 병사가 오십여 명이나 전사했고 백여 명이 부상당했어. 반면 들개족은 열네 명밖에 죽지 않았다. 그들의 시체는 우리가 수거해 왔지."

카르티의 설명에 의하면 간밤의 전투에서 인간족의 피해가 극심한 것 같았다.

"지난밤에 습격해 온 것은 커우의 들개족이 확실해. 모두 철제 무기에 갑옷을 입고 있었어. 게다가 그들의 시체에서 또 하나의 문서가 발견되었지."

카르티가 두 장의 문서를 내밀었다.

"이건 한 달 전 전투에서 노획한 문서이고 이것은 어젯밤에 가져온 거다. 한번 읽어봐라.”

“내가 읽어도 되겠어?”

카르티가 대답했다.

“이미 왕의 재가를 얻었다. 이 문서에 뭔가 있는 것 같은데 자세한
것을 아직 모르겠어. 너라면 알 수 있지 않을까?”

퍼쿵이 동생들을 둘러보았다. 의견을 묻는 것이었다. 피코와 치요가
고개를 끄덕였다.

“좋아, 대신 이 아이들과 같이 읽겠어.”

동생들과의 합의가 된 퍼쿵이 탁자 위에 문서를 펼쳤다. 모두의 시
선이 문서로 모아졌다.

한참을 읽어 내려가던 퍼쿵이 낮은 음성으로 말했다.

“이건 터치 장군의 밀지로군.”

피코의 인상도 자못 심각하게 굳어졌다.

카르티가 물었다.

“터치 장군이란 누구지?”

“이 문서로 보아 현재 들개족의 왕은 푸치란 자야. 커우의 장남이지.
터치 장군은 푸치의 세 아들 중 한 사람이고. 아마 서른다섯이나 여섯
살쯤 되었을 거야. 어제 내가 말했던 것 기억나? 내게 엿을 주고 어머
니를 습격했다던……..”

“그래, 기억난다. 그놈이 터치로군.”

“아주 욕심이 많고 포악한 놈이야. 제 밥그릇을 챙기기 위해서라면
제 부모라도 죽일 그런 놈이지.”

터치의 얘기가 나오자 피코의 표정이 심하게 구겨졌다. 그녀의 눈은
증오로 가득 차 있었고 퍼쿵이 그녀의 등을 가볍게 두드리며 진정시키

고 있었다.

카르티가 그 모습을 보고 의아한 듯 물었다.

"피코는 들개족의 마을에서 탈출한 후에 만났다고 하지 않았니? 그런데 마치 그를 아는 것처럼 보이는구나."

피코는 아무 대답도 하지 않았다. 자신의 비밀에 대해서 말하지 말아야 한다는 것을 알고 있기 때문이었다. 그녀를 대신해 대답을 한 것은 퍼쿵이었다.

"나와 만났을 때 피코는 일곱 살이었어. 그리고 나를 뒤쫓던 터치의 군사에게 피코의 부모가 모두 살해당했지. 그러니 피코는 터치에게 원한이 있을 수밖에."

카르티가 고개를 끄덕였다.

"그랬구나……."

퍼쿵의 말에 피코와 치요는 아무 말이 없었다. 치요는 이미 피코의 과거에 대해 대충 알고 있었다. 그러나 그런 얘기를 처음 들은 보보와 유코는 안됐다는 듯이 그녀를 바라보았다.

피코는 주먹을 쥔 채 부르르 떨고 있었다. 보보가 아무도 몰래 그녀의 뒤로 걸어가서 주먹 쥔 손을 잡았다. 그러자 피코의 떨림이 조금 진정이 되는 것 같았다. 잠시 후 그녀의 손이 살며시 펴지더니 보보의 손을 마주 감싸 쥐는 것이 아닌가.

그들의 앞에서는 퍼쿵과 카르티의 얘기가 계속되고 있었다. 그리고 뒤에 서 있는 피코와 보보는 은밀히 서로의 눈을 마주 보았다. 이윽고 피코의 떨림이 완전히 멎었나 싶더니 두 아이의 눈에 살며시 미소가 떠올랐다.

남몰래 미소 짓던 두 아이가 별안간 흠칫 놀라며 잡았던 손을 놓았

다. 언제 돌아갔는지 그들보다 더 뒤에 유코가 서 있었고 그녀가 마주
잡은 채 꼼지락거리던 두 개의 손을 뚫어질 듯이 노려보고 있었던 것
이다.

"이, 이건… 아무 의미도 없어."

"오, 오해하지 마, 유코. 우린 단지……."

피코와 보보가 궁색하게 변명을 늘어놓았다. 그러나 유코의 입가에
서서히 떠오르는 의미있어 보이는 미소를 보자 두 아이는 한숨을 내쉬
며 변명을 포기해 버렸다.

카르티가 퍼쿵에게 정식으로 부탁을 하고 있었다.

"퍼쿵, 네가 어떤 심정일지는 알고 있어. 그러나 우리 인간족은 지금
절체절명의 위기에 빠져 있다. 이십 년 전 그때와 다를 것이 없어. 우
리를 도와주었으면 좋겠다."

"……."

"아버지와도 상의를 했다. 아버지는 너와 네 동생들은 아무 관계가
없으니 그냥 보내줘야 한다고 하셨다. 하지만 너도 이 아이들도 인간
족이다. 비록 지금 우리 부족에 속해 있지는 않지만 도와줘야 할 이유
는 충분하다고 생각해."

퍼쿵은 몹시 당혹해하고 있었다. 동생들을 위험에 빠뜨리고 싶지 않
았던 것이다.

"하지만 내가 무슨 도움이 되겠어?"

"현재로써 우리 부족엔 들개족에 대해서 잘 아는 사람이 없으니까
가장 최근까지 그들을 접했던 네가 좀 도와줬으면 해서. 좀 도와주면
안 되겠냐?"

"잠시만 생각할 시간을 줘. 이 문제는 나 혼자 결정할 수 없어."

"그렇겠지. 나는 잠시 후 돌아오겠다. 충분히 상의해 보고 결정해 줘. 그럼……."

나가던 카르티가 다시 들어오며 말했다.

"참, 깜박 잊었는데 네 아버지로 보이는 사람을 찾았다. 정황으로 봐서 틀림없어. 게다가 덩치도 너만큼 크고 많이 닮았어."

퍼쿵은 고개를 저었다.

"됐다니까. 난 관심없어."

"그래? 알았어."

말을 마친 카르티는 방을 나갔다.

자기들끼리만 남게 되자 퍼쿵이 모두를 돌아보았다.

"어떻게 하면 좋겠냐?"

피코가 물었다.

"퍼쿵은 어떻게 생각하는데?"

"으음… 뭐랄까… 난 도와주지 않는 게 좋을 것 같은데……."

모두가 고민을 하고 있었다.

치요가 입을 열었다.

"나도 그래. 남의 전쟁에 끼어드는 것이 잘하는 짓인지 모르겠어 나는."

피코의 의견은 달랐다.

"난 달라. 인간족은 남의 부족이라고 할 수 없어. 우린 그동안 이들에게 도움을 많이 받았잖아? 게다가 들개족의 터치라는 놈은 아주 나쁜 놈이야. 그놈은 죽여 버려야 해."

그러나 치요는 생각이 깊었다.

"그 문제와 이 문제는 별개라고 생각하는데……. 객관적으로 말해

서 들개족이나 인간족이나 어느 한쪽이 절대적으로 옳고 선한 쪽이라
고 할 수는 없어. 그건 서로의 입장 차이에서 결정나는 거니까.”

“하지만 침략해 온 것은 들개족이야.”

“내가 알기로는 한 달 전 먼저 건드린 것은 인간족이었어. 아까 들
었잖아? 야영하는 들개족 병사들을 습격해 다 죽였다고. 그들이 이곳
을 공격할지 안 할지도 모르는 상황이었잖아.”

보보가 끼어들었다.

“제 생각에는요…….”

모두의 시선이 보보에게 모아졌다.

“저… 두 종족이 서로 전쟁을 그만두고 타협하며 살 수만 있다면 그
게 좋지 않을까요?”

유코가 보보의 머리를 탁탁 때려가며 말했다.

“이 바보 연애쟁이야, 지금 그걸 말이라고 하는 거니? 벌써 싸움이
시작되었잖아?”

피코는 마음이 아팠지만 방금 약점을 잡힌 터라 어쩌지도 못하고 안
타깝게 바라볼 수밖에 없었다. 유코는 벌써 약점을 잡고 늘어지지 않
는가? 바보 연애쟁이라니…….

보보가 황급히 머리를 감싸 쥐고 소리쳤다.

“가만, 내 얘기를 끝까지 들어. 퍼쿵 형, 유코 좀 잡아줘요.”

퍼쿵이 유코에게 말했다.

“유코, 얘기 좀 듣자. 지금 심각한 상황이란 말야.”

“예…….”

퍼쿵의 말에 유코가 비시시 물러나며 대답했다. 토라진 것이 틀림없
어 보였다.

보보가 말을 이었다.

"에헴, 그러니까 내 말은 일단 시작된 싸움은 끝내야겠지요. 여태까지 들은 바로는 인간족은 들개족에게 상대가 되지 않는 것 같더군요. 내 말 맞아요?"

"그래, 들개족은 엄청나게 강하단다. 전쟁에 있어서만큼은……."

"그러니까 일단 이번 전쟁은 인간족의 편을 들어주어서 인간족이 멸망하지 않도록 도와주자는 거예요. 여기서 인간족이 승리를 한다고 하더라도 들개족이 망하는 일은 없을 것 같고요. 그렇다고 인간족이 들개족의 땅으로 정벌하러 갈 힘도 없을 것 같아 보이는군요. 맞아요?"

퍼쿵이 고개를 끄덕였다.

"그러면 두 종족이 다 멸망하지 않을 수 있잖아요?"

피코도 보보의 말에 찬동을 하는 것 같았다.

"그래, 네 말이 맞긴 맞는데……."

"그런데요?"

"전쟁이라는 게 그렇게 단순하지가 않아. 한쪽이 승리한다는 것은 다른 쪽의 멸망으로 직결되기도 하고 또 서로 엄청난 피해를 볼 수밖에 없지."

"그래도 어쩔 수 없잖아요?"

"사람도 많이 죽는단다."

"죽지 않게 할 수도 있지 않아요?"

"글쎄, 그게 가능할까?"

유코가 손을 번쩍 들며 또 끼어들었다.

"저도 한 말씀 할래요."

"뭐냐?"

"그런데요, 다 좋은데 우리가 도와주면 인간족이 이길 수는 있는 거예요? 우리가 그렇게 힘이 센가요?"

치요가 그 말에 대답했다.

"우리에겐 마법이 있잖아."

퍼쿵이 치요의 말을 끊었다.

"안 돼. 일단 마법은 사용하지 말도록 하자. 너희에게 그런 능력이 있다는 것이 남들에게 알려지지 않았으면 좋겠어. 그게 알려지면 앞으로 살기가 피곤해질 거야. 사람들이 너희들을 가만 놔두려 하지 않을 테니까. 게다가 유코의 마법은 자주 사용하면 일찍 죽는다지 않니? 꼭 필요할 때만 남들이 눈치 채지 못하게 사용해야 해."

유코가 감동한 듯 속삭였다.

"어머, 퍼쿵 오빠, 제 걱정을… 너무 고마워요!"

모두들 유코의 말을 못 들은 체했고 이어서 피코가 물었다.

"그럼 어떻게 도와줘?"

퍼쿵은 잠시 생각에 잠겼다.

"일단은 정보를 주어야지. 우린 들개족에 대해서 많은 것을 알고 있으니까. 그리고 나서 생각을 해보자."

모두 퍼쿵의 말에 뭔가 부족함이 있다는 것을 느꼈지만 틀린 말이 아니었기에 그의 말을 따르기로 합의했다.

퍼쿵 일행은 관례적인 절차에 따라 왕을 접견했다.

왕은 침통한, 그러나 위엄이 담긴 음성으로 퍼쿵 일행에게 여러 가지 당부를 했다. 그는 상당히 늙은 모습이었다. 퍼쿵이 어린 시절 몇 번 보았던 들개족의 왕 커우만큼 늙어 보였다.

접견에는 그렇게 오랜 시간이 걸리지 않았고 형식적인만큼 별문제 없이 끝났다. 이미 전쟁에 관여하기에는 너무 늙어 있었던 것이다.

그래서 왕은 빨리 후계자를 선정하고 뒤로 물러나려 했는데 그에게는 자식이 없는지라 신하 중에서 부족을 이끌 후계자를 선출해야 했다.

바로 그 후보 중 하나가 카르티 장군이었다.

일행은 야전 사령부로 돌아왔다. 퍼쿵 일행은 카르티를 위시한 군의 수뇌들과 자리를 하고 작전 회의에 들어갔다. 그 자리에는 총사령관인 벼락 장군 '쿠르' 도 있었다.

모두를 대표해서 카르티가 간단하게 서로를 소개했다. 그는 퍼쿵이 이십 년 전 포로가 되어 십 년간 노예 생활을 하다가 도망 나온 사람이라고만 소개했다. 왜냐하면 다른 자질구레한 얘기를 해봐야 득될 것이 없기 때문이었다. 잘못하면 들개족의 스파이로 몰릴 수도 있었으니 말이다.

"시간이 없어. 지금 해가 지려면 열 시간 정도 남아 있어. 들개족은 주로 야간에 공격을 해오니 그전에 준비를 해야 해."

"필요한 게 뭐야?"

"먼저 들개족이 사용하는 무기가 어떤 종류이고 어느 정도 수준인지 알고 싶어. 그것에 대해 아는 게 있나?"

퍼쿵은 잠시 기억을 더듬어보았다.

"난 들개족의 마을에서 그들의 검술을 익혔어. 내가 쓰는 검술은 들개족의 것이야."

말을 마친 퍼쿵이 등 뒤에 메어 있던 자신의 검을 뽑아 들었다.

붕.

퍼쿵의 키와 거의 같은 길이의 거대한 검이 뽑혀지자 바람을 가르는 소리가 들렸다. 2미터 가까이 되는 그 검은 길이도 길었지만 폭과 두께

도 엄청났다. 검이라고 부르기는 부적당하고 차라리 철퇴라고 불러야
할 크기였다.

막사에 있는 모든 사람들의 입이 딱 벌어졌다.

"이, 이게 검이냐? 누가 이런 것을 휘두르지?"

"이건 내가 오 년 전에 여기 인간족의 대장간에 주문해서 만든 거야.
들개족에게는 이런 날카로운 검은 없어. 그러나 이 정도 큰 철퇴는 많
이 있지."

쿠르가 고개를 끄덕였다.

"그래, 들개족은 덩치도 크고 힘은 그보다 더 셌었지."

"들개족 모두가 이 무게를 휘두를 수 있는 것은 아닙니다. 내가 탈
출하던 열다섯 살 때 이런 정도로 큰 무기를 사용할 수 있는 자는 열
명도 되지 않았으니까요. 대부분 이것의 반 정도 되는 무게의 쇠몽둥
이나 칼을 사용하지요."

쿠르가 다시 물었다.

"그럼 그들의 무기는 모두 철퇴에 가깝겠군."

"활도 있어요. 그들은 활도 강철을 사용해 만듭니다. 그게 훨씬 위
력이 좋으니까요. 인간족이 만든 활보다 사정거리가 두 배는 될 걸요.
물론 인간이라면 제대로 시위를 당기지도 못하겠지만."

카르티는 고민했다.

"그래, 그게 문제야. 어제도 그랬어. 그들이 접근하기도 전에 우리
병사가 엄청난 피해를 봤지. 반 이상은 그들의 화살에 맞아 죽었으니
까. 그들은 우리의 화살에 전혀 피해를 입지 않았어."

퍼쿵이 물었다.

"들개족에게도 전사자가 있다면서?"

“그건 백병전에서 죽인 거야. 그렇지만 우리 병사의 피해에 비할 바가 못 돼. 그러고 보니 어제 우리 사상자들은 거의 베어져 죽은 것이 아니라 으깨어져 있더군. 칼이 아니란 얘기인데……”

쿠르가 나섰다.

“칼이든 아니든 그것은 문제가 안 되네. 그들의 몽둥이나 칼은 모두 철퇴 수준이니까. 몸의 속도도 인간보다 훨씬 빠르고.”

쿠르는 한 달 전의 전투를 떠올렸다. 그의 왼쪽 어깨에는 아직도 붕대가 감겨져 있었다. 그때 얻은 상처가 아물지 않은 탓이었다.

쿠르의 설명에 카르티는 절망적인 표정을 지었다.

“그럼 어쩐단 말입니까? 현실적으로 전력이 상대가 안 되니 그냥 당할 수밖에 없다는 것입니까?”

퍼쿵이 다시 물었다.

“지금 이곳 병력이 얼마나 되지?”

“싸울 수 있는 모든 사람을 동원해도 오백 명 정도……. 물론 여자까지 합해서.”

퍼쿵이 고개를 저었다.

“도저히 방법이 없군. 들개족은 십 년 전에 이미 천 명이 넘는 군대를 가지고 있었어. 지금은 이천 명은 될 거야 아마도. 두 종족의 전력을 단순히 숫자로 비교하면 사 대 일이지만 실제 능력대로라면 사십 대 일은 된다고 봐야 하는데……”

카르티와 군 수뇌들은 모두 말이 없었다. 그들의 표정은 비참할 정도로 구겨져 있었다.

아무도 말을 할 수 없었다. 들개족의 침략을 막아낼 방법이 전혀 없었던 것이다.

그때 옆에서 가만히 듣고 있던 보보가 손을 들었다.

"제가 한마디 해도 될까요?"

오랜 침묵을 깬 작은 소년의 목소리에 모두의 시선이 모아졌다.

"그래, 기탄없이 말해 봐라. 누구든지 상관없다."

쿠르가 허락을 했지만 별로 기대하는 목소리는 아니었다.

"요는 접근전으로는 절대 이길 수 없다는 거잖아요? 그렇다고 원거리에서 활로 승부할 수도 없구요. 그렇죠?"

"그래, 현재로써는……."

보보는 눈을 반짝이며 말을 이었다. 그의 눈에서 뭔가 총기가 보이는 듯했다.

“그럼 활보다 더 멀리 나가는 무기가 있다면 어떻겠어요? 그러면 승산이 있는 거예요?”

모두가 소년의 입만 바라보고 있었다. 한 부관이 말했다.

“꼭 그런 것은 아니지만 일단은 필요해. 하지만 그런 무기가 어디 있어야 말이지.”

퍼쿵의 일행도 보보의 말에 놀란 듯이 바라보고 있었다. 저 아이가 무슨 방법을 낼지…….

“제게 방법이 있어요. 시간과 재료가 좀 드는데 서두르면 밤까지는 준비할 수 있을 거예요. 다 모이세요.”

보보는 즉시 종이와 목탄을 준비시켰다. 그리고 곧 그림을 그려가며 설명을 시작했다.

“자, 재료는 탄력이 좋은 통나무여야 해요. 아주 많이 필요해요. 나무가 많을수록 이것도 더 많이 만들 수 있으니까요. 그리고 사람 머리통만한 돌덩이를 얼마나 구할 수 있느냐도 중요해요. 그게 바로 적을 으깨어즐 포탄이니까요. 그리고…….”

보보의 설명은 빠르게 계속되었고 시간이 지날수록 그의 눈은 빛을 발하기 시작했다. 둘러싼 사람들은 가끔 보보가 사용하는 단어의 뜻을 몰라 되물어야 했다.

“포탄이란 무슨 뜻이지?”

보보가 제 머리를 톡 쳤다.

“아, 그 말뜻을 모른다는 것은 대포가 없다는 얘기군요.”

보보는 카르티에게 말했다.

“설명할 시간이 없으니까 우선 병사들과 기술자들에게 제가 그려준 대로 투석기를 만들게 하세요. 빨리 만들어야 해요. 시험 사격도 해야 하니까. 설명은 싸움에서 이긴 후에 해드릴게요."

카르티와 퍼쿵 일행을 제외한 모든 부관들이 급히 설계도를 들고 달려나갔다.

모든 사람이 나가자 카르티가 퍼쿵에게 넌지시 말했다.

"방금 총사령관이라던 쿠르 장군 봤나?"

"그런데?"

"그가 바로 네 아버지다."

"그럴 리가?"

퍼쿵이 피식 웃어넘겼다. 쿠르라는 자의 덩치가 퍼쿵과 비슷하기는 했고 각진 얼굴이며 짙은 눈썹과 콧날도 어찌 보면 상당히 비슷해 보일 법도 했다.

"저분, 이십 년 전 전쟁에서 어머니와 세 누이, 그리고 처와 다섯 살 난 아들을 성에 두고 왔다더구나. 그래서 오로지 들개족 파멸만이 일생의 소원이 된 사람이야."

퍼쿵은 잠시 말이 없었다. 그리고 진지한 목소리로 말했다.

"형, 분명히 말해 두겠는데 난 친부를 찾을 생각 없어. 만약 형이 저 사람과 날 연결시킨다면 난 이대로 마을을 떠나겠어. 아이들을 전부 데리고."

"아, 알았다. 그만 하지."

"절대로 내 얘기 저 사람에게 하지 마."

퍼쿵은 굳은 얼굴로 못을 박았다.

잠시 후 밖에서는 엄청난 소란이 벌어졌다. 경계를 서는 일부의 병사를 제외한 모든 사람이 동원되었다. 대피소에 있던 사람들도 모두 나와서 일하고 있었다.

척후가 나가고, 경계병이 나가고 그들의 보호 아래 나무들이 급히 베어져 왔다. 그리고 돌덩이를 날라 오고 길이에 맞추어 나무를 자르고 묶고 떠려 박고 한바탕 북새통을 이룬 지 한 시간 만에 첫 번째 투석기가 완성되었다.

뒤이어 작업이 계속되고 있었고, 한곳에서는 보보의 지휘 아래 시험 사격이 실시되었다.

"자, 돌덩이를 올리고 줄을 당기세요. 양쪽에서 똑같이. 가운데 분은 방향을 정확히 잡아주세요!"

"영차, 영차."

이름하여 '보보의 만능 투석기'였다.

하나의 투석기에는 세 개의 줄이 달려 있어서 세 명의 남자가 달라붙어서 줄을 당기도록 제작이 되었다. 또 투석기 앞에서 한 명의 여자 관측수가 방향과 거리를 지시, 조정하도록 했고 줄이 당겨지면 또 한 사람의 남자가 돌덩이를 올린 후 관측수의 지시에 따라 눈금 조정을 하도록 했다. 줄을 당기고 돌을 올리는 남자는 예비군인 중년의 남자로 정했다. 여군과 예비군에게 투석기를 맡긴 이유는 전투 병력을 빼내지 않기 위한 보보의 생각이었다.

시험 사격의 목표는 활로 쏘아 맞출 수 있는 거리보다 세 배쯤 멀리 떨어진 곳에 있는 눈에 잘 띄는 나무였다.

보보는 관측수로 뽑힌 여자 병사들에게 방향 조정을 하는 법을 가르치고 있었다.

"자, 목표물이 저기에 있으니까 저기서부터 일직선을 그어서 저 가운데 줄을 당기는 분까지 완전히 직선이 되도록 해주셔야 해요. 그럼 완전히 당긴 상태로 일발 발사!"

휘우웅!

길게 끄는 바람 소리를 내며 투석기의 긴 장대가 튕겨져 올랐고 그 끝의 국자 모양 용기에 담겨져 있던 머리통만한 돌덩이는 정확히 목표물을 향해 호선을 그으며 날아갔다.

바위는 나무를 넘어가 버렸다.

"와아~"

그 엄청난 사거리를 보고 모두가 환호성을 질렀다. 그러나 보보는 머리를 저었다.

"다시 장전! 맞추지 못하면 소용이 없어요. 아까 끝까지 당겼을 때 목표물을 넘어갔으니까 이번에는 좀 덜 당겨야 해요. 밑에 아저씨, 거기 눈금 보이죠? 거기 끝에서 두 번째에 맞춰요!"

거리 조정수인 여군이 지시한 눈금까지 당겨진 시위를 보고 정지 신호를 보냈다.

"발사!"

두 번째 날아간 돌은 정확히 나무에 맞았고 고목은 크게 흔들리더니 우지직 줄기가 부러지며 쓰러져 버렸다.

"맞았다!"

사람들의 환호성은 대단했다.

모두 놀라서 난리를 부리는 가운데 보보가 소리쳤다.

"지금 좋아할 시간이 어디 있어요? 빨리 더 만들어야 하는데. 어서 서둘러요. 곧 날이 어두워집니다."

그 말에 모두 정신을 차리고 바삐 움직이기 시작했다.

보보는 한 시간 동안이나 시험 사격을 했다. 그리고 매 십 미터 단위로 투석기의 눈금을 정했고 눈금 조정이 완료되자 급히 사령부 막사로

들어왔다.

"정말 대단하다. 어떻게 저런 것을 만들 생각을 했니?"

퍼쿵과 피코, 치요, 유코는 놀라움을 금치 못했다. 그러자 카르티가 말했다.

"좋아하긴 일러. 아직 멀었어. 저것만 가지고는 절대 전쟁에서 이길 수 없어. 결국에는 접근전에서 승부가 나는 거야. 저것만 가지고는 승리의 깃발을 꽂을 수 없지."

보보는 고민에 빠졌다. 그러자 카르티가 걱정스러운 표정으로 말했다.

"게다가 한 가지 걱정이 있는데……."

"뭡니까?"

"들개족들은 우리가 한 번 사용한 무기를 그대로 모방해서 되사용한다는 거야. 그래서 저 무기는 한 번밖에 쓸 수가 없어."

보보가 끄덕이며 말했다.

"그렇다면 절대 보이지 말아야겠군요. 그리고 포로도 있어서는 안 되고요. 결국 포로가 만드는 법을 전하는 거니까요."

보보가 잠시 생각한 후 말했다.

"장군님, 일단 투석기는 완성되는 대로 성벽 아래 안쪽으로 배치하세요. 밖에서 보여서는 안 돼요. 저건 포물선을 그리며 날아가니까 담벼락 밑에 있어도 상관없어요. 각 성문을 중심으로 집중적으로 배치하세요."

카르티가 보보에게 매달렸다.

"좀 더 획기적인 방법이 없을까? 우리가 정작 겁나는 것은 들개족과의 접근전이거든. 투석기는 가까운 거리에서는 전혀 쓸모가 없어."

보보가 한숨을 쉬었다.

"휴~ 알겠어요. 잠시만 생각할 시간을 줘요."

보보가 퍼쿵 일행을 모았다.

"모두 얘기 좀 해요. 이리 모여봐요."

카르티를 제외한 아이들이 머리를 모았다.

"방법이 없는 것은 아닌데 좀 그래요."

"왜?"

"이건 아주 위험한 무기거든요. 내가 보기엔 들개족이나 인간이나 원시적인 무기 외에는 사용을 못하는 것 같아서……."

"뭔데? 뭐가 있는데?"

"폭약이란 건데 이건 정말 대단한 위력을 가지고 있어요. 한 방에 수십 명을 죽일 수도 있거든요. 이런 건물 정도는 그냥 날려 버리지요."

퍼쿵이 고민했다.

"그런 것을 인간족에게 가르쳐 줘도 되겠냐?"

"글쎄요, 다른 목적으로 사용하지 않는다면 괜찮겠지만……."

피코가 말했다.

"어차피 이번 전쟁은 이기고 봐야 하잖아? 여기서 지면 이 성은 모두 전멸당해."

"그렇겠지?"

"그럼."

"그럼 이렇게 하자."

한참을 쑥덕거리던 아이들이 고개를 들었고 궁금한 카르티는 기다렸다는 듯이 눈빛을 던졌다.

"장군님, 한 가지 방법이 있긴 한데 이건 가르쳐 드리기가 좀 곤란해요."

"뭔데? 왜 가르쳐 주기 곤란하다는 거지?"

"너무 위험한 무기거든요."

카르티는 궁금해서 미칠 지경이었다.

"지금 위험이고 뭐고 따질 시간이 없어. 오늘 밤 이 마을 모든 사람이 죽을 수도 있단 말야."

"좋아요. 그럼 가르쳐 드리기 전에 약속을 해주세요."

"뭐지?"

"절대 이 무기를 다른 목적에 쓰지 않겠다고요."

"뭐든지 약속하지."

"카르티 장군님만 약속해서는 안 돼요. 아까 있던 모든 분들을 다 모아주세요."

"좋아."

카르티는 날듯이 밖으로 달려나갔다. 그리고 머지않아 모든 군 수뇌들과 함께 돌아왔다. 그들은 잔뜩 긴장한 얼굴로 보보의 입만 바라보았다.

"지금 제가 하는 말을 잘 들어주시고 약속을 해주시지 않으면 전 방법을 가르쳐 드리지 않겠어요."

"뭐냐? 방법이 있는 거냐?"

"물론이오."

한 중년 장교가 울상을 지으며 말했다. 무척 다급한 표정이었다.

"어서 말을 해봐라. 무슨 약속이든지 다 들어준다. 돈을 원하면 원하는 만큼 주겠다."

“첫째, 이 무기를 적을 죽이는 데 쓰지 않는다는 겁니다.”

모여 있는 군인들이 모두 의아한 표정을 지었다.

“적을 죽이지 않는다니, 그게 무슨 말이야?”

“이 무기는 너무 위력이 강하기 때문에 가까이서 사용하기만 해도 적들은 놀라 도망을 갈 겁니다. 절대로 덤벼들지 못해요.”

“그런 무기가 있단 말이냐?”

“몰라요. 약속을 하지 않으셨으니 난 가르쳐 드리지 않을 거예요.”

그들은 서로의 얼굴을 바라보았다. 완전히 울기 직전의 표정들이었다. 잠시 후 쿠르 장군이 말했다.

“약속하지. 적을 쫓아버릴 수만 있어도 우린 만족하겠다.”

“둘째, 이 무기를 사용하는 방법에 대해서도 철저히 제 지시를 따라야 해요.”

“좋다. 약속하마.”

“이상입니다.”

쿠르가 물었다.

“그것뿐이냐? 우리가 지켜야 할 것이?”

그때였다.

“한 가지 더 있습니다. 반드시 지켜주서야 할 것이.”

모두의 시선이 보보의 뒤로 옮겨졌다. 목소리의 주인공은 퍼쿵이었다.

“뭐지?”

“이 전쟁이 끝나면 보보와 우리는 즉시 마을을 떠날 겁니다. 그때 우리를 잡지 않겠다는 약조를 해주시지요.”

갑자기 나온 무기와 관계없는 말에 모두 의아한 모양이었다. 그러나 쿠르는 분명한 어조로 대답했다.

"물론이지. 왜 우리가 자네와 이 아이를 잡을 거라고 생각했나?"

"글쎄요, 문득 그런 생각이 들어서요."

피쿵은 쿠르의 눈을 뚫어지게 바라보았다.

"이저 세 가지 약속을 다 했으니 방법을 가르쳐 다오."

보보의 얼굴이 좀 밝아졌다.

"좋아요. 실력 좋은 대장장이와 기술자들을 모두 모아주세요. 어서요. 이저 시간이 없어요."

군 수뇌들은 보보의 지시에 잠시도 머뭇거리지 않았다. 한 종족의 최고 권력자들이 떠돌이 소년의 지시에 마치 심복처럼 뛰어다니고 있었다.

그들은 방금 보보가 만든 투석기의 위력을 보았다. 지금 그들의 눈에는 저 어린 소년이 거대한 산처럼 보이고 있었다. 그럴 수밖에 없는 것이 이들은 지금 멸망을 눈앞에 보고 있었고 보보의 기술만이 한 가닥 희망이었던 것이다.

졸지에 피쿵과 나머지 일행은 할 일이 없어져 버렸다. 그저 멍하니 보보의 행동과 말만 바라보고 있을 뿐이었다. 유코마저도 보보의 그러한 변화에 충격을 먹은 듯했다. 오늘 아침까지만 해도 유코는 보보의 뒤통수를 때려가며 깔보곤 하지 않았던가?

그 시간 유코는 속으로 생각하고 있었다.

'저 녀석, 굉장한 놈이었어. 아, 그러고 보니까 조금 멋있는데? 피쿵 오빠보다 나은 것 같아. 피코한테 빼앗기긴 아까운 놈이야.'

한편 피코도 생각에 잠겨 있었다.

'지금 보보의 다른 모습을 보고 있다. 저건 멍청할 정도로 순진하던 보보가 아냐. 머리가 좋은 건 알고 있었지만 저런 카리스마가 숨어 있었다니… 멋진데?

퍼쿵과 치요는 비슷한 생각에 잠겨 있었다.

'보보는 역시 보통 아이가 아니었어. 그의 잃어버린 기억 속에는 뭔가 엄청난 것이 숨어 있는 거야. 만일 그 기억을 찾게 된다면 어쩌면 대단한 사건이 일어날지도 모르겠군.'

곧 대장장이와 기술자들이 모두 모였다. 그들을 모아놓은 보보가 낮은 목소리로 얘기하기 시작했다.

"지금부터 제 말을 잘 듣고 대답해 주십시오. 혹시 대포라고 들어봤습니까?"

"아뇨."

"그럼 폭탄은요?"

"모르겠는데요."

"화약은요?"

"그게 뭐죠?"

"하아……."

보보가 낮게 한숨을 쉬었다. 그리고 다시 물었다.

"그럼 여러분은 철을 녹일 때 무엇을 사용합니까?"

"나무를 때는데요."

"검은 돌을 사용해요."

보보가 머리를 끄덕였다.

"나무와 석탄이라… 좋습니다. 지금부터 제가 말하는 재료 중 구할 수 있는 것을 모두 구해오세요. 많을수록 좋습니다."

보보가 주워섬긴 재료 중에는 그들이 알아듣지 못하는 것이 많았다.

그러나 몇 가지 알려진 것이 있어서 보보는 그것을 구해오라고 지시를 내렸다.

순식간에 그들이 나가고 나자 다시 테이블에 앉은 보보는 목탄을 들고 무엇인가 구상하고 있었다. 그가 카르티에게 성과 주변의 지도를 부탁했고 카르티는 커다란 지도를 가지고 왔다.

지도에는 강물을 중심으로 넓게 펼쳐진 그 지역의 모든 것이 간략하게 표시되어 있었다. 지도의 끝은 서쪽 바다까지 이어져 있었고 그곳에 커우의 들개족 진영이 표시되어 있었다.

보보는 그 지도와 들개족이 작성했다는 지도를 겹쳐서 비교를 해보았다. 두 지도는 약간 다르기는 했지만 거의 일치했다. 보보는 들개족의 지도를 중심으로 그들이 접근해 올 만한 방향을 점찍기 시작했다. 보보는 그것을 침투로라 불렀다.

"장군님, 보세요. 제가 예상하는 그들의 침투로입니다. 들개족은 이곳을 점령하려고 대규모의 병력을 보냈을 겁니다. 그들의 문서에 의하면 터치라는 자는 왕의 재가도 받지 않고 원정을 나선 소대에게 밀지를 보냈더군요. 바로 자신의 왕권 탈취를 위한 교두보를 확보하라는 명령이었습니다. 한 달 전 그 임무를 띠고 출발했던 소대가 이곳에서 전멸했기 때문에 반드시 대규모 병력을 보냈을 거예요."

이제 작전 회의를 하는 것은 인간족 수뇌들과 보보뿐이었다. 다른 아이들은 모두 한구석에 가서 창밖을 보거나 졸고 있었다.

"그런데 어젯밤 몇 사람을 산 채로 잡아갔다고 하셨죠?"

군 수뇌들이 고개를 끄덕였다.

"그랬지. 부상당한 우리 병사들을 끌고 가는 것이 여러 사람에게 목격되었네. 실종자도 꽤 되고."

"바로 그겁니다. 들개족은 아마 그 포로들로부터 이 성안의 군사력
에 대한 정보를 다 알아냈을 겁니다. 병력이 얼마 안 된다는 것부터 무
기에 관한 것과 성의 내부 구조까지. 어쩌면 대피소까지 다 알아냈을
수도 있지요. 대피소에는 어떤 비밀이 있습니까?"

보보의 질문에 카르티와 수뇌들은 잠시 얼굴을 마주 보며 주저하고
있었다.

보보는 대답을 기다리지 않았다.

"내 생각으로는 대피소의 입구는 성 안쪽에 있는 것이 다가 아닐 겁
니다. 아마 성 바깥 쪽에 여러 개의 비밀 출구가 만들어져 있겠지요?"

"헉, 그, 그걸… 어떻게?"

보보의 날카로운 지적에 군 수뇌들은 무척 놀라고 있었다.

"그건 상식입니다. 중세의 성들은 모두 그런 비밀 통로를 가지고 있
었지요."

"중세? 그게 무슨 말이지?"

"그건 저도 모릅니다. 하여튼!"

보보는 입에서 튀어나오는 대로 말하긴 했지만 막상 설명하려니까
중세가 뭔지 잘 기억이 나지 않았다.

"그래서 적은 이제 인간족을 그다지 경계하지 않을 겁니다. 그래서
찍은 저의 예상 침투로인데 한번 보시겠습니까?"

보보가 지도에 찍어놓은 점을 가리켰다.

"이 지도가 정확한 것이라는 가정 하에 생각한 것인데 적이 침투할
수 있는 곳은 바로 초대형 하수구가 있는 이 두 곳과 비밀 출구가 나
있다고 예상되는 이 세 지점입니다. 그야말로 이 성의 허를 찌를 수 있
는 곳이죠. 이제 본격적인 전투가 시작되면 일단의 들개족이 성문으로

직접 공격해 들어올 것입니다. 하지만 그건 눈속임이죠. 그들은 이미 우리의 전력을 다 파악했다고 생각할 테니까요."

쿠르가 지도를 살펴보더니 놀라는 표정을 지었다. 아니, 놀라는 정도가 아니라 경악하고 있었다.

"이, 이런, 비밀 통로의 위치를 정확히 짚었군. 어떻게 이럴 수가……?"

잠시 말을 더듬던 쿠르가 다시 평정을 되찾더니 조용한 음성으로 말했다.

"하지만 그곳이 발각될 일은 염려하지 않아도 된다. 그곳을 알고 있는 사람은 왕과 여기 있는 수뇌들 중 몇 사람뿐이니까. 우리 부족 중 누구도 그 위치를 몰라."

"그렇다면 다행이군요. 그럼 제일 취약한 곳은 하수구로 좁혀지네요."

한 늙은 장교가 말했다.

"하지간 들개족은 전통적으로 정면 대결을 좋아했어. 난 그들과 여러 번 전쟁을 치렀지."

보보는 머리를 저었다.

"이번에는 아닙니다. 포로들이 하수구에 대해서 불었을 테니까요."

그 장교는 보보의 의견에 회의적이었다.

"불지 않았을 수도 있네. 그것을 어떻게 단정 짓나?"

보보가 고개를 끄덕였다.

"좋습니다. 그럼 두 가능성 모두 존중하죠. 그럼 예상 침투로는 제가 찍은 하수구 두 군데와 성문 네 곳, 총 여섯 군데가 됩니다."

결론을 지은 보보가 수뇌들에게 물었다.

“만일 투석기를 사용해 적을 모두 쫓아버리지 못한다면 백병전에서는 승산이 있습니까?”

“별로……. 적이 몇 명이냐에 따라 승산이 있을 수도 있지.”

“그럼 작업이 어떻게 진행되고 있는지 좀 살펴주시고 끝나는 대로 병력을 집결시켜 주십시오.”

회의가 끝나자 군 수뇌부는 각자의 위치로 돌아갔다.

보보는 말이 없었다. 갑자기 보보의 얼굴이 걱정에 싸였다.

시끄럽던 수뇌들이 나가자 퍼쿵 일행이 보보에게 다가왔다. 퍼쿵이 물었다.

“무슨 문제가 있니?”

보보가 대답했다.

“아무리 생각해도 투석기로는 적을 쫓아버릴 수 없어. 최종적으로 승패를 결정짓는 것은 근접전이야. 그런데 그게 상대가 되지 않는다니…….”

치요가 물었다.

“네 힘만으로 되는 것은 아니야. 우리가 도울 일이 있으면 말해 줘.”

보보가 치요에게 속삭였다.

“하지만 퍼쿵 형이 그걸 사용하면 안 된다고 했잖아?”

보보가 말하는 것은 마법이었다.

퍼쿵이 굳은 표정으로 대답했다.

“절대적인 상황이 되면 어쩔 수 없지.”

보보가 물었다.

“적이 어느 지점에 집결해 있는지만 알 수 있어도 투석기로 선제 공격을 한다면 놀라 도망가게 할 수도 있을 텐데…….”

치요가 말했다.

"그거라면 내게 맡겨. 우레와 함께 날아서 살펴보고 올 수 있으니까."

보보는 머리를 저었다.

"그건 너무 위험해. 적은 철궁을 가지고 있어. 너희가 숲 속에 날아다니는 것을 보면 아마 집중적으로 활을 쏠 거야."

퍼쿵도 그 말에 동의했다.

"그래. 들개족의 화살을 얕보면 안 돼. 그건 엄청나게 멀리 날아간다구. 그리고 그들은 밤에 눈이 더 밝아져."

모두의 눈이 유코에게 돌아갔다.

유코가 한숨을 한 번 내쉬더니 말했다.

"좋아, 내가 한번 더 힘을 써주지."

유코는 창밖을 향해서 말했다.

"숲의 정령들아, 좀 도와줘."

그녀가 말을 마치자마자 한차례 미세한 바람이 부는 듯했다. 치요를 제외한 다른 아이들은 아무런 변화를 느낄 수 없었다. 보이지 않았으니 말이다.

유코는 잠시 혼자서 뭐라고 중얼거렸다. 그러더니 지도가 펼쳐진 곳으로 걸어왔다. 거기서도 유코는 계속 중얼거리고 있었다. 아니, 남들이 보기에는 혼자 중얼거리는 것처럼 보였다.

"안녕. 고마워."

유코는 정령들을 보내고 나서 지도의 몇 곳을 찍었다.

"여기 이 부근에 오백 명이 있고 여기와 여기에 각각 이백 명씩 있대. 이제 됐지? 아이~ 나 좀 늙지 않았어? 갑자기 힘이 없어지고 그래."

유코는 벌써 생색을 내고 있었다. 하긴 생명을 깎아먹는 정령술이었
으니 그런 유코를 탓할 수는 없었다.

정령들이 알려준 두 곳은 보보가 예측했던 하수구였다. 그리고 오백
명이 있는 곳은 동쪽 성문이었다.

“고마워. 그리고 이런 부탁해서 미안해.”

“괜찮아. 호호호.”

유코가 보보를 보고 상냥하게 미소 지었다. 여태까지 겁 많고 몸 약
한 보보를 깔보다가 갑자기 뛰어난 재주를 가졌다는 것을 알고 태도가
돌변한 것이었다.

그렇다고 유코가 보보를 좋아한다거나 그런 감정은 전혀 아니었다.
그냥 애가 좀 훌륭해 보이니까 함부로 대하지 못하겠다는 생각을 하게
된 것이다.

보보의 얼굴이 다시 밝아졌다.

“됐어, 내 예상과 맞아떨어졌어. 그들은 두 곳의 하수구를 노리고 있
어. 그리고 나머지는 선발대에 의해서 성문이 열리면 한꺼번에 들어올
셈이야. 이제 그것만 완성하면 돼. 잘 하면 백병전 없이도 적을 물러가
게 할 수 있을 거야.”

거의 확신에 차 있는 보보의 얼굴을 보고 퍼쿵 일행은 궁금해서 견
딜 수가 없었다.

모두가 보보에게 달라붙어 물었다.

“그게 뭐냐? 응?”

“뭘 만든다는 거냐?”

보보가 멀뚱히 바라보며 물었다.

“혹시 화약이나 폭탄에 대해서 알아요?”

모두 얼굴을 마주볼 뿐 대답을 못했다.

"그럼 설명해 주어도 소용없어요. 있다가 보면 알게 돼요."

김 빠지는 설명이었다. 하지만 더 물어볼 수가 없었다. 곧 대장장이와 목수와 기술자들이 들이닥쳤고 보보는 그들과 함께 나가 버렸기 때문이었다.

퍼쿵이 보보의 뒷모습을 보고 중얼거렸다.

"걱정이야. 저렇게 뛰어난 아이라는 걸 알았으니 인간들이 가만히 둘 리가 없는데……."

보보는 그들과 함께 대장간으로 가면서 하늘의 해를 바라보았다. 해는 정오를 한참이나 지나 서쪽으로 기울어가고 있었다. 그가 한 대장장이에게 물었다.

"앞으로 해가 질 때까지 몇 시간이나 걸릴 것 같아요?"

"글쎄요. 서너 시간이 남았을 겁니다."

"서둘러야 되겠군요. 준비하란 것들은 구했습니까?"

"예, 최대한 구해놓았습니다."

"좋습니다. 어서 시작합시다."

대장간 골목에는 그들이 구해온 재료들이 종류별로 한 무더기씩 쌓여 있었다. 노란색, 검은색, 푸른색, 붉은색 등 색이 다른 흙덩어리였다.

보보는 즉시 각 재료를 적당량 따로따로 퍼서 탁자 위에 올려놓았다. 대장장이와 기술자들은 모두 유심히 보보의 행동을 살피고 있었다.

"자, 잘 보세요. 제가 어떤 재료를 얼마나 퍼 왔는지, 그리고 제가 순서대로 섞는 것을 잘 기억하세요."

보보는 약품들을 비율대로 섞어서 한 덩어리를 만들었다. 그리고 그 덩어리를 미리 대장장이를 시켜 준비해 놓은 작은 철 상자에 넣었다. 그리고 다시 자갈을 한 주먹 쥐어서 상자에 넣고는 뚜껑을 굳게 닫았다. 상자에는 작은 구멍이 하나 나 있었다. 보보는 실을 꼬아 만든 굵은 줄에 검은 약품을 기름에 개어 만든 반죽을 촘촘히 묻혔다. 그리고 그 줄을 구멍에 넣었다.

"이건 도화선이라는 겁니다. 자, 불을 붙입니다. 다들 귀를 막아요."

불을 붙인 보보는 그 상자를 멀리 던졌다. 상자는 한참을 날아가다가 땅에 떨어졌다. 대장장이들은 멀거니 그 광경을 바라보고 있었다. 그 표정은 마치.

'저 자식이 왜 저러나……?'

하고 말하고 있는 것 같았다.

꽝!

천둥 같은 소리가 들리며 상자가 박살이 났다. 그리고 주변으로 수많은 파편이 튀어 날아갔다.

멀찌감치 서서 그 모습을 바라보던 대장장이와 기술자들은 모두 펄쩍 뛰며 나자빠졌다. 개중에는 자세히 본다고 가까이 다가가다가 파편에 맞아 피를 흘리며 기절한 사람도 몇 명 있었다.

"뭐야? 뭐였어? 저게 무슨 마술이야? 웬일이래?"

여기저기서 웅성거리며 난리가 났다. 보보가 서둘러 그들을 진정시키며 외쳤다.

"여러분, 지금부터 이 '불붙이는 수류탄'을 만드는 겁니다. 대장장이 아저씨들은 어서 저것과 똑같은 상자를 만들어내시고 다른 분들은 이 약품을 섞어서 조립해 주셔야 합니다. 자갈도 더 가져오시구요. 어서요!"

모두들 바삐 움직이기 시작했다. 병사들과 예비군들도 가세하여 약품을 나르고 자갈을 날라왔다.

이윽고 해가 질 무렵이 되자 모든 준비가 끝이 났다. 보보가 만든 폭탄에는 다른 모양의 것들도 있었다. 그것은 파편이 한쪽 방향으로만 터지도록 만들어진 것이었는데 보보는 그것을 '불붙이는 크레모어' 라고 불렀다.

보보는 완성된 '불붙이는 크레모어' 를 예상 침투로인 두 곳의 하수구 주위와 하수구 안쪽의 지붕에 집중적으로 설치하라 지시했고, 남쪽 성문 앞에도 백여 개의 '불붙이는 크레모어' 를 설치하도록 했다.

그리고 그 주위에는 몇 개의 마른 짚단에 기름을 부어 쌓아놓았다. 물론 멀지 않은 곳의 성벽 위에 불과 불화살을 가진 궁수들이 매복해 있었다. 요컨대 짚단에 불화살을 쏴 불을 붙이면 각각 열 개의 도화선에 불이 붙도록 설치가 되어 있었고 불붙이는 수류탄도 삼백여 개가 완성되어 있었다.

모든 준비가 끝이 났다. 해가 서산으로 넘어가자 저녁노을이 붉게 물든 채 서서히 청색으로 변색되어 가고 있었다.

성 안쪽에는 총 삼십 대의 투석기가 완성되어 있었다. 보보는 각 성문에 두 대씩의 투석기를 설치해 놓았다. 그리고 남쪽 성문 앞에 열 대, 각 하수구 앞에 여섯 대씩의 투석기를 배치했다. 돌덩이 중에는 겉을 짐승의 가죽으로 싸놓은 것이 섞여 있었다. 그리고 기름이 가득 든 가마솥이 투석기마다 하나씩 딸려 있었다.

보보의 지휘가 시작됐다.

"자, 화톳불에 불을 지피십시오."

순식간에 수십 개의 화톳불이 타오르자 성안이 환하게 밝아졌다.

"적이 움직이기 전에 먼저 공격을 개시해야 합니다. 각 투석기는 장전을 하십시오. 장전 방향은 지금 고정된 대로 두시고 거리는 남쪽 성문은 삼백 미터, 양쪽 하수구는 백오십 미터입니다. 첫 발사 이후의 조정은 각 관측수가 맡아서 합니다. 그럼 공격 개시!"

휙, 휘휘휙, 휘휙!

각 투석기마다 바람 소리를 내며 돌덩이를 던져 대기 시작했다. 던져진 돌들은 호각을 그으며 어둠 속으로 사라졌다. 그리고 다시 장전되어 돌들을 던져 냈다. 간혹 가죽으로 싸여진 돌을 던질 때는 기름을 부어 불을 붙인 후 발사했다. 밤하늘에 불덩어리가 날아가는 모습은 마치 거대한 유성을 보는 것 같았다.

적이 보이지 않는 상황에서 공격을 하고 있으니 적들이 맞았는지 어쨌는지 알 수가 없었다. 그러나 보보는 지도를 들고 정확히 측량을 하며 공격을 지시하고 있었다.

머지않아 멀리서 몇 군데가 불길에 싸이는 것이 보였고 간헐적으로 비명 소리가 들려왔다. 보보의 측량이 맞았다는 증거였다. 수백 발의 돌덩이를 쏘아내고는 투석기가 멈추었다. 아직 각 투석기마다 십여 개의 돌덩이들을 남겨놓고 있었다. 들개족이 근접 거리까지 왔을 때 사용하기 위해서 남겨놓으라고 보보가 미리 지시해 놓았던 것이다.

사방이 조용해졌다. 아무도 말을 하지 않았다. 성벽에 배치되어 있는 수많은 병사와 주민들은 숲을 향해 귀 기울이고 있었다. 역시 기대대로 비명과 신음 소리가 바람을 타고 들려왔다. 들개족은 야영지에서 갑자기 날아오는 날벼락들을 맞고 상당한 피해를 본 모양이었다. 여러 명이 고함을 질러대며 사태를 수습하려 애쓰는 모양인지 상당히 오랫동안 소란이 계속되고 있었다.

보보의 입가에 미소가 지어졌다. 그러고 나자 장군들과 장교들도 웃기 시작했고 병사들의 입에서도 함성이 터져 나왔다.

한동안 인간의 성도 소란스러웠다. 소란이 멎자 보보가 카르티에게 말했다.

"장군님, 아직 끝난 것이 아닙니다. 투석기로는 절대로 적을 완전히 쫓아버릴 수 없어요. 아마 놀라기는 했어도 피해는 그리 크지 않을 겁니다. 고비는 오늘 밤이에요."

보보의 말에 장군과 장교들도 고개를 끄덕였다. 그리고 병사들의 소란을 자제시켰다.

보보가 낮은 목소리로 다음 작전을 지시했다.

"혹시 만약의 경우 백병전이 벌어질 수도 있으니 예정대로 각 성문과 예상 침투로에 병사를 매복시켜 주십시오. 그리고 제가 지정한 곳에도 불과 궁수를 매복시키세요. 절대로 소리를 내선 안 됩니다. 적을 완전히 유인한 다음에 터뜨려야 효과를 볼 수 있으니까."

보보가 수뇌들에게 다시 한 번 다짐했다.

"적이 오십 미터 정도 접근했을 때 터뜨려야 합니다. 그래야 최소의 피해로 적을 쫓아버릴 수 있어요. 저와 한 약속을 꼭 지키셔야 합니다."

장교들이 고개를 끄덕였다. 그들은 아직도 불안해하고 있었다. 표정에서 겁이 뚝뚝 떨어지는 것처럼 보였다. 하긴 생전 처음 보는 무기를 가지고 들개족을 몰아낼 수 있다고 확신하는 것은 무리였다.

그러나 그렇다고 달리 기댈 곳도 없는 그들이었으니 울상을 하고서도 보보만 바라볼 수밖에……

"그리고 도망가는 적은 그냥 보내주어야 합니다. 적은 크게 놀라서 절대로 다시 습격할 생각을 못할 테니까요."

"알겠다."

"포로만 내주지 않는다면 폭약의 제조 방법을 알아낼 수는 없을 겁니다. 그러니 백병전을 한다면 오히려 손해예요. 절대로 도주하는 적을 뒤쫓아선 안 된다는 말이지요."

모두 긍정하는 모양이었다. 겁먹은 얼굴들이 위아래로 움직이고 있었다.

병사들은 장교의 지시에 따라 소리없이 움직여 제 위치를 잡아 들어갔다.

그리고 보보의 계략 중 하나인 눈속임 작전 역시 진행이 되었다. 그것은 적이 침투하지 않는 곳에 군사들이 모여 있는 것처럼 일부러 보여주는 작전이었다. 그래야 안심하고 적이 함정으로 걸려든다는 것이었다.

그래서 엉뚱한 성벽에 불이 밝혀졌고 쓸데없이 많은 민간인들이 막대기를 들고 왔다 갔다 하며 은근한 요란을 떨고 있었다.

이윽고 적의 소란이 잠잠해졌다. 어느 정도 대열이 정비된 모양이었다. 다시 침묵이 밤하늘을 덮었다.

한 시간이 지났는지 두 시간이 지났는지 몰랐다. 달의 위치로 봐서 자정은 넘은 것 같았다.

퍼쿵 일행은 쿠르, 카르티와 함께 동쪽 성문 앞의 망루에 앉아 있었다. 거기서는 성문 밖이 훤히 보였다. 그리고 보보가 정해준 위치에는 각 장군들과 병사들이 자리하고 있었다.

슬슬 모든 사람이 기다림에 지쳤을 무렵 한 병사로부터 기별이 왔다.

병사는 낮은 목소리로 적의 출몰을 알렸다.

"지금 양쪽의 하수구에 동시에 적이 나타나 서서히 접근 중입니다. 거리는 약 백 미터 정도입니다."

장교들은 미리 정한 위치로 발소리를 죽여가며 이동했다.

보보가 쿠르와 카르티에게 말했다.

"하수구 양쪽에 각각 이백 명 안쪽이고 정반대 편인 동쪽 성문에 오백 명이 좀 못 될 겁니다. 도화선이 타는 시간이 오 초가량 걸리니까 적의 선두가 오십 미터 거리까지 접근한 다음에 동시에 불을 붙여야 합니다. 나머지는 화살로 쏘아 그 이상 접근하는 적을 막으시고요."

보보의 말이 끝나자 쿠르는 병사에게 그대로 지시를 했다. 잠시 후 전혀 엉뚱한 북쪽과 남쪽에서 소란이 벌어졌다. 쿠르와 카르티는 서둘러 망루에서 내려와 본대로 달려갔다.

"적이다! 적의 습격이다!"

그러나 북쪽, 남쪽 성문에서 난리를 치며 소리를 지르고 있는 병사는 각 열 명뿐이었다. 그들은 화살을 쏘고 돌을 던지며 난리를 부리고 있었지만 아무도 그쪽으로 가지 않았다. 보보가 절대 자리를 이동하지 말라고 신신당부해 놓았기 때문이었다.

쿠르 장군이 걱정이 되는 표정으로 물었다.

"괜찮을까?"

카르티가 말했다.

"저건 단순히 교란 작전입니다. 진짜 적은 양쪽 하수구로 접근해 오고 있습니다. 그리고 제일 많은 적은 동쪽 성문 앞에서 문이 열리길 기다리고 있다고 했고요. 전 보보를 믿습니다."

카르티의 목소리는 확신에 차 있었다.

역시 남쪽과 북쪽의 적은 단지 열 명의 병사를 뚫지 못하고 있었다. 열 명이 악을 써가며 화살을 쏘아대자 그저 저쪽의 들개족도 소리를 유난스럽게 질러대며 마주 화살을 쏘아대고 있을 뿐 더 이상 접근을 하지 않았다. 그것은 이쪽의 주의를 끌려는 것 이상 아무것도 아님을 증명해 주고 있었다.

속이려는 들개족 몇 명과 속는 척하는 인간족 몇 명이 서로 연극을 하는 모습은 진짜 우습기 그지없었다. 완전히 광대들이 춤추고 노는 것 같아 보였다.

한편 두 곳의 하수구에서는 매복한 인간족들이 접근하는 들개족들을 살피고 있었다.

"…칠십 미터… 육십… 오십……."

거기까지 지켜보던 장교가 좌측에 있는 장군을 바라보았다. 보보가 오십 미터에서 불화살을 날리라고 했던 것이다. 그러나 장군은 말이 없었다. 오히려 그 장교에게 더 접근하게 두라고 신호를 했다. 장교는 의아했으나 시키는 대로 했다.

"사십… 삼십… 이십… 십……."

"발사!"

장교가 십 미터를 세려던 순간 장군은 발사 명령을 내렸다.

동시에 몇 발의 불화살이 공기를 가르며 내리꽂혔고 양쪽 하수구에 쌓아놓은 기름에 절은 짚단에서 불기둥이 솟아올랐다. 몇 개의 커다란 불기둥에 주변이 대낮같이 환해지자 그 앞에 몸을 웅크리고 걸어오던 수백 명의 들개족 병사들의 모습이 확연히 드러났다. 그들은 불의의 상황에 몹시 당황하여 허둥대고 있었다. 이미 도화선이 타 들어가고 있었지만 들개족이 그 사실을 알 리 없었다. 아니, 폭탄, 일명 '불붙이는 크레모어'에 대해서 알 리가 만무했다.

"돌격!"

들개 장교의 외침과 함께 일단의 들개족 병사가 철퇴와 투박한 검을 치켜들고 하수구 안으로 물밀듯이 뛰어들어 왔다. 그러나 그뿐이었다. 도화선이 다 타 들어갔을 시간이 된 것이었다.

쾅, 꽈광, 콰콰콰앙!

백여 개의 크레모어가 한꺼번에 터졌고 각 크레모어에서 수십, 수백 개의 쇳조각과 자갈이 모여 만여 개의 파편이 되어 폭풍과 불덩어리에 섞여 들개족 병사들의 몸을 뚫고 들어가 박혔다.

"크아아아악~"

엄청난 폭음이 천지를 진동시키더니 이어서 처참한 비명 소리가 온 산을 울렸다.

밖에서 폭탄을 맞은 들개족 병사들은 온몸에 난 수십 개의 구멍으로 피를 철철 흘리고 있었으나 그래도 나은 편이었다.

하수구 안으로 돌격해 들어가던 병사들은 숫제 피도 잘 나오지 않던 것이다. 좁은 공간에서 쏟아져 내린 불에 온몸이 다 익어버렸기 때문이다. 퉁퉁 부어 익어버린 고깃덩이가 온몸에 구멍이 숭숭 뚫린 채 나뒹굴고 있는 형상이었다. 게다가 하수구 옆에 잔뜩 쌓아놓은 기름 뿌린 짚단이 활활 타오르며 아직 덜 익은 부위를 노릇노릇 잘 익혀주고 있었다.

서쪽 강가에 나 있는 두 곳의 하수구에서도 같은 일이 벌어지고 있었다. 아직 죽지 않은 채 몸부림치는 들개족의 몸 위로는 화살이 빗발쳐 날아가 박혔다. 한동안 화살의 비가 내리고 나자 움직이는 자는 하나도 없었다.

한편 동쪽 망루 위에 서서 그 소리를 듣고 있는 보보와 퍼쿵은 상황을 전혀 알 수 없었다.

보보는 제 작전이 그대로 진행되고 있다고 생각했다.

"두 하수구에서 폭탄이 터졌어. 예정대로라면 그들은 혼비백산해서 도망갔을 거야. 폭탄이라는 것을 처음 보았을 테니까. 이제 저 앞의 적만 쫓아버리면 된다."

보보는 바로 앞의 성문을 바라보았다.

"어? 저 사람들 뭐 하는 거야 지금? 이건 계획에 없던 일인데?"

보보는 놀랐다. 난데없이 수백 명의 인간족 병사들이 성문 쪽으로 달려오더니 고함과 비명을 지르며 서로 창칼을 부딪쳐 대는 것이었다. 같은 옷을 입은 동족끼리 소리를 질러대며 솥뚜껑이며 창이며 칼을 두드려 대니 모르는 사람이 보면 집단으로 미친 것처럼 보였다.

그러나 이것은 쿠르 장군이 계획한 트릭이었다. 마치 하수구로 침투한 들개족과 인간족의 병사들이 성문 앞에서 싸우고 있는 듯이 보이기 위해서였다. 물론 보보와의 약속을 어긴 것이었고.

같은 시각 성문 앞 광장으로 모든 투석기와 돌덩이가 옮겨져 오고 있는 중이었다.

망루에서 이를 바라보던 보보가 당황하며 외쳤다.

"이상한데? 지금 뭐 하고 있는 거야? 어째서 아직 폭탄을 터뜨리지 않는 거지? 더 가까이 오면 들개족 병사들이 다 죽을 텐데?"

퍼쿵은 아무 말도 하지 않고 그런 병사들의 행동을 주시하고 있었다. 마치 그렇게 될 줄 미리 알고 있었다는 표정이다.

계속해서 성벽 위에는 활을 든 궁수들이 새까맣게 몰려와 몸을 숨기고 있었고 수많은 병사와 예비군들이 보보의 '불붙이는 수류탄'을 들고 성벽에 달라붙었다.

급히 보보가 병사들을 향해 고함을 지르려 했지만 재빠른 피코에게 입이 막혀 아무 소리도 내지 못했다.

잠시 후 성문을 두드려 대던 병사들이 문을 조금씩 열기 시작했고 들개족 병사들이 빠른 걸음으로 성문 앞으로 다가왔다. 곧 이어 성문 위에 숨어서 그것을 바라보던 한 장교가 신호를 보냈다.

"오십 미터… 사십 미터… 삼십 미터… 이십 미터… 발사!"

발사 신호와 동시에 열리던 성문이 육중한 소리를 내며 도로 닫혔다. 그리고 동시에 하늘에서 수백 개의 불덩이가 날아갔다. 곳곳에 쌓아놓았던 짚단에서 거대한 불기둥이 솟아올랐고 오백여 명의 들개족이 광장 앞에 모습을 드러냈다.

"뭐, 뭐냐? 함정이다! 후퇴!"

그러나 그들도 너무 늦어 있었다.

이쪽도 역시 도화선이 다 타 들어갔던 것이다.

꽈광, 꽈과과광, 쾌광!

백여 개의 크레모어와 수류탄이 동시 다발적으로 터졌고 화살이 하늘을 덮었다. 게다가 투석기에서 날아간 육중한 돌덩이가 불이 붙은 채 성문 앞으로 쏟아져 내렸다.

비명과 함성이 온 산을 뒤덮었고 그 지옥 같은 광경은 끝없이 이어질 것 같았다.

수백 명의 들개족이 화살과 파편에 맞아 몸부림치며 쓰러져 갔다. 그리고 일부의 들개족은 피를 흘리며 숲으로 기어들어 가고 있었다.

곧 성문이 열렸고 창과 칼을 든 수백 명의 인간족 병사들이 모습을 나타냈는데 그들의 선두에는 벼락 장군인 쿠르와 많은 장교들이 서 있었다.

"한 놈도 살려서 보내지 마라. 모조리 목을 베라!"

쿠르의 외침과 함께 병사들이 함성을 지르며 달려나가더니 쓰러져 몸부림치는 들개족 병사의 목을 주저없이 베어드는 모습이 환한 불빛 아래서 망나니의 모습처럼 보였다. 사방에서 타오르는 불기둥은 그 망나니들의 형상을 마구 흔들어대고 있었다.

망루 위에서 그 모습을 바라보는 보보의 눈이 크게 흔들렸다. 그리고 그의 뒤에서는 퍼쿵과 나머지 아이들이 망연자실 서 있는 보보를 바라보고 있었다.

제10장 배신

성문 밖에서는 피비린내 나는 살육이 계속되고 있었다. 밀물처럼 쏟아져 나간 병사들은 쓰러져 신음하고 있는 적군의 목을 연신 베어 끊어버리고 있었고 그런 도륙은 이미 죽어 있는 시체에게도 여지없이 가해졌다.

보보가 중얼거렸다.

"어떻게 된 거야? 단지 적을 쫓아버린다고 하지 않았어? 지금 저 사람들 뭐 하고 있는 거지? 분명히 약속했는데? 가능한 한 죽이지 않는다고……."

퍼쿵이 말했다.

"저들은 들개족에 대해 뿌리 깊은 원한을 가지고 있어. 그래서 적당히 쫓아버리는 걸로는 분이 풀리지 않는 거야."

보보가 휙 돌아섰다.

“그럼 우리와 한 약속은? 우리에겐 단지 들개족을 쫓아버리기만 한다고 했잖아요? 그래서 우리가 도와주게 된 거구요.”

치요가 조용히 대답했다.

“그때는 그렇게 말할 수밖에 없었겠지. 만약 우리가 도와주지 않았다면 상황은 정반대가 되었을 테니까. 아마 우리는 지금쯤 들개족이 인간들의 목을 베고 있는 상황을 보고 있겠지.”

피코도 눈앞의 상황을 믿을 수 없는 듯했다. 그녀의 표정에서는 아무것도 읽을 수가 없었다. 그저 멍했다.

유코는 아예 눈을 감고 주저앉아 버렸다. 그녀는 귀까지 막고 있었다. 목이 떨어지기 직전까지 질러대고 있는 그들의 끔찍한 비명을 견디지 못하는 탓이었다.

보보가 제 머리를 쥐어뜯었다.

“이럴 수는 없어. 우릴 속이다니……. 인간들이 우릴 속이다니…….”

퍼쿵이 보보를 감싸 안았다.

“진정해. 어쩔 수 없어. 이제 내가 인간과 들개족의 전쟁에 끼어들고 싶어하지 않았던 이유를 알겠니?”

“그럼 형은 이미 이렇게 될 줄 알고 있었어요? 왜 말해 주지 않았어요?”

치요가 대신 대답했다.

“말해 주었지만 너희가 믿지 않았던 거야. 잘 생각해 봐. 너희는 단지 들개족을 쫓아버릴 생각을 가지고 있었으니 네 생각대로 한다면 그게 가능하리라고 믿었겠지. 퍼쿵의 잘못이 아니야. 속인 것은 이 마을 군인들이니까.”

그랬다. 퍼쿵은 분명히 말했었다. 도와주지 않는 편이 좋다고 했던 것이다.

보보가 낮은 목소리로 부르짖었다.

"형, 어서 여기를 떠나요. 이런 곳에 더 있고 싶지 않아요."

"그래, 어서 떠나야겠지. 떠나긴 해야겠는데……."

그러나 퍼쿵의 대답에는 왠지 힘이 없었다. 마치 떠나야겠는데 그게 불가능하다는 듯한 말투였다.

보보가 물었다.

"퍼쿵 형, 왜 그래요? 왜 그런 말을 해요?"

"저들이 우릴 쉽게 보내주지 않을 것 같아서……."

"예? 그게 무슨 소리예요?"

갑자기 창밖을 내다보던 피코가 낮은 목소리로 말했다.

"쉿, 대기는 좀 미루어야겠다. 그들이 오고 있어."

창밖으로 몇 명의 장교가 걸어오는 모습이 보였다. 그들은 곧 사닥다리를 타고 올라올 것이다.

치요가 급히 말했다.

"유코. 바람의 정령을 몰래 소환해서 우리를 좀 찾아줄 수 있겠니?"

유코는 눈물을 닦으며 고개를 끄덕였다.

곧 사다리를 타고 올라오는 작은 흔들림이 있었다. 그리고 문이 열리더니 장교 한 명이 들어왔다. 그는 미소를 지으며 말했다.

"적은 섬멸되었습니다. 모두 수고하셨소. 사령부에서 보보님을 찾으십니다."

퍼쿵이 말했다.

"모두 함께 가지요."

그가 급히 말을 막았다.

"곧 당신들을 포상할 겁니다. 우선은 보보님과 함께 상의할 것이 있으니 보보님만……."

보보가 말했다.

"싫어요. 일행과 같이 가지 않는다면 난 아무 데도 가지 않겠어요."

경직된 표정의 보보를 보고 장교는 뭔가 달라진 분위기에 잠시 의외란 표정을 짓더니 이내 고개를 끄덕였다.

"좋습니다. 그렇게 하십시오. 그럼 어서……."

그들을 따라 사령부로 간 보보 일행은 훨씬 여유가 있어진 인간들의 표정을 읽을 수 있었다. 그들의 표정은 상당히 거만한 원래의 모습으로 돌아와 있었다.

유코가 중얼거렸다.

"정말 표정이 많이 달라졌네. 똥 마려울 때와 싸고 나서의 표정이 다르다더니……."

쿠르가 일어서더니 의자를 권하며 다가왔다.

"정말 고맙네. 덕분에 적을 물리치고 종족의 멸망을 막을 수 있었네."

아이들은 굳은 표정으로 권하는 의자에 둘러앉았다. 사령부에는 쿠르와 카르티를 비롯해 하루 종일 머리를 맞대고 작전을 짜던 수뇌들이 모여 있었다.

쿠르 장군이 말했다.

"이제 위험은 사라졌으니 뭔가 대가를 주고 싶은데 필요한 게 있나?"

퍼쿵이 말했다.

"대가는 필요없습니다. 저희는 그저 지나가던 떠돌이 사냥꾼들이고 시기를 잘못 택해 전쟁에 휘말린 것뿐이니까요. 전쟁이 끝났으니 이제 필요한 물건을 구해서 떠날 생각입니다. 갈 길이 바쁘거든요."

무뚝뚝한 퍼쿵의 대답에 모두 뜨악한 표정이었다. 왜 그가 기분이 상해 있는지 의아한 모양이었다. 그중 한 장교가 나서며 말했다.

"그렇게 급히 가실 필요가 없지요. 며칠 더 머무시면서 우리에게 은혜를 갚을 기회를 주서야 할 게 아닙니까?"

보보가 대뜸 말했다.

"저희들에게 더 필요한 게 있나 보죠?"

그러자 방금 말한 장교가 얼굴이 벌게지며 변명을 했다.

"무슨 말씀을……. 천만에요. 저는 단지……."

그러자 카르티가 일어서더니 자꾸만 얽히는 대화를 끊었다.

"자, 으늘은 퍼쿵 일행이 매우 피곤할 테니 일단 처소로 돌아가서 쉬게 합시다. 고마움은 내일 표시해도 되는 것 아닙니까?"

쿠르 장군이 고개를 끄덕였다.

"그러는 게 좋겠군. 모두들 몹시 피곤해 보이니 내일 아침 일찍 폐하도 접견해야 하고……. 자, 그럼 내일 아침 다시 만나기로 하고 이만 돌아가서 푹 쉬시게."

총사령관의 말에 모두 동의를 했고 퍼쿵 일행은 사령부를 나왔다.

그들이 사라지는 것을 확인한 한 장교가 말했다.

"저들이 떠나게 놔두실 겁니까?"

카르티가 대답했다.

"무슨 말이야? 저들은 우리 부족이 아니다. 가죽을 팔러 온 장사꾼일 뿐이야. 이제 볼일 다 봤으니 떠나는 게 당연한 거 아닌가?"

중년의 한 장군이 나섰다.

"하지만 카르티 장군, 저 소년은 우리에게 꼭 필요한 존재요. 그를 보내면 안 될 듯싶소."

"무슨 말씀을 그리하십니까? 그들이 제 갈 길을 간다는데 무슨 권리로 막습니까? 다시 말씀드리지만 그들은 우리 부족이 아니오!"

"카르티 장군, 당신은 너무 정직하게만 사는군요. 하지만 막말로 저 소년이 아니었으면 오늘 우리는 다 죽었소. 우리 인간족은 이십 년 전보다 더 처참하게 멸망했을 거요. 우리 가족과 여자와 아이들이 모두 그들의 발 아래 깔려 신음하고 있을 거요. 그런데 저 소년을 보내자는 겁니까?"

카르티가 응수했다.

"그래요. 막말로 저 소년 덕분에 우리가 살았는데 이제 그 은혜를 원수로 갚자는 거로군요. 그래서 약속을 어기고 저 소년을 강제로 감금이라도 하시겠다는 겁니까?"

그 장교는 의외로 떳떳한 표정을 지었다.

"방법이 없다면 감금이라도 해야지요. 약속은 바꾸면 되는 거고! 다시 적이 쳐들어오면 그때는 어쩌실 겁니까?"

쿠르는 조용히 부하들의 설전을 듣고 있었다.

카르티가 말했다.

"그건 저들과는 관계없는 일입니다. 당신은 군인이란 자가 저 어린 소년을 의지해 자신의 안전을 도모할 생각만 하면서 부끄럽지 않소?"

"뭐요? 그게 어찌 내 일신의 안위란 말이요? 우리 부족의 사활이 걸린 일이외다!"

다른 장교가 중년 장군을 옹호하고 나섰다.

"그렇고말고요. 저 소년 하나를 희생해서 우리 부족 전체가 살 수 있다면 그건 아무 문제도 되지 않소. 게다가 우리가 저 소년을 잡아다 죽이자는 것도 아니지 않소? 우리에게 협력만 해보시오. 그럼 저 소년은 사냥꾼 따위를 평생 따라다녀도 얻을 수 없는 부귀영화를 누릴 수 있지 않겠소?"

카르티가 빈정댔다.

"저들은 당신들처럼 탐욕스럽지 않소."

그러자 여태껏 보보를 잡아놓자고 주장하던 장교들이 일제히 들고 일어났다.

"뭐요? 뭐라고 하셨소?"

"카르티 장군, 말이면 다인 줄 아시오?"

카르티는 한꺼번에 외치고 있는 그들을 노려보며 꿈쩍도 하지 않았다.

"여태껏 당신들이 누려왔던 부귀영화가 당신들이 일한 몫 이상이란 것은 알고 있는지요?"

카르티는 평소 그들의 사치스런 생활을 못마땅해하고 있었다. 반면 서른다섯 살인 카르티는 아주 검소한 생활을 하고 있었다. 그는 군과 부족을 위해 일할 뿐 별로 재물에는 관심이 없었던 것이다. 그의 그런 점을 쿠르 장군도 높이 평가해 다음 왕위를 이을 재목으로 점찍고 있었다.

그 장교가 말했다.

"우린 저 소년에게 충분한 대가를 지불할 것이오."

카르티가 말했다.

"만일 그가 거절한다면 어떻게 하시겠소?"

"만일 우리에게 협력하지 않는다면 죽일 수밖에……."

그 말에 카르티가 의자를 박차고 일어섰다.

"뭐요? 지금 그걸 말이라고 하는 거요?"

그 장교는 반드시 그렇게 해야 한다는 표정으로 대답했다.

"군사적으로 저렇게 중요한 인물을 다른 종족에게 넘길 순 없지요."

사령부의 장교들은 두 패로 갈려 있었다. 보보를 잡아두자는 대다수의 패들이 시끄럽게 떠들어대고 몇 명 안 되는 카르티의 패들은 굳게 입을 다물고 그들을 노려보고 있었다.

총사령관인 쿠르가 소동을 진정시켰다.

"그만! 모두 자리에 앉게. 이 문제에 관해서는 내일 아침 다시 얘기하기로 하지."

장교들이 다시 목청을 높였다.

"쿠르 장군님, 저들은 오늘 밤에 떠날지도 모릅니다. 내일 아침이면 늦어요."

카르티가 다시 못을 박았다.

"떠나는 건 그들의 자유요."

쿠르가 자리에서 일어나며 말했다.

"그 점에 대해서는 내가 조치를 해놓겠다. 우선은 전투의 뒷정리도 제대로 되어 있지 못해. 어서 각자의 위치로 가! 자네들이 지금 여기 앉아서 떠들 여유가 있다고 생각하나?"

쿠르의 마지막 말에 모든 장교들이 얼굴을 붉히며 서둘러 각각 본대로 돌아갔다. 밖에서는 시체를 치우고 경계를 서고 부서진 잔해를 보수하는 등 난리가 나 있었던 것이다.

"카르티, 잠시 얘기 좀 하세."

급히 나가려는 카르티를 쿠르 장군이 불러 세웠다.

"예, 장군님."

사령부 막사에는 이제 두 사람만 남아 있었다.

창밖을 바라보며 한참 동안 생각에 잠겨 있던 쿠르가 입을 열었다.

"어떻게 생각하나?"

"무엇을 말입니까?"

"보보라는 소년 말이네."

"이미 말씀드렸지 않습니까? 이미 전쟁은 우리의 승리로 끝났고 약속대로 그들을 보내주어야 합니다."

"그래, 그렇게 하는 게 도리겠지. 하나……."

카르티는 미심쩍은 표정으로 쿠르의 뒷모습을 바라보았다.

"설마 장군님도 보보를 잡아두자는 말씀은 아니시겠지요?"

쿠르는 잠시 말이 없었다.

"그건 갈도 안 됩니다. 저들은 자유민입니다. 우리는 저들을 잡아둘 아무런 권리도 없습니다."

쿠르가 천천히 돌아서며 말했다. 그의 눈은 카르티를 정면으로 바라보지 못하고 있었다.

"그건 나도 잘 알고 있어. 하지만 보보의 기술과 지식으로 커우의 들개족을 전멸시킬 수도 있다는 생각이 드는데……. 단지 부족의 방어를 위해서가 아니라 말일세."

카르티는 믿을 수 없다는 듯이 쿠르를 바라보았다.

"장군님, 전 설마 장군님까지 그런 생각을 하실 줄은……."

쿠르는 눈을 내리깐 채 말을 이었다.

"그래, 그게 잘못된 생각이라는 것은 잘 알고 있어. 하지만 지금 같은 기회는 아직껏 없었다. 어쩌면 저 소년은 우리가 영원히 얻을 수 없는 단 한 번의 행운일지도 몰라.”

카르티는 말을 할 수 없었다. 그것은 자신으로서도 인정할 수밖에 없는 사실이기 때문이었다. 그러나 그는 한 번 한 약속이나 신용을 저버리지 못하는 성격이었다.

더구나 퍼쿵은 그의 친형제나 다름없는 사람이었고 그 역시 자신과의 약속을 위해서라면 목숨이라도 내던질 수 있는 사람이란 것을 잘 알고 있었다. 그는 그래서 쿠르에게 퍼쿵의 과거에 대해서 한마디도 언급하지 않았던 것이다.

쿠르의 말이 이어졌다.

“오늘 밤 사이에 생각을 잘 해보게. 난 자네가 설득하면 그들의 뜻을 바꿀 수도 있지 않을까 하는데… 어떤가?”

쿠르가 천천히 눈을 들어 카르티의 눈을 바라보았다. 그의 눈에서 절실함이 엿보이고 있었다.

카르티는 낮은 목소리로 대답했다.

“한번 얘기는 해보겠습니다. 그러나 그들이 원하지 않을 때는 저도 어쩔 수 없습니다. 전 그들을 강제로 잡아놓을 생각이 없으니까요.”

쿠르가 다시 천천히, 그러나 힘이 들어간 음성으로 말했다.

“만일 그게 왕의 명령이어도 말인가?”

카르티는 아연했다.

‘왕의 명령… 이라니? 왕의 명령을 어기면 반역이 된다. 그렇다면 쿠르 장군의 뜻은… 이미?

카르티는 다시 말했다.

“최선을 다해 설득해 보겠습니다. 하지만 확신은 하지 마십시오.”

쿠르가 고개를 돌렸다.

"알겠네. 이만 나가보게."

아직드 성내는 난장판이었다. 병사와 민간인이 모두 뒤섞여 전쟁의 뒷수습을 하느라 분주히 뛰어다니고 있었다.

카르티는 본대로 돌아가자마자 부관에게 나머지 지휘를 지시하고 개인 막사로 돌아왔다. 그리고 생각에 잠겼다.

'설마 정직하고 강직한 쿠르 장군까지 저런 말도 안 되는 생각에 동조할 줄이야……'

곰곰이 생각해 보니 쿠르 장군을 이해할 것도 같았다.

'그래. 너무나 강직한 그가 그런 생각을 하는 것은 어쩌면 당연해. 그가 평생을 간직해 온 단 하나의 소원이 바로 들개족을 멸하는 것이 아니었던가. 그런 그가 다시 얻을 수 없는 기회를 얻었으니 그걸 버리기는 어렵겠지. 하지만 퍼쿵은……'

그는 다시 퍼쿵을 떠올렸다. 그리고 그가 들려주었던 얘기도 떠올렸다. 카르티의 머리 속에서 쿠르 장군의 모습과 퍼쿵의 모습이 겹쳐지며 일치되었다.

'퍼쿵은 쿠르 장군이 이십 년 전 성에 두고 왔다는 아들임에 틀림없어.'

카르티는 쿠르 장군에게 퍼쿵의 얘기를 전혀 하지 않았다. 반면 퍼쿵에게는 이미 쿠르 장군에 대해서 얘기했지만 그는 요지부동이었다. 한사코 제 친부 찾기를 거부했다.

퍼쿵 일행이 이번 전쟁을 도와준 것도 그 얘기를 하지 않는다는 조건과 전쟁이 끝나는 대로 모두 함께 떠나게 해준다는 약속으로 이루어진 것이었다.

‘쿠르 장군에게 퍼쿵의 이야기를 하지 않았던 것은 어쩌면 천만다행일 수도 있다. 만약 퍼쿵이 자기 아들이라는 것을 알면 더욱더 그와 일행을 떠나지 못하게 하려 하겠지. 어떤 핑계를 내세워서라도……’

카르티는 퍼쿵 일행이 묵고 있는 아버지의 식당으로 걸음을 옮겼다.

‘그들은 제 의지대로 떠나야 한다. 그래, 그들의 의지대로……’

밤길을 걸으면서 카르티의 결심이 굳어지고 있었다.

퍼쿵과 아이들은 샤링의 집으로 돌아와 있었다. 일층 식당에 둘러앉아 식사를 하면서 의논을 하는 중이었다.

샤링이 말했다.

“보보 덕분에 우리가 승리를 했어. 정말 고맙다. 보보는 대단한 아이로구나.”

유코가 말했다.

“오다가 먼발치에서 들개족의 시체를 봤는데 아주 무섭게 생겼더라구요. 사람이 아닌 것 같았어요.”

유코와 보보는 들개족을 본 적도 들은 적도 없었다. 물론 치요도 직접 본 것은 처음이었다. 그래서 집으로 돌아오는 길에 열려 있는 성문을 통해 그들의 시체를 보고 기겁을 했다.

샤링이 말했다.

“그들은 인간이 아닌 인간이지. 생긴 것은 마치 짐승과 똑같은데 하는 짓은 사람이랑 비슷하거든. 말도 하고 도구도 사용하고… 아주아주 무서운 종족이란다.”

퍼쿵이 말했다.

“아저씨, 지금 그게 중요한 게 아니에요. 아까 말씀드린 그 문제에 대해서 어떻게 생각하세요?"

"보보를 잡아놓으려고 할 거라는 얘기 말이냐? 글쎄다… 그들이 그렇게 얘기했냐?"

"아직 그런 얘기는 하지 않았지만……."

피코가 소리쳤다.

"지금 당장 떠나자. 뭐, 생각하고말고가 어디 있어? 우리가 간다는데 지들이 어쩔 거야?"

창가에 서 있던 치요가 머리를 저으며 말했다.

"그게 그렇게 간단한 문제가 아니거든. 벌써 밖에 병사들이 쫙 깔려 있는걸? 아마 우리가 도망갈까 봐 지키고 있는 것 같은데……."

보보가 불안한 목소리로 말했다.

"설마… 우리가 무슨 죄인도 아닌데 왜 지켜? 아까 보니까 시체 치우고 부서진 것 보수하느라 야단이던데… 그들이겠지."

치요가 말했다.

"그렇지 않을 거야. 전투는 성 밖에서만 했는데 이 마을 안쪽에 부서진 거겨 시체가 어디 있어? 저 봐, 하는 일도 없이 골목이며 길모퉁이마다 몰려서 있잖아? 우리를 지키고 있는 거야 저건."

보보와 유코가 흥분하며 소리쳤다.

"무슨 말이야? 왜 우리를 감시해? 우리가 무슨 죄인이야?"

"정말 말도 안 돼. 우리가 아니었으면 다 죽었을 거라면서. 우린 은인이라구."

샤링이 가만히 불을 끄더니 커튼을 열고 창밖을 내다보았다.

"치요의 말이 맞는 것 같구나. 골목마다 병사들이 일없이 모여 있네. 쯧쯧."

달빛이 창을 통해 들어와 어두운 실내를 밝히고 있었다.

유코가 물었다.

"쯧쯧이라뇨?"

"은혜를 원수로 갚으려는 게야, 지금 높으신 양반들이. 물론 자기들은 그렇게 생각하지 않겠지만. 도대체 카르티는 뭘 하고 있나? 그 녀석의 생각을 모르겠군."

퍼쿵이 말했다.

"카르티 형은 이 일이 끝나면 우리를 모두 자유롭게 보내주겠다고 약속했어요."

"그런데 왜 저기 저렇게 병사들이 지키고 있지?"

"다른 장교들이 문제란 말입니다. 아까 느끼던 바로는 그들이 보보를 우리와 떼어놓으려고 하는 것 같더군요."

피코가 말했다.

"맞아요. 전투가 끝나자마자 몇 놈이 찾아와서는 보보만 데리고 가려고 했어요. 그게 말이 돼요? 애 혼자 데려가서 뭘 어쩌려고?"

유코도 흥분해서 소리쳤다.

"그리고 그 사람들 표정이 아주 거만해져 있더라구요. 첨에는 살려달라고 울상에 벌벌 떨던 것들이. 나참."

보보가 말했다.

"난 절대로 이 사람들에게 협조할 생각 없어. 또 이렇게 약속을 지키지 않는 사람들은 믿을 수 없어. 우리에겐 적을 쫓아주기만 하면 된다고 해놓고 결국 다 죽였잖아? 꼭 도망가는 것까지 쫓아가서 죽일 필요는 없었는데……."

치요가 말했다.

"게다가 네가 만든 폭탄의 위치도 바꾸어 달았더라. 숲 속에서도 터지던걸. 바로 들개족의 머리 위에다 터뜨린 모양이야. 우린 속은 거야."

중구난방으로 떠드는 아이들에게 퍼쿵이 결론을 내렸다.

"그만! 너희가 잘 몰라서 그러는데 인간들이 들개족을 죽인 것은 어쩔 수 없는 일이었어. 만약 그렇게 하지 않았으면 지금쯤은 인간들이 모조리 죽었을 거야. 그것보다 중요한 것은 보보가 앞으로의 전쟁에 이용당하지 말아야 한다는 거야."

치요가 말을 이었다.

"이제 우리가 남의 전쟁에 끼어들지 않으려 했던 이유를 잘 알겠지? 전쟁은 무슨 이유에서든지 해서는 안 돼."

인간을 도와주자고 우기던 피코와 보보가 아무 말도 하지 못했다.

갑자기 유코가 말했다.

"치요, 우레의 위치를 찾았어. 그 애는 지금 왕궁 아래에 있는 술집에 있어."

치요가 중얼거렸다.

"그 자식을 그냥……. 내가 잠시 나갔다 올게. 녀석을 데려와야지."

피코가 나가려는 치요를 불렀다.

"같이 가자. 혼자서는 위험해."

"나 같은 꼬마를 누가 건드리겠어?"

"감시하는 병사들이 우리가 돌아다니게 그냥 두려 하겠어? 내 앞을 막는 녀석들은 한 방씩 먹어줄 테다."

피코는 풀어놓았던 검을 허리에 차고 따라나섰다.

샤링도 따라나섰다.

“내가 안내를 해주지. 아무래도 너희들끼리는 술집을 찾기 힘들 테니까.”

아니나 다를까, 그들이 문을 나서자마자 병사들이 우르르 달려왔다.

“어디 가십니까?”

샤링이 천연덕스럽게 말했다.

“내 발로 내가 가는데 어디를 가든지 무슨 상관이야? 왜, 무슨 문제가 있나?”

“그게 아니라 지금은 비상 사태라 통행이 금지되어 있습니다.”

“무슨 말이야? 왜 우리만 통행이 금지되었다는 거지? 저기 저쪽에 돌아다니는 사람들은 뭐야? 그들은 비상 사태가 아니고 우리만 비상 사태인가?”

“그래도 안 됩니다. 집으로 돌아가십시오.”

“이유를 말해 주지 않으면 못 돌아가겠는데?”

“그건…….”

병사 중 책임자로 보이는 자가 말을 더듬었다.

그때 뒤에서 카르티의 목소리가 들렸다.

“뭐야, 너희들은?”

“카, 카르티 장군님?”

막 도착한 카르티가 험상궂은 표정으로 물었다.

“왜 이 사람들의 통행을 막는 거지? 누구 명령이야?”

병사는 쩔쩔매고 있었다.

“그, 그건…….”

“어서 말해 봐!”

“벼락 장군님께서 이분들을 집에서 나가지 못하게 하라고…….”

"벼락 장군이? 왜?!"

"거기까지는 모르겠습니다."

카르티의 눈썹이 심하게 일그러졌다.

"됐으니까 돌아가. 그리고 이 사람들은 죄인이 아니니까 감시하지 않아도 돼. 모두 해산해."

"그, 그럴 수는 없습니다. 저희는 명령을 받았습니다."

"지금 내 말을 거역하겠다는 거냐?"

"그게… 아니라……."

"모든 책임은 내가 지겠다. 모두 해산해. 어서!"

기세등등한 카르티의 명에 병사들은 모두 자리를 떴다. 그러나 그들은 골목 귀퉁이에 모습을 숨기고 있었다.

"저것들이……."

샤링이 급히 카르티를 말렸다.

"그만둬라. 저들도 어쩔 수 없을 것이다. 어서 집으로 들어가 봐. 퍼쿵이 기다리고 있어."

말을 마친 샤링은 피코와 치요를 데리고 마을로 들어갔다. 그러자 어느 정도 거리를 두고 서너 명의 병사가 뒤를 따르는 것이 눈에 띄었다.

카르티가 어두운 집 안으로 들어서자 퍼쿵이 기다렸다는 듯이 말했다.

"형, 어서 와."

"모두들 오늘 수고 많았다. 보보, 정말 고맙구나."

"어때? 내 생각에는 그들이 우릴 잡아놓으려고 할 것 같은데. 내 말 맞지?"

"그래, 이미 눈치 챘구나."

“물론. 어제 아침 형이 우리를 찾을 때부터 예상했던 일이야.”

“미안하게 됐다.”

“형 잘못도 아닌데 뭐.”

“걱정하지 마. 내가 반드시 너희를 보내줄게.”

카르티는 상황을 얘기했다. 물론 쿠르가 하던 말까지 하나도 빼놓지 않고 말해 주었다.

“퍼쿵, 쿠르 장군은 너의 친아버지가 틀림없어. 그렇지만 난 너에 대해서 한마디도 하지 않았다.”

“고마워. 그가 친아버지든 아니든 난 상관없어. 난 애들을 데리고 이곳을 떠날 거야. 처음에는 유코와 보보의 부모를 찾아주려 했었지만 이제 생각이 변했어. 모두 데리고 갈 거야.”

보보도 말했다.

“저도 절대 이곳에 남지 않을 겁니다. 이곳 사람들은 믿을 수 없어요.”

유코도 떠들어댔다.

“맞아요. 우리와 한 약속을 하나도 지키지 않았어요. 전 들개족을 쫓아버리는 줄만 알았지 그렇게 모두 죽일 줄은 몰랐어요. 너무 잔인해요. 저희는 다 떠날 거예요.”

카르티는 할 말이 없었다.

“미안하다. 사실 난 너희를 설득하라는 명을 받고 왔다. 저들은 보보를 원해. 하지만 내가 반드시 너희를 내보내 줄게.”

퍼쿵이 고개를 저었다.

“안 돼, 형이 도와줘서는. 형이 우릴 도와주면 항명죄로 체포될 거야. 내 예상으로는 왕도 보보를 보내려 하지 않을 텐데 그럼 형은 반역

죄인이 될지도 모르잖아. 형의 도움은 받지 않겠어."

유코가 종알거렸다.

"적반하장도 이런 경우는 없을 거야. 우리가 이 부족을 구해주었는데 완전히 죄인 취급이잖아? 감금 따위나 하고."

카르티가 말했다.

"아직 확실하게 결정이 난 건 아니니까 좀 더 추이를 살펴보자. 내가 반드시 너희들을 보내는 쪽으로 결론을 모아볼게."

"그래, 형은 그렇게만 해줘. 거기까지만. 나머지는 우리가 알아서 할 수 있어."

퍼쿵은 자신이 있었다. 어린 시절 꼬마를 데리고 그 무서운 들개족 군대의 추격도 피해 빠져나온 그였다. 하물며 이따위 인간족 따위는 안중에도 없었다.

게다가 지금은 피코라는 일당백의 검사와 치요, 유코라는 엄청난 마법사가 둘이나 있다. 또한 보보의 머리와 우레라는 괴물까지 있으니 빠져나가는 것은 문제될 것이 없었다.

다만 그가 우려하는 것은 만약 인간들이 무리해서 이들을 막을 경우 불가피하게 피를 볼 수도 있다는 것이었다. 그래서 카르티에게 그런 부탁을 한 것이다. 가능하면 평화롭게 빠져나가려고.

잠시 침묵이 흘렀다. 모두 생각에 잠겨 있었다.

"형, 돌아가야 하지 않아? 여기 있으면 안 될 텐데?"

"가야지. 너무 걱정 말고 좀 쉬어. 내일은 모두 왕을 만나러 가야 할 거야."

"알았어. 형도 어서 돌아가."

"그래."

카르티가 나서고 조금 있다가 우레를 체포한 아이들이 돌아왔다.

"우레!"

유코가 쫓아가서 우레를 쥐어박았다.

"깨액!"

"어디 갔었어? 너 지금 어떤 일이 벌어지고 있는지나 알아?"

"삐비비~?"

우레는 아무 생각이 없었다. 뭘 하고 놀다 왔는지 털은 잔뜩 헝클어져 있었고 털 여기저기 여자들의 입술 연지가 묻어 있었다.

치요와 피코가 한숨을 내쉬며 말했다.

"글쎄, 술집에서 작부랑 뒹굴고 있지 뭐야? 인간으로 변신해서는……."

유코가 식칼을 들고 소리쳤다.

"이 자식, 고추를 잘라 버릴 거야!"

"깨애액!"

우레가 비명을 지르며 어두운 식당 안을 뛰어 달아났고 유코가 우당탕거리며 뒤쫓았다.

그 모습을 보며 치요가 중얼거렸다.

"머지않아 또 알 낳는 여자가 나오겠군."

유코와 우레가 이층으로 달려 올라갔고 다른 아이들도 잠을 자기 위해 따라 올라갔다.

"아저씨, 푹 쉬세요."

"그래, 너희도 자거라. 너무 걱정 말고."

제11장 퍼쿵 일행, 함정에 빠지다

이튿날 이른 아침 병사들이 샤링의 식당을 찾아와 문을 두드렸다.

쿵쿵쿵쿵.

"누구요?"

"성에서 왔습니다. 보보님을 모셔오라는 전갈입니다."

"잠시만 기다리시오."

샤링이 이층으로 와 피로에 지쳐 자고 있던 아이들을 깨웠다.

퍼쿵과 피코는 이미 깨어 있었다.

"병사들이 왔습니까? 뭐라고 해요?"

"보보님을 모시러 왔대."

퍼쿵이 내려가 병사에게 말했다.

"보보 혼자서는 보내지 않습니다. 우리 모두 함께가 아니면 가지 않는다고 전해주십시오."

병사들이 난감한 표정으로 서로 마주 보더니 그중 책임자가 나섰다.

"좋습니다. 모두 함께 가시지요. 하지만 등 뒤에 멘 검은 놓고 가셔야 합니다. 왕궁에는 검을 가지고 들어갈 수 없습니다."

어느새 내려온 피코가 날카롭게 내뱉었다.

"무슨 헛소리를 하는 거야? 바로 어제 아침 우리는 모두 검을 지니고 왕을 만났어. 왜 어제와 오늘이 다른 거지? 이유가 뭐야?"

"그, 그건……."

피코의 독설은 계속 이어졌다.

"이제 전쟁이 끝났으니 우리가 필요없다는 거잖아? 보보를 데려가려다가 마음대로 안 되면 어쩔 거야? 여차하면 우릴 죽여 버리려는 걸 모를 줄 알아? 검을 놓고 가야 한다면 가지 않겠어. 가서 마음대로 하라고 전해!"

병사들은 무척 당황했다. 일개 병사들로서는 정확한 내용을 알 수 없었다. 그저 보보를 데려오라는 명령을 받았던 것이다. 그들은 단지 부족을 구한 영웅인 보보에게 상을 내리려는 것으로만 짐작하고 있을 뿐이었다. 그래서 간밤에 이들을 감시한 것도 그저 보호한다는 차원으로만 생각했던 것이었다.

"그 무슨 오해가 있으신 모양인데 저희들은 단지 보보님을 모셔오라는……."

피코가 못을 박았다.

"그럼 모셔가면 그만이지 왜 혼자 오라는 둥 칼을 두고 오라는 둥 말이 많아? 어쨌든……."

퍼쿵이 피코에게 손을 내밀어 그녀의 말을 막았다.

"알겠소. 잠시만 기다리시오. 이제 막 잠에서 깼으니까 옷차림을 단

정히 하고 나가겠소."

"예, 부에서 기다리고 있겠습니다."

문을 닫은 퍼쿵이 올망졸망 모여서 바라보는 동생들에게 말했다.

"피코, 그렇게 흥분하면 어떡해? 아직 저들이 무슨 말을 한 것도 아니잖아? 제발 좀 진정해 줘."

"진정이고 뭐고 속이 뻔히 보이잖아?"

퍼쿵이 슬쩍 미소를 지으며 말했다.

"알았으니까 입 좀 다물어라. 지금 너 보면 꼭 싸우려고 기를 쓰는 것처럼 보인다. 부탁이야. 일단 우리 속마음을 들키지는 말아야지."

"흥, 알았어."

모두의 감정이 불쾌하고 격앙되어 있었다. 그리고 그중에서도 피코는 유난히 흥분해 있었다.

그녀가 보보의 손을 꼭 쥐며 말했다.

"보보, 아무 걱정 마. 내가 널 꼭 지켜줄게."

"고마워, 피코."

손을 마주 잡은 남녀는 뜨거운 눈길을 주고받고 있었다.

유코가 그 모습을 바라보며 생각했다.

'음, 쟤네들 이미 심각한 사이인 것 같군. 무슨 일이 있었나?'

하지만 겉으로 내색하지는 않았다. 지금 피코가 엄청나게 화가 나 있었기 때문에 니밀거리거나 놀렸다간 무슨 봉변을 당할지 모르기 때문이었다.

'오늘은 좀 조심해야겠다.'

그 시간 왕궁에는 왕과 모든 중신들이 모여 있었다. 인간족의 중신이란 약간의 문관과 대다수의 군 장교들로 이루어져 있었다. 왕궁은 그들의 설전으로 매우 소란스러웠다.

한 장군이 왕에게 말했다.

"폐하, 보보라는 소년은 반드시 잡아놓아야 합니다. 그 소년이 아니었으면 이번 전쟁으로 우리는 전멸했을 겁니다."

카르티가 반발하고 나섰다.

"무슨 소리요? 그들과 한 약속을 잊었단 말이오? 폐하, 그들과의 약속을 지켜야 합니다. 만일 우리가 약속을 어기면 앞으로 누가 우리와 손을 잡고 도와주려 하겠습니까?"

"보보를 잡아두는 대신 그에 상응하는 보상을 내려주면 될 것 아니오? 폐하, 보보를 중신으로 등용하고 집과 보화와 부하를 두게 할 것이며 퍼쿵이라는 자에게는 많은 재물을 상급으로 주면 아무 문제가 없을 것으로 사료되옵니다. 저들도 그쪽을 원하고 있을 것이옵니다."

"말도 안 되는 소리 하지 마시오. 그들은 다 같이 떠나길 원하고 있소!"

"카르티 장군, 그들이 뭘 원하든 그건 상관없소. 우리는 그 소년이 필요하오. 들개족이 다시 쳐들어오지 않는다는 보장이 어디에 있소?"

왕이 손을 내밀었다.

"그만! 모두 조용히."

양측은 흥분된 표정으로 입을 다문 채 왕을 바라보았다.

"벼락 장군, 자네의 생각은 어떤가?"

왕은 총사령관인 쿠르에게 의견을 물었다.

쿠르는 잠시 부하 장수들의 얼굴을 둘러보았다. 카르티와 의견을 같이하는 자들은 단 세 명이었다. 반면 보보를 잡아놓자는 자들은 스무 명이 넘었다.

"제 생각에는……."

쿠르는 카르티의 눈을 지그시 바라보며 잠시 뜸을 들이다가 말을 이었다.

"보보를 잡아놓는 것이 좋지 않을까 합니다."

카르티의 눈이 쿠르를 쏘아보았다. 그가 상관을 쏘아보는 것은 처음 있는 일이었다. 쿠르는 그의 도전적인 시선을 무시한 채 천천히 말했다.

"보보는 우러 인간족이 받은 마지막 신의 선물입니다. 그의 기술이 있다면 우리는 들개족을 멸망시킬 수도 있을 겁니다. 오랜 숙원이었던 들개족의 멸망 말입니다. 동족의 원수를 갚는 것은 물론이고 앞으로 인간족이 영원히 평화롭게 위협받지 않고 살 수 있는 마지막 희망이라고… 저는 그리 생각합니다."

쿠르가 말을 마쳤다. 모두 침묵하고 있었다. 왕은 가만히 고개를 끄덕였다.

"그래, 그러나 온화한 방법이 좋겠지. 가능하다면……."

대다수 장교들의 입가에 회심의 미소가 떠올랐다. 카르티와 세 명의 장교는 바닥에 시선을 고정한 채 움직이지 않았다. 그들의 머리 위로 왕의 명령이 떨어졌다.

"보보를 이 마을에 잡아둘 것을 명한다."

퍼쿵 일행이 왕궁에 도착했다. 그들은 여전히 자신의 무기를 소지하고 있었다. 퍼쿵은 제 몸뚱이만한 검을 등에 멨고 피코는 가늘고 긴 검을 허리에 둘렀다. 심지어 보보도 샤링이 구해준 장검을 두르고 있었다.

우레까지 여섯 명의 일행이 왕의 접견실 앞에 도착하자 경비병이 가로막고 실랑이를 벌이고 있었다.

"검을 벗어놓고 들어가야 합니다."

피코의 입에서 대뜸 거친 말이 튀어나왔다.

"이 아저씨가 지금 뭐라고 지껄이는 거야?"

"안 됩니다. 무기는 금지되어 있습니다."

"그럼 어제는 왜 그냥 들여보냈어? 뭐냐고 아저씨들, 한번 설명 좀 해주지 않을래?"

"어쨌든 안 됩니다."

피코가 주먹을 들이대고 경비병들은 막고 난리였다.

접견실의 문이 열리며 친위대장이 나왔다.

"왜 이렇게 소란스러워? 뭣들 하는 거냐?"

"이분들이 무기를 소지하고 계시길래……."

경비병의 말에 친위대장이 퍼쿵 일행을 바라보았다. 대장은 퍼쿵 등을 위아래로 훑어보더니 말했다.

"무기를 풀어놓으시죠?"

퍼쿵이 대답했다.

"이미 싫다고 얘기한 걸로 아는데요?"

유코가 뒤에서 조그만 목소리로 빈정거렸다.

"기 많이 살았네요, 아저씨. 어제는 질질 짜고 그러더니. 킥킥."

친위대장의 얼굴이 새빨개졌다.

"뭐, 뭐요? 내가 언제?"

"어머, 아저씨, 거짓말 좀 하지 마세요. 우리가 다 봤는데……. 여기

이 경비 아저씨도 같이 봤잖아요. 안 그래요?"

유코가 옆에 서 있던 병사를 툭툭 쳤다. 그러자 그 병사는 하얗게 질려서 다른 곳으로 시선을 돌렸다.

친위대장은 다시 무기에 대해서 말하려고 했다.

"어쨌든 무기는……."

갑자기 유코가 얼굴을 가리며 말했다.

"아저씨, 빤쓰 보여요."

"엇?"

친위대장이 얼른 아랫도리를 잡으며 내려다보았다.

"무, 무슨 농담을!"

"어? 이거 빤쓰 아닌가? 색깔이 달라서 빤쓰인 줄 알았네. 아님 말구요. 킥킥."

유코가 계속 빈정거리자 친위대장은 목까지 빨갛게 달아올랐다. 화가 머리끝까지 난 것을 억지로 참고 있는 것이 틀림없었다. 누가 뭐래도 앞에 있는 자들은 부족을 멸망으로부터 구한 공로자들이었고 그래서 왕이 접견을 하는 것이었으니 화를 낼 수 없었다.

그가 쩔쩔매고 있는 사이에 왕의 목소리가 들려왔다.

"그냥 들여보내게 괜찮으니."

"하오나……."

"어서 들여보내. 기다리고 있지 않은가?"

친위대장은 자존심이 완전히 뭉개진 표정으로 문을 열었다.

"어서들 오게. 어서 자리에 앉지."

아주 기다란 탁자에 삼십여 개의 의자들이 놓여 있었고 그 끝의 한 면에 왕이 앉아 있었다. 별다른 장식은 없었지만 정교하게 만들어진 가구들이었는데 그 위에 맛있어 보이는 형형색색의 과일들과 음료가 멋진 잔에 담긴 채 놓여 있었다.

퍼쿵이 허리를 숙이며 인사를 했다. 그러나 그의 인사말은 변함없이 언제나 하는 단순한 것이었다.

"안녕하셨습니까?"

신하들이 왕에게 사용하는 복잡하고 화려한 어구를 모르는 퍼쿵 일행으로서는 다른 인사를 할 수 없었던 것이다.

"그래, 어제는 모두들 고마웠네. 우리 부족을 대표해서 고마움을 전하고 싶군."

"별말씀을요."

"자, 난 아직 아침 전이라서… 식사들은 했나?"

"예."

"아니요, 아직 안 먹었는데요."

"잉?"

퍼쿵 등은 급히 오느라 식사를 못했다. 퍼쿵이 예의를 차리느라 먹었다고 했던 것인데 다른 아이들은 눈앞의 음식을 보고 너무 배가 고파 다른 대답을 한 것이다.

"하하하, 사양할 것 없네. 같이 식사하도록 하지. 여봐라, 여기 이 영웅들에게 식사를 준비해 주어라."

왕의 말이 끝나자마자 문이 열리더니 음식 접시를 든 신하들이 줄줄이 들어왔다. 마치 미리 준비라도 한 것처럼. 엄청나게 먹음 직한 요리에서는 뜨거운 김이 모락모락 올라오고 있었다.

"자, 들게."

"예."

퍼쿵 일행은 맛있는 음식이 차려지자 그 황홀한 냄새에 침이 입 밖으로 새어 나올 지경이었지만 저만치 왕이 앉아 있었고 친위대가 접견실 주위를 쭉 둘러서 있었기 때문에 먹기가 좀 부담스러웠다. 그러나 점차 음식을 먹으며 긴장이 풀렸고 요리는 너무나 맛이 있어서 곧 차려진 음식을 다 먹어버렸다.

음식은 좀 짜다는 느낌이 들었지만 허기진 한창의 젊은이들로서는 그다지 문제가 되지 않았다.

왕은 식사를 하는 내내 의례적인 인사말을 늘어놓았다. 퍼쿵과 아이들은 지겹기 짝이 없었지만 그래도 왕의 앞이라 참고 식사를 했다.

한 시간쯤 후 식사가 끝나고 상이 치워지자 작고 예쁘게 생긴 잔에 음료가 날라져 왔다. 곧 왕이 물었다.

"보보라는 소년이 누구인가?"

"접니다."

보보가 대답하자 왕의 눈이 빛났다.

"정말 장한 소년이로군. 자네 덕분에 우리 부족은 큰 화를 면했네. 상급을 내리고 싶은데 원하는 것이라도 있나?"

왕은 이제 보보에게 얘기하고 있었다. 다른 아이들은 모두 입을 다물고 왕의 얘기에 신경을 곤두세웠다.

"원하는 것은 없습니다. 그저 하루빨리 일행과 함께 예정된 여행을 떠나고 싶을 뿐입니다."

보보는 솔직하게 얘기했다. 아직 왕이 무슨 말을 하기도 전에 선수를 친 것이다.

"그게… 그리 급할 게 있나?"

"저희들로서는 급합니다. 원래 한곳에 오래 머물지 않거든요."

“사람이 평생 떠돌며 살 수는 없지. 퍼쿵이라고 했나, 자네?”

“예, 제가 퍼쿵입니다.”

“자네도 그래 한평생을 떠돌이로 살 텐가? 결혼도 해야 할 테고.”

“인간족은 결혼 제도가 없다고 알고 있습니다만…….”

“자네들도 자유혼 제도를 따르나?”

왕의 질문에 퍼쿵, 피코, 유코, 보보 네 사람은 얼굴이 새빨갛게 달아올랐다. 갑자기 첫날 선착장에서 들은 병사들의 잡담이 떠올랐기 때문이었다. 서로 돌려가며 잔다는…….

퍼쿵이 헛기침을 했다.

“무, 무슨 그런 말씀을……. 저희는 자유혼을 인정하지 않습니다.”

유코도 말했다.

“그, 그래요. 무슨 짐승도 아니고 어떻게 돌아가면서… 망측하게!”

그러자 보보도 화난 목소리로 말했다.

“맞아요. 결혼은 한 사람과 하는 것이지요. 서로 바꾸어가면서 할 생각 없어요.”

아이들이 지나치게 흥분하자 왕이 진정시켰다.

“그런가? 흥분하지 말게, 그냥 물어본 것이니.”

목적이 완전히 반대니 대화가 섞이지 않고 버성길 수밖에 없었다. 서로 선수를 치느라 머리를 굴려대고 있었다.

자꾸만 말이 어긋나 긴장이 되는 데다가 음식이 짰던 탓으로 모두 목이 말랐다. 각자의 앞에 놓인 음료는 금방 바닥이 났다. 그러자 또 기다렸다는 듯이 작은 잔에 음료가 내어져 왔다.

아이들은 들어온 음료를 또 벌컥벌컥 마셔 버렸다. 음료는 한 모금밖에 되지 않았다. 그러자 아이들이 생각했다.

'젠장, 좀 많이 가져오지 이게 뭐야?

"지금은 결혼 제도가 없어졌지만 태평 시대가 오면 다시 부활하게
되겠지.'

퍼쿵이 조용히 말했다.

"저희는 인간족이 아니라서 그 태평 시대나 결혼이라는 것과 상관이
없습니다."

"하지만 자네들도 분명 인간이지. 우리 부족에 속해 있지 않다고 하
더라도 같이야. 자네들이 우리 부족에 일원이 되어준다면 내가 자네들
의 부귀영화를 약속할 수 있네."

그러자 여태 참고 있던 유코가 말했다.

"저흐는 그 약속 믿을 수가 없어요."

퍼쿵과 동생들이 동시에 유코를 바라보았다. 너무 섣불리 애기를 꺼
낸다 싶기 때문이었다.

왕은 갑자기 튀어나온 유코의 말에 좀 놀라는 듯했다. 여태까지는
왕과 퍼쿵이 서로 속마음을 감춘 채 떠보느라고 겉으로는 부드러운 대
화를 하고 있었다. 그런데 느닷없이 직설적인 얘기가 나왔으니 모두가
놀란 것이다.

"내 약속을 믿을 수 없다니, 무슨 소리지?"

"군인 아저씨들이 어제 우리와 한 약속을 하나도 지키지 않았거든
요. 이 부족 사람들은 다 거짓말쟁이 같아요."

모두가 급히 말리려고 했으나 이미 유코는 다 퍼부어댄 후였다. 왕
이 말했다.

"괜찮으니 어서 다 얘기해 보라. 그래, 그들이 무슨 약속을 어겼나?"

유코는 잠시 생각했다.

‘어라? 내가 너무 급하게 말했나? 왠지 말려드는 기분이 드는데?’

일행을 보니 모두 자신을 지극히 걱정스러운 눈으로 바라보고 있었다.

“그게… 저…….”

“괜찮다. 어서 말해 보라.”

유코가 잔을 들어 음료를 마시려 했지만 잔이 비어 있었다. 왕이 손짓하자 다시 조그만 잔에 음료가 채워졌다. 유코는 한 모금밖에 안 되는 그 잔을 홀짝 들이켰다.

“좋아요. 다 말하겠어요. 퍼쿵 오빠, 저 다 말할래요. 이렇게 빙빙 돌려서 말하는 거 싫어요.”

퍼쿵이 고개를 끄덕였다.

허락을 받은 유코는 거침없이 얘기하기 시작했다.

“원래 우리한테 전쟁을 도와달라고 한 것은 들개족인지 뭔지 하는 적으로부터 멸망을 막아달라는 것이었어요. 그래서 울고 짜고 하는 아저씨들한테 적을 쫓아주기만 한다고 했고 그렇게만 해도 고맙다고 하더군요. 죽이는 것이 아니라 쫓아버린다고요. 그리고 우리는 전쟁이 끝나는 대로 떠날 거라고 했어요. 물론 그건 우리의 자유라고 약속했고요. 그런데 그 늙은이들이 어젯밤 우리를 감시했어요. 밖에도 못 나가게 하려 했고요. 그리고 보보를 따로 잡아가려고까지 했어요. 애를 데리고 가서 어디다 숨겨놓으면 우리가 어디 있는지 알 게 뭐예요? 그냥 생이별이지. 다들 하루 내내 우리한테 거짓말만 했다고요.”

빠른 속도로 퍼푸어대던 유코는 잠시 말을 멈추고 왕을 바라봤다.

“이제 왜 못 믿는지 아시겠어요, 할아버지?”

왕은 멍한 얼굴로 유코를 보았다. 자신에게 이토록 함부로 말을 하는 자는 근 오십 년 만에 처음이었다. 스무 살 무렵 부모가 죽고 마흔 살 무렵에는 형제들이 다 죽었다. 막내인 데다 후사도 없던 그는 모든 피붙이가 다 죽고 왕위에 오른 후로는 아무에게도 그런 막말을 들어본 적이 없었다. 할아버지라니…….

왕은 유코를 자세히 살펴보기 시작했다.

'저 말투… 저 억양과 발음… 어디선가 들어본 적이 있는데……. 무척 귀에 익은데 어디서 들어봤더라? 게다가 저 검은 머리에 검은 눈… 무척 정겹게 생겼구나.'

도무지 기억이 나지 않았으나 갑자기 등장한 유코를 보고 왕은 알 수 없는 생각에 빠졌다. 마치 구면인 듯한 생각이 든 것이다. 왕이 물었다.

"네 고향이 어디냐? 이름은 무엇이고? 나이는 몇이지?"

유코가 눈을 동그랗게 뜨더니 몸을 바싹 도사리며 물었다.

"왜요? 그런 건 알아서 뭐 하시게요? 데려다가 회춘이라도 하시려고요?"

옆에서 듣던 퍼쿵 일행이 다 넘어졌다. 왕의 곁에 둘러서 있던 친위대도 식은땀을 흘리고 있었다. 특히 친위대장은 더…….

보보가 속삭였다.

"제, 제발… 유코… 말 좀 가려서 해라. 프, 플리즈……."

유코는 보보를 힐끔 보더니 다시 왕에게 눈을 돌렸다. 아직도 몸을 도사린 채 잔뜩 경계하는 눈초리였다.

친위대장이 급히 외쳤다.

"무엄하오. 감히 폐하께 무슨……."

"빤쓰 아저씨는 좀 빠져 주세요."

유코의 대구에 말이 막힌 친위대장이 식식거리며 노려보고 있었다.

왕이 말했다.

"괜찮네. 자넨 나서지 말게."

"하오나……."

왕의 질문이 이어졌다.

"혹시 '요시코' 라는 이름을 들어본 적이 있느냐?"

"요시코? 그건 우리 동네에 있던 언니……."

거기까지 말한 유코가 허공을 쳐다보며 생각에 잠겼다.

'우리 동네? 언니? 그게 어디였더라? 이상한데?

보보와 유코의 시선이 동시에 마주쳤다.

두 아이는 생각에 빠져들었다. 이상한 일이었다. 분명 어디서 많이 들던 아주 귀에 익은 이름이었다. 그런데 도무지 생각이 나지 않는 것이었다. 두 아이의 머리 속에 다시 안개가 짙게 끼어들기 시작했다.

"어디서 듣던 이름인데? 보보, 너 기억나지 않니? 요시코 언니라고."

"글쎄, 많이 듣던 이름인데?"

그런데 더욱 기이한 일은 왕의 쭈글쭈글하고 무표정하던 얼굴이 상당히 놀라는 표정으로 바뀌고 있는 것이었다.

"오오, 들어본 적이 있느냐? 잘 생각해 보아라."

"모르겠는데요? 어디서 들어본 것 같기는 한데……."

"방금 우리 동네에 있던 언니라고 하지 않았느냐?"

"생각이 날 듯 말 듯 하거든요. 사실 저희는 기억을 잃어버려서……."

왕이 유코의 말을 되풀이했다.

"기억을 잃었다……?"

퍼쿵이 대신 대답했다.

"이 아이들은 기억을 모두 잃어버렸습니다. 그래서 아무것도 기억하지 못합니다. 그보다 폐하."

"그래, 무슨 말인가?"

"저희들은 곧 마을을 떠날 겁니다. 괜찮으시다면 오늘 당장 떠나고 싶은데요."

퍼쿵의 말에 왕이 문득 제정신으로 돌아온 듯 자세를 고쳐 앉았다.

"그건 안 될 말, 이곳에 며칠 더 머물면서 내가 보답을 할 수 있도록 해줘야지."

퍼쿵이 대답했다.

"저희는 보답도 부귀영화도 다 필요없습니다. 그저 자유롭게 드나들 수 있도록 해주시면 됩니다."

"그게 무슨 말인가? 이미 자유롭게 드나들고 있다고 들었네만……."

"하지만 지금은 다릅니다. 모든 병사들이 우릴 감시하고 맘대로 돌아다니지도 못하게 하고 있으니까요. 우린 곧 떠나야 합니다. 그게 저희에게 해주실 수 있는 보답입니다."

퍼쿵은 단호한 어조로 말했다. 그리고 잔의 음료를 마셨다. 다른 아이들도 목이 타는지 한 모금의 잔을 입에 털어 넣었다.

다시 시녀가 음료를 들고 들어오는데 왕이 손을 들어 나가라는 신호를 했고 그녀는 조용히 밖으로 나갔다.

퍼쿵의 과거를 모르는 왕도 진지한 어조로 얘기하기 시작했다.

"자네가 그렇게 말하니 나도 솔직하게 말하겠네. 우리 인간족은 저들개족과 뿌리 깊은 원한이 있네. 자네들이야 모르겠지만 이십 년 전 우리는 들개족에게 습격당해 동족의 칠 할을 잃었고 겨우 이곳으로 도망을 와서 다시 이 성을 세웠네. 그런데 들개족이 다시 침략을 시작했으니 이제 우리 부족은 풍전등화와 같은 처지라네.”

“꼭 그렇지는 않을 것이라 생각합니다. 들개족이 반드시 전쟁만을 원할 것 같지도 않고요. 협상이라는 것도 가능할 것이라 생각되는데요.”

“협상이라… 그건 자네가 들개족을 몰라서 하는 소리야. 그들은 짐승이야. 아주 극악무도한. 협상은 불가능해.”

솔직히 왕은 협상에 대해서는 단 한 번도 생각해 본 적이 없었다. 전혀 그러고 싶지 않았던 것이다.

퍼쿵의 생각은 달랐다.

‘오히려 들개족에는 협상을 원하는 무리가 있는데……. 비록 그들이 소수이긴 하지만 말야. 아니, 인간족에도 그런 사람이 분명히 있을 거야.’

퍼쿵이 물었다.

“폐하가 원하는 게 뭡니까?”

“보보와 저 유코라는 소녀가 이 성에, 아니, 내 곁에 머물러 줬으면 하네. 진심으로.”

“예에?”

“뭐라고요?”

보보와 유코가 동시에 외쳤다. 보보를 잡아두려고 하는 것은 이미 카르티에게 들어서 알고 있었지만 이제 유코까지?

보보가 외쳤다.

“그건 안 돼요. 우린 다 같이 떠날 거예요!”

"어머, 할아버지, 싫어요. 엉큼하게!"

유코의 말에 잠시 한숨을 내쉬던 왕이 눈을 감고 말했다.

"물론 회춘하려고 하는 것은 절대 아니다. 하지만 넌 분명히 우리 동족임에 틀림이 없어."

"무슨 말이에요? 전 이 마을에 처음 왔다고요. 게다가 전 동양인이고 이 마을 사람들은 그렇지 않잖아요? 어떻게 동족이 돼요?"

유코는 잔뜩 몸을 도사리고 왕을 노려봤다. 그녀의 눈은 이제 분노로 떨고 있었다. 왕이 자신에게 엉큼한 속셈을 품고 있다고 생각한 것이 분명했다.

그녀가 벌떡 일어났다.

"사실 전 여기 퍼쿵 오빠의 약혼녀예요. 곧 결혼할 거라구요. 할아버지는 제게 꿈도 꾸지 말아요! 그렇죠, 오빠?"

유코가 퍼쿵의 품속으로 뛰어들어 가 무릎 위에 올라앉았다.

퍼쿵은 순간 크게 부끄러웠으나 상황이 상황인지라 꾹 참고 말했다.

"그, 그럼. 맞습니다, 폐하. 저희는 곧 결혼합니다."

보보와 치요가 벙쪄서 껴안은 두 사람을 바라보았다. 그러자 퍼쿵과 유코를 번갈아 보던 피코도 소리쳤다.

"폐, 폐하, 저는 이미 보보와 결혼한 사이예요. 우린 부부라구요! 그렇죠, 여보?"

'이잉?'

피코의 부르짖음에 이번에는 퍼쿵과 유코, 보보와 치요, 우레까지 눈이 휘둥그레지며 바라보았다. 그러나 곧 사태의 심각함을 깨달은 보보가 피코에게 가서 안겼다.

"맞아요, 우린 벌써 결혼했어요. 절대 헤어질 수 없어요!"

왕과 친위대원들의 표정이 멍청하게 변했다. 아이들의 행동을 이해할 수 없었다. 그들의 목적은 회춘이니 뭐니가 아니었던 것이다. 그런데 저런 말도 안 되는 오해를…….

왕이 말을 더듬었다.

"저, 이보게, 나는 단지 그런 이유가 아니라…….”

"이유가 어쨌든 우린 헤어질 수 없어요. 절대로!"

"오해하지 말고 내 말을 끝까지 들어보게."

왕의 부탁에 아이들은 더 이상 떠들지 않았다. 무슨 말인지 들어보기 위해서였다.

"보보를 우리 곁에 두고 싶은 이유는 이미 눈치 챘겠지만 우리의 군사 고문이 되어달라는 것이다. 그리고 유코를 곁에 두려는 것은 단지 저 아이가 내 과거의 기억 속에 있는 분과 너무나 닮았기 때문이야. 절대 이상한 생각을 한 것이 아니네."

"도대체 제가 누구랑 닮았다는 거예요?"

유코가 믿지 못하겠다는 표정으로 물었다.

"바로 내 어머님이지. 그분은 우리 부족에서 전후를 통틀어 단 한 명밖에 없는 검은 머리에 검은 눈을 가진 사람이었다. 너와 똑같이 말이야."

"어머나! 그게 더… 읍."

소리치려던 유코가 말을 멈췄다. 더 이상 무슨 말이 나올지 겁났던 퍼쿵이 그녀의 입을 막아버렸던 것이다. 유코의 얼굴 전체가 퍼쿵의 커다란 손바닥에 가려져 말은커녕 숨도 쉴 수 없었다.

숨이 막힌 상태에서 유코는 나머지 말을 맘속으로 외쳤다.

'그게 더 징그러워요. 그럼 저를 보고 할아버지의 엄마를 상상한단 말이에요? 변태예요, 마마 컴플렉스예요?

아무리 왕의 마음이 좋다고 하더라도 화를 내지 않고는 못 배길 그런 말이었으니 입을 막은 것은 천만다행이었다.

"게다가 너의 말투와 억양은 내 기억 속의 어머니의 말투와 똑같구나. 이게 내가 너를 곁에 두고 싶어하는 이유란다."

보보가 정색을 하고 말했다.

"폐하의 뜻은 잘 알았습니다. 하지만 저희들은 이곳에 머물지 않겠습니다. 저는 전쟁을 계속할 생각이 전혀 없습니다. 유코도 폐하의 어머니가 아니고요. 저희들을 보내주십시오."

왕의 표정이 약간 굳었다.

"굳이 가려는 게 헤어지기 싫어서라면 너희 모두 함께 이곳에서 살면 되지 않느냐?"

"저희는 절대 헤어지지 않을 거고요 이 마을에 머물지도 않겠습니다."

왕의 얼굴에 약간 분노의 빛이 비쳤다.

"내 부탁을 거절하겠다는 거냐? 그럼 이 말이 명령이어도?"

왕이 은근히 협박을 하기 시작했다. 그러자 주위에 있던 친위대가 창을 고쳐 잡았고 친위대장도 허리의 검에 손을 갖다댔다.

그러자 유코가 또 빈정거리기 시작했다.

"이제야 본색이 나오시는군요, 엉큼한 할아버지."

왕과 퍼쿵 양쪽 진영의 기세가 몹시 사나워졌다. 그러자 유코가 맘속으로 불의 정령을 부를 준비를 했고 치요도 아무도 몰래 불의 기운을 모으고 있었다.

퍼쿵이 의자를 살짝 뒤로 빼더니 자리에서 일어났다.

“협박을 하셔도 소용없습니다. 저희는 이 종족의 일원이 아닙니다. 그러니 저희에게 폐하가 명령하실 수는 없지요. 들을 이유도 없고요. 이만 돌아가겠습니다. 얘들아, 가자.”

피코 역시 이미 일어서 있었다. 여차하면 칼을 뽑을 자세였다.

아이들이 조용히 자리에서 일어났다. 퍼쿵이 앞장을 섰고 그 옆에 우레를 업은 치요가 불을 준비하며 따라 걸었다. 그 뒤에는 보보와 유코가 나란히 있고 맨 뒤에 피코가 칼자루를 쥔 채 따라 걸었다.

친위대가 재빨리 퍼쿵 일행을 둘러싸고 있었으나 함부로 덤벼들지는 않았다.

“멈춰라! 아직 내 말이 끝나지 않았다!”

급히 외치는 왕의 음성이었다.

퍼쿵 일행이 돌아섰다. 그들은 이미 창, 칼에 둘러싸여 있는지라 아까처럼 예를 갖춘 표정이 아니었다.

퍼쿵이 왕을 빤히 쳐다보며 무뚝뚝하게 말했다.

“저희는 더 볼일이 없습니다. 죽이시려면 지금 죽이라고 하십시오.”

그러나 그의 표정은 절대 순순히 죽어주려는 표정이 아니었다. 게다가 피코와 보보까지도 검을 반쯤 뽑아서 든 상태였다. 또한 왕과 친위대는 전혀 눈치 채지 못했지만 이미 유코의 주위에는 수많은 불의 정령이 둘러싸고 있었고, 치요 역시 우레를 어깨 위에 얹어 마력을 열 배쯤 배가시킨 채 불의 마력을 한껏 불러 모아 손바닥 안에 가득 쥐고 있었다. 이제 두 아이가 명령과 주문만 내리면 사방이 불바다가 될 판이었다.

아무것도 모르는 왕은 퍼쿵과 피코만을 주시하고 있었다. 다른 아이들은 신경도 쓰이지 않았지만 유독 두 사람의 살기는 모든 이에게 느껴졌던 것이다.

왜냐하면 왕도 왕년에는 내로라하는 검사였고 친위대들도 부족에서 둘째가라면 서러워할 고수들이었으므로 퍼쿵과 피코가 내뿜는 검사 특유의 살기는 느낄 수가 있었다.

그래서 그들은 함부로 검을 휘두르지 못하고 대치만 하고 있는 중이었다.

"칼을 거두게."

왕의 뜻령으로 친위대는 창, 칼을 거두고 물러났다.

"우리는 자네들과 싸우자는 것이 아니네. 자네들이 우리에게 베푼 은혜를 갚으려는 것뿐이야. 그러니 흥분하지 말고 이리 오게."

피코가 나서며 말했다.

"방금까지는 그런 생각을 하고 계셨던 것 같지 않은데요?"

왕이 미소 지으며 말했다. 이미 그의 표정은 온화한 처음 상태로 돌아가 있었다.

"그건 오해야. 난 은혜를 원수로 갚는 그런 사람이 아니라네."

왕이 자신의 잔을 들더니 친위대장에게 지시했다.

"목이 타는군. 여기 음료를 좀 많이 가져오라고 하게. 이거 감질나서……."

그러자 친위대장이 서둘러 밖으로 나갔고, 잠시 후 두 시녀가 커다란 잔에 음료를 들고 들어왔다. 한 시녀는 왕에게 음료를 가져갔고 다른 시녀는 긴장한 채 서 있는 퍼쿵 일행에게 음료를 돌렸다.

퍼쿵 일행은 몹시 목이 탔기 때문에 모두 시녀가 대접만한 잔에 따라주는 음료를 벌컥벌컥 마셔댔다.

퍼쿵은 고집을 꺾지 않고 말했다.

"오해는 하지 않겠습니다. 하지만 더 할 얘기는 없습니다. 이만 저희는 떠납니다. 안녕히 계십시오."

유코가 말했다.

"음식 잘 먹었어요, 엉큼한 할아버지."

말을 마치자 퍼쿵 일행은 왕에게 꾸벅 절을 하고 접견실을 나갔다.

아무도 그들을 막지 않았다. 대신 친위대장이 왕의 얼굴을 바라보았고 왕이 고개를 끄덕였다. 그러자 삐져 나온 빤쓰처럼 생긴 갑옷을 걸친 친위대장이 가까이 왔다.

"보보와 유코는 절대 다치게 해선 안 된다. 가능한 한 다른 아이들도 해치지 말고."

친위대장은 고개를 끄덕이고 절을 한 다음 급히 접견실의 뒤쪽 문으로 빠져나갔다.

왕의 접견실을 빠져나온 퍼쿵 등은 복도를 걸어 출구로 향했다. 급히 달려가는 병사들이 보이고 유유히 걸어가는 그들에게 놀라운 눈길을 던지는 장교들도 눈에 띄었다. 분위기가 심상치 않았다.

유코가 말했다.

"뭔 일이라도 일어나려는 분위기예요, 오빠."

"그래, 그냥 보내주지는 않을 거다."

보보가 물었다.

"그럼 어떡하죠? 정말 싸울 거예요?"

피코가 스릉 소리를 내며 검을 뽑아 들었다.

"필요하면 싸워야지."

퍼쿵이 가만히 피코의 손을 잡아 칼을 도로 그녀의 검집에 넣었다.

그리고 조용히 말했다.

"치요와 유코가 마법을 한다는 것을 숨긴 이유는 바로 지금 같은 상황을 염려해서였어. 앞으로 무슨 일이 있어도 너희들 흩어지면 안 돼. 여기 이곳에서 나가는 순간부터! 내 말 알겠지?"

모든 아이들이 굳은 얼굴로 고개를 끄덕였고 퍼쿵이 잠시 숨을 들이키더니 다시 말했다.

"가능하면 사람이 다치지 않게 빠져나가야 해. 난 너희들이 다치는 것도 싫고 너희 손에 피 묻히는 것도 싫어. 그러니 정신 바짝 차리고, 특히 피코와 유코, 함부로 칼 뽑지 말고 말도 조심해서 해. 저 사람들 신경 건드리지 않도록."

치요가 말했다.

"그냥 하루쯤 조용히 숨어 있다가 나가는 게 어때? 내가 마법진을 만들 테니까. 그 안에 있으면 아무도 찾지 못해."

보보가 주위를 둘러보며 말했다.

"이미 늦은 것 같은데? 벌써 포위가 됐……."

"어? 보보!"

보보의 혀가 약간 꼬부라져 말이 뒤틀리더니 끝을 맺지도 못하고 풀썩 주저앉았다.

"정신 차려! 보보!"

피코가 급히 넘어지는 보보를 받았다. 그런 다음 주위를 살폈다. 그 순간 치요가 나직이 내뱉었다.

"속았다! 그 음료……."

유코가 무너지고 있었고 말을 하던 치요도 스스르 내려앉았다. 우레는 이미 코를 고는 중이었다.

남은 것은 퍼쿵과 피코뿐이었는데 그들도 이미 몸에 이상이 느껴지고 있었다.

"퍼쿵, 우리가 늙은이에게 속았어. 음료에 약을 탄 모양이야. 이 교활한……."

퍼쿵이 검을 뽑으려는 피코의 팔을 잡으며 말했다.

"뽑지 마라, 피코. 이미 늦었어. 검을 뽑으면 반역죄가 된다. 우리도 곧 잠이 들 거야. 최소한 검을 뽑지 않으면 잠든 사이에 죽일 명분은 없어지지. 카르티 형을 믿어보자."

"쳇, 나쁜 놈들. 대체 카르티는 어디 가서 나자빠졌길래 코빼기도 안 보이는 거야?"

그 말을 끝으로 피코의 눈에서도 검은자위가 사라지고 흰자위만 남았다. 그리고 그녀도 쓰러졌다.

퍼쿵은 쓰러진 아이들을 모조리 제 품 안으로 모아 안았다. 그리고 끊어지려는 정신을 집중하며 포위한 채 다가오는 병사들을 노려보았다.

마침내 그도 서서히 무너지기 시작했다. 온몸으로 동생들을 감싸 안은 채였다.

〈2권 끝〉